중학생 독후감 필독선 32

중학생이 보는

KIMMANJUNG KIMMANJUNG

구 운 몽

김 만 중 지음
성낙수(한국교원대 교수) · 유의종(신일중 교사) · 조현숙(제천여중 교사) 엮음

좋은 책 좋은 독자를 만드는—
㈜신원문화사

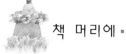

책 머리에 •

　더 이상 언급할 필요도 없지만 요즘은 독서의 중요성이 더욱 강조되는 시대입니다. 첨단과학으로 이루어진 대중매체 덕분에 눈으로 읽는 것보다는 말초신경을 자극하는 동영상 쪽으로 관심이 모아지는 데 대한 우려 때문일 것입니다. 꿈과 희망을 가지고 자라나는 학생들에게는 올바른 사고력과 분별력을 키워주어야 합니다. 그런 점에서 다른 사람들의 생각과 철학, 인생관과 세계관이 들어 있는 명작들을 많이 읽는 것이야말로 바람직한 학습 효과를 거둘 수 있는 지름길이라 생각합니다.

　명작은 오랜 세월에 걸쳐 많은 사람들이 읽고 크게 감동을 받은 인정된 작품들로서, 청소년들의 삶에 지침이 되어 주고 인생관에 변화를 주게 될 것입니다.

　이번에 중학생들에게 꼭 읽히고 싶은 명작들을 선정하여, 작품을 바르게 감상하고 독후감을 쓰는 데 도움을 주고자 이 시리즈를 기획하게 되었습니다. 작품들은 동서고금에 걸쳐 객관적으로 인정받은, 훌륭한 대상만을 선정하였습니다. 그리고 책의 구성을 다음과 같이 하여, 읽고 쓰는 데 도움이 되도록 하였습니다.

　하나, 삶에 대한 지혜와 용기를 주고 중학생이라면 꼭 읽어야

··

할 명작만을 골랐습니다.

둘, 명작을 읽고 난 후의 솔직한 느낌을 논리적 · 체계적으로 쓸
수 있도록 중학생들의 독후감 작성에 따르는 부담을 덜어 주도록
구성하였습니다.

셋, 작품 알고 들어가기, 내용 훑어보기, 작품 분석하기, 등장인
물 알기를 통해 작품을 분석하는 힘을 기를 수 있도록 하였습니
다.

넷, 작가 들여다보기, 시대와 연관짓기, 작품 토론하기 등을 통
해 작가의 일생을 알고 시대의 흐름을 파악하여 상상력과 창의력
을 키워 주도록 하였습니다.

다섯, 독후감 예시하기와 독후감 제대로 쓰기에서는 책을 읽는
방법과 독후감 모범답안 실례를 제시함으로써 문장력을 길러주는
한편 독후감 쓰기의 충실한 길라잡이가 되도록 했습니다.

아무쪼록 이 책들이 중학생들의 학습 능력 향상에 큰 도움이 되
길 빌어 마지 않습니다.

엮은이 성 낙 수

차 례

차 례

중학생이 보는

KIMMANJUNG KIMMANJUNG

구 운 몽

　《구운몽(九雲夢)》은 한국의 고전 소설과 현대 소설을 통틀어서 외국에 가장 많이 알려진 소설입니다. 그 이유는 이 작품이 한국인의 보편적인 정서를 나타냄과 동시에 세계적인 보편성을 띠고 있기 때문입니다.

　《구운몽》은 우리 나라의 여러 가지 전통적인 사상들을 배경으로 태어난 작품으로서, 조선 시대의 유교 사상과, 삼국 시대에 전래되어 많은 사람들이 믿었던 불교 사상, 그리고 신선 사상을 설파했던 도교 사상이 그 밑바탕에 깔려 있습니다.

　이러한 사상들은 '성진'이라는 불자(佛者)의 이야기를 중심으로 작품 속에 형상화됩니다. 어떤 사람은 《구운몽》이 불교의 경전인 《금강경(金剛經)》의 주제를 소설화한 것이라고 하지만, 조선 시대의 이재(李縡)라는 사람은 《구운몽》의 주제에 대해 말하기를, '인간의 부귀공명(富貴功名)은 한낱 일장춘몽(一場春夢)에 불과하다는 것을 말하려는 것이다.'라고 지적하였습니다. 일장춘몽이란 여러분도 잘 아시다시피 '한바탕의 봄 꿈'이라는 뜻으로 헛된 영화(榮華)나 덧없는 일을 비유할 때 쓰는 말입니다. 이 속에서 우리는 구운몽의 불교적 세계관을 엿볼 수가 있습니다.

또 사상적 측면에서가 아니라 문학적인 측면에서 《구운몽》을 본다면, 인도·중국 등에서 이루어진 환몽구조(幻夢構造)의 이야기를 예술적으로 형상화한 것이라고도 볼 수 있습니다. 이러한 《구운몽》의 근원을 이루는 설화는 바로 삼국유사에 나오는 신라 시대의 설화 《조신의 꿈》입니다. 이 작품 역시 일장춘몽을 주제로 한 '꿈'의 문학이지요.

　하지만 우리가 《구운몽》을 읽으면서 깨달아야 할 것들은 선인들의 삶에 대한 자세와 사상이라고 할 수 있습니다. 많은 사람들이 돈과 물질을 좇고 있는 오늘날의 황금만능 시대에, 《구운몽》은 우리들에게 삶의 한 방편을 제시해 줄 수 있다고 봅니다. 작품 속에 나타난 선인들의 사상을 통해 지금의 우리 모습을 반성해 보고 변화시켜 보는 것은 어떨까요?

　물론 이 작품은 지금으로부터 300여 년 전인 조선 숙종 때의 소설이기 때문에 여러분이 읽고 이해하는 데 조금 어려움이 따를 수도 있습니다. 하지만 우리 조상들의 생활과 생각들을 체험해 볼 수 있다는 데 기대를 걸고, 양소유라는 인물과 팔 선녀가 펼치는 《구운몽》의 세계로 한번 들어가 볼까요?

성진, 인간 세상에 다시 나다

하늘 아래 세상에 산세가 빼어난 유명한 산(山) 다섯 개가 있었다. 동쪽에는 동악 태산이 있었고, 서쪽에는 서악 화산이 있었으며, 남쪽에는 남악 형산이 있었고 북쪽에는 북악 항산이 있었다. 그리고 그 가운데에 중악 숭산이 있었다.

이 오악 중에 중국에서 가장 멀리 떨어져 있는 산이 바로 남쪽에 있는 남악 형산이다. 이 남악 형산 바로 아래 구의산이 위치해 있고 북쪽으로는 동정강(江)이 흐르며 그 삼면에 소상강(江) 물이 돌아 나가니 그야말로 오악 중 가장 빼어나게 아름다운 곳이었다.

특히 이곳에는 아주 높은 봉우리가 다섯 개 있었으니 그것은 축용, 자개, 천주, 석름, 연화라는 봉우리였다. 언제나 구름과 안개로 뒤덮인 이 다섯 봉우리는 수목이 빽빽이 들어서 있는 것이 그 경관의 수려함은 이루 말할 수가 없었다. 그러나 아쉽게도 햇빛 쨍쨍한 맑은 날이 아니면 그 아름다운 경치를 감상하기가 힘들었다.

전하는 말에 의하면 진나라 때, 위서(魏舒)의 딸 위부인이 옥황 상제의 명령으로 신선의 시중을 드는 아이〔仙童〕와 여자 신선〔玉女·仙女〕들을 거느리고 이곳에 이르러 이 산을 지킨다 하니, 이 곳에서는 신기하고 영묘한 일들과, 기이하고 이상한 일들이 끊이지 않고 벌어졌다.

당나라 시절에는 한 늙은 승려가 중국 서방의 인도라는 곳에서 이곳으로 왔다. 그는 이곳 연화봉의 수려한 경치에 반하여 오륙 백 명이나 되는 제자들을 이끌고 이곳 연화봉 위에 거처를 마련하기로 했다.

그래서 그들은 이곳에 커다란 법당을 세워 놓았으며 그 늙은 승려를 중심으로 살아갔다. 그는 육여화상이라고도 하고 육관대사라고 부르기도 했다.

육관대사는 대승 불교(후기 불교의 2대 유파의 하나. 널리 인간 전체의 평등과 성불(成佛)을 주장함—註)를 설파하며 중생들을 가르쳤다. 뿐만 아니라 귀신을 마음대로 부리는 재주가 있어 사람들은 그를 살아 있는 부처로 모시며 떠받들었다.

그의 수하에는 오륙 백이나 되는 많은 제자들이 있었으나 그중에서 제일가는 수제자는 성진이었다. 성진은 경장(經藏)·율장(律藏)·논장(論藏)에 이르는 세 가지 불교 경전(삼장경문을 말함—註)에 완전히 통달한 총기 있는 사람이었다. 때문에 육관대사는 그의 제자 가운데 그를 제일 아꼈으며 자신이 입던 옷을 직접 성진에게 주었을 뿐 아니라 자신이 먹던 공양 그릇(바리때라고 함—註)까지 그에게 주고 싶어했다.

대사는 날마다 제자들을 한데 모아 불법에 대해 설파하고 그것에 관해 토론을 했다. 이 자리에는 백의(白衣) 노인으로 변한 동정(洞庭) 용왕까지 참석하여 육관대사의 불경(佛經)을 듣기도 하였다.

한번은 육관대사가 이르기를,

"나는 이제 너무 늙고 쇠약하여 산문 밖 출입을 못 한 지도 벌써 십 년이 넘었다. 너희 중 누가 나를 대신하여 물을 다스리는 신의 궁전에 들어가겠느냐? 가서 용왕님께 문안을 드리고 호의에 감사함을 전하고 올 자가 누구더냐?"

하였다. 이에 성진이 나서서 육관대사에게 재배하며 말하였다.

"소자, 비록 어리석고 모자라는 것이 많으나 대사님께서 허락하신다면 대사님의 명을 받들고자 합니다."

이 말에 육관대사는 흡족한 듯 미소를 지으며 성진의 말을 받아들였다.

성진은 육관대사의 명에 따라 무려 일곱 근이나 되는 법의(法衣)에 육환장(六環杖)을 둘러 짚고 용왕이 산다는 동정(洞庭) 수부(水府)로 향했다.

성진이 법당을 나선 지 얼마 되지 않아 남악 형산을 지킨다는 위부인(衛夫人)의 선녀들이 이곳에 도착했다.

그때 문 밖을 지키는 도인(道人)이 이들을 발견하고 대사께 여쭈었다.

"대사님, 남악 위부인께서 여덟 선녀를 보내셨습니다. 지금 문
밖에 와 있으니 어찌하올까요?"

대사는 그녀들을 안으로 들이라고 명하였다.

잠시 후 팔 선녀가 차례로 들어오더니 대사에게 정중히 예를 올
리고 그 앞에 꿇어앉았다. 그리고는 위부인의 말씀을 전하였다.

"대사님은 이곳 남악의 서쪽에 계시고 저희는 남악 동쪽에 있
지만 그 거리는 그다지 멀지가 않사옵니다. 그런데도 불구하고
저희가 하는 일 없이 바빠 이곳에 나와 대사님의 경문을 듣지 못
하고 있습니다. 따라서 이것은 도리에 어긋난 행동이고 또한 이
웃에 사는 처지로서 서로 교제가 없으니 위부인께서 문안을 여쭙
고 오라는 분부십니다. 그리고 대사님께 하늘의 꽃과 신선한 과
일과 비단을 전하라 하시니 부디 저희들의 정성을 받아 주옵소
서."

팔 선녀가 저마다 신선한 과일과 보배들을 들고 대사 앞에 나아
가니 대사는 손수 그것들을 받아 들었다. 대사는 이 물건들을 시
중 드는 사미승[侍子]에게 건네어 부처님 앞에 공양하라 일렀다.

이윽고 대사는 팔 선녀에게 합장하며 감사를 표했다.

"하늘의 신선[上仙]으로부터 이렇듯 뜻하지 않은 귀한 선물을
받으니 그저 감사할 따름이오. 이 보잘것없는 노승이 무슨 공덕
으로 이런 대접을 받는지 모르겠소."

말을 마친 대사는 커다란 불공을 베풀어 팔 선녀에게 보답했다.

팔 선녀는 대사에게 하직 인사를 올린 후 법당 밖으로 나왔다. 그녀들은 서로 손에 손을 잡고 걸어가며 말했다.

"이곳 남악은 전부 우리가 다스렸던 곳이야. 한 줄기 물이며, 산봉우리 하나하나가 모두 우리 것이었는데 대사께서 이곳에 거처를 정하신 후로는 이렇게 동서로 완전히 나뉘었으니 저 아름다운 연화봉을 코앞에 두고도 구경하지 못한 지가 언제인지 몰라. 어쨌든 지금 우리는 위부인의 명으로 이곳에 오게 됐으니 아주 좋은 기회인 것 같아. 아직 해가 저물려면 멀었고 또 따스한 봄 햇살이 이렇게 비치니 좀 노닐다 가는 게 어때? 우리 저곳에 올라 흥이라도 타 볼까? 시도 읊고 말이야. 그리고 궁중으로 돌아가서 자랑 삼아 이야기하자."

팔 선녀는 서로들 기쁜 마음으로 손을 맞잡고 천천히 산을 올랐다. 폭포에 이르러 그 시원한 물줄기를 내려다보기도 하고 또 그 물을 쫓아 밑으로 내려가기도 했다. 이어 잠시 돌다리 위에 머물러 한숨 돌리니 이때가 바로 꽃피고 새 우는 춘삼월이었다.

온갖 꽃들이 활짝 피고, 나무는 푸르렀으며 온 산은 구름과 안개로 자욱했다. 여기저기서 들려 오는 새 소리는 봄기운을 더욱 돋우고, 맑은 물은 마치 사람들을 떠나지 못하도록 붙잡아 두는 듯했다. 팔 선녀의 마음은 살랑대는 봄바람으로 인하여 뒤숭숭해졌고, 따스한 봄기운 때문에 저절로 흥에 취했다. 그래서 차마 자리를 뜨지 못하고 돌다리에 걸터앉아 시간 가는 줄 모르고 떠들고 웃고 하였다. 주변의 아름다운 풍광을 즐기며 재잘거리는 그녀들의 말소리와 낭랑한 웃음소리는 흐르는 물소리와 한데 어울렸고, 물에 비친 아름다운 그녀들의 자태는 한 폭의 그림과도 같았다.

한편, 동정 용왕을 만나기 위해 수부(水府)로 떠난 성진은 이윽고 물결을 헤치며 수정궁(水晶宮)으로 들어갔다. 용왕은 손수 여러 신하들을 거느리고 궁중 문 밖까지 나가 성진을 반갑게 맞이하였다.

이에 성진은 땅바닥에 넙죽 엎드려 대사의 말을 하나도 빼놓지 않고 용왕에게 전하였다. 용왕은 평소 대사를 공경하였으므로 성진에게 감사를 표했다. 용왕은 신선한 과일과 채소로 잔치를 베풀어 성진을 환대히 대접하였다. 성진이 음식을 입에 대어 보니 도무지 인간 세상의 음식과는 비교가 되지 않았다.

한창 잔치가 베풀어지는 도중 용왕이 술잔을 들고는 성진에게 삼배(三盃)를 권하며 말하였다.

"술이란 별로 좋은 것이 못 되지만 그래도 이 술은 인간 세상의 술과는 다르니 그대는 내 정을 생각해서 술잔을 받으라."

이에 성진은 술잔을 마다하며 겸손히 말하였다.

"술은 사람의 마음을 헤친다고 배웠습니다. 더욱이 술은 불가(佛家)에서 크게 경계하는 음식인지라, 소승(小僧) 감히 먹지를 못하겠사오니 부디 용서하시기 바랍니다."

그래도 용왕은 뜻을 굽히지 않고 계속해서 성진에게 술을 권했다. 이에 성진도 더는 거절할 수가 없어 석 잔의 술을 받아 마셨다. 그리고는 용왕에게 하직 인사를 올리고 나서 수궁을 떠났다.

성진은 부지런히 연화봉을 향해 걸어갔다. 그러나 연화산 아래에 당도하니 수궁에서 먹은 석 잔 술 때문에 슬슬 술기운이 오르기 시작했다. 그러자 문득 '이 일을 어쩐담. 대사께서 술에 취한 내 몰골을 보신다면 반드시 큰 벌을 내리실 거야.' 하는 생각이 들었다.

그리하여 성진은 장삼 위에 걸쳐 입은 가사(袈裟)를 벗어 땅 위에 놓고는 맑은 물에 얼굴을 씻었다. 한데 어디선가 묘한 향기가 흘러 성진의 코끝을 간질이니 곧 성진의 마음이 해이해졌다. 성진은 바람결에 날리는 이 향기를 이상히 여겨 혼자 중얼거렸다.

"이 향기는 예사롭지가 않아. 보통 초목의 향기가 아닌 것 같군. 이 산 어딘가에 뭔가가 있는 게 틀림없어."

성진은 다시 가사를 걸치고는 향기가 나는 곳을 향해 천천히 걸음을 옮겼다. 그곳에 이르니 돌다리 위에 팔 선녀가 나란히 앉아 있는 것이 아닌가. 성진은 육환장을 놓고는 그녀들을 향해 합장하며 두 번 절하고 말하였다.

"이곳에 계시는 낭자님들, 잠시 지나가는 이 소승의 청을 들어주십시오. 이 비천한 중은 육관대사의 제자인데 바로 사부님의 명을 받들어 지금 용궁에 다녀오는 길입니다. 하지만 이 좁은 다리를 이렇게 많은 낭자님들이 가득 메우고 계시니 소승이 지나갈 수가 없군요. 부탁하건대, 소승이 이 다리를 건널 수 있도록 잠깐 길을 내주십시오."

팔 선녀는 성진의 말에 역시 절을 하며 대답하였다.

"저희들은 남악 형산을 다스리는 위부인의 시녀랍니다. 저희도 위부인의 명을 받들어 육관대사께 문안을 여쭙고 오는 길이었습니다. 이곳 경관이 너무나 아름다워 구경도 할 겸 잠시 쉬고 있는 중이었지요. 예기(禮記)에 이르기를 남자는 왼쪽으로 가고 여자는 오른쪽으로 간다고 하였습니다. 저희가 이곳을 먼저 차지하였으니 화상(和尙 : 2인칭으로 승려를 높이거나 대접하여 이르는 말─註)께서는 부디 다른 길로 가 주시기를 청하는 바입니다."

이 말을 들은 성진은 팔 선녀에게 대답하였다.

"이곳은 물이 깊은 곳입니다. 그러나 길이라고는 여기밖에 없으니 꼭 이곳을 통과할 수밖에요. 그런데 낭자님들은 대체 저더러 어느 길로 가라는 말씀이십니까?"

선녀는 성진의 말에 답하였다.

"옛날 달마존자(達磨尊者)라 하는 대사가 계셨습니다. 그분은 연꽃잎을 타고도 큰 바다를 육지같이 다니셨다 하더이다. 그러니 화상께서 정말 육관대사의 제자라면 필시 신통한 도술 하나쯤은 갖고 계실 줄로 아옵니다. 그런데 어찌하여 이런 조그마한 개울하나 건너지를 못하고 이렇듯 아녀자와 실랑이를 하십니까?"

이에 성진이 큰소리로 웃으며 말하였다.

"여러 낭자님들, 보아하니 길을 빌려 주시는 대가로 무엇인가를 바라시는 모양인데, 보시다시피 저는 돈 한 푼 없는 가난한 중이올시다. 고로 제게는 금은보화 따위는 없습니다. 지닌 거라곤 백팔염주뿐이니 원컨대 괜찮으시다면 그것이라도 드리지요."

성진은 목에 걸친 염주를 벗어 손에 집어 들었다. 그리고는 한 송이의 복숭아꽃을 허공에 던지니 그 꽃은 네 쌍의 구슬로 변하였다. 그 구슬에서 뿜어 나오는 빛은 땅으로 가득 퍼졌고, 그 상서로운 기운이 허공을 메워 온 천지에 향기가 진동하였다.

이것을 본 팔 선녀는 그제서야 몸을 일으키며 말하였다.

"화상께서는 육관대사의 제자가 틀림없으십니다."

그러더니 선녀들은 손에 손을 잡고 공중으로 올랐다. 그녀들은 뒤돌아서 성진을 보고 웃더니 바람을 타고 어디론가 사라져 버렸다. 홀로 남은 성진이 주위를 살피니 팔 선녀는 그 어디에도 없었다.

한참이 지나자 고운 빛의 구름이 흩어지고 기묘한 향기도 사라졌다. 성진은 무엇엔가 홀린 듯 마음을 추스르지 못하고 법당으로 돌아왔다. 그리고는 동정 용왕의 말을 대사에게 그대로 전했다. 그러자 대사가 성진을 향해 물었다.

"어찌하여 이렇게 늦었는고?"

성진은 대사의 물음에 답하였다.

"용왕께서 더 머물다 가라고 어찌나 만류를 하시는지 차마 거절하지 못하여 이렇게 늦었습니다."

이 말에 대사는 이렇다 저렇다 아무 말 없이 성진에게 일렀다.

"네 방으로 가거라."

성진은 물러나 자기 방으로 돌아왔다. 그러나 밤이 되어 홀로 빈방에 누워 있으려니 아까 낮에 만났던 팔 선녀들의 목소리가 옆에서 들리는 듯했다. 뿐만 아니라 그녀들의 얼굴이 눈앞에 아른거려 황홀하기까지 했다. 이렇게 뒤숭숭한 마음을 진정시키지 못한 성진은 문득 이런 생각을 하였다.

'모름지기 남자로 태어났으니 어려서는 공자와 맹자의 글을 읽고, 자라서는 요순 시대와도 같은 임금을 섬기며, 나라를 위해서는 백만 대군을 거느린 채 적진을 향해 돌진하거나, 나라 안에서는 백관(百官)을 다스리는 재상이 되어 천하를 호령해 봐야 하지 않겠는가. 비단 두루마기를 온몸에 걸치고, 황금 도장을 허리에 차며, 궁에서는 임금을 섬기고, 밖에서는 백성을 달래 주며, 아름다운 여인들을 옆에 끼고 풍류를 즐기거나, 부귀영화를 뽐내며 이름을 후세에 떨치는 것이 대장부로서 할 일 아닌가. 아, 슬프구나. 매일 한술 공양 밥과 한 잔의 우물물로 끼니를 때우고, 나머지 시간은 불경을 외거나 염주만 굴리니 너무 허무하군. 아무리 내가 도통했다 한들 그것은 한낱 사라지고 없어지면 그뿐이니 내가 이 세상에 왔다 간 줄 그 누가 알겠는가.'

성진이 이런저런 생각에 잠을 못 이루며 뒤척이는 사이에 이미 밤이 깊었다. 그러나 눈을 감으면 팔 선녀가 앞에 있고, 눈을 뜨면 오간 데 없이 사라지는 것이 계속해서 되풀이되었다. 그러자 성진은 자신의 행동을 반성하며 혼잣말을 하였다.

"불법(佛法)에 임하려면 먼저 마음을 깨끗이 하는 것이 중요해. 이렇게 사사로운 감정에 얽매여서는 불법에 전념할 수가 없어."

성진은 일어나 앉아 염주를 굴리기 시작했다. 그리고는 소리를 내어 불경을 외웠다. 그런데 갑자기 바깥에서 성진을 급히 부르는 동자(童子 : 승려가 될 뜻을 가지고 절에 와서 머리를 깎고 불도를 배우면서도 아직 출가하지 않은 사내아이—註)의 목소리가 들려왔다.

"사형! 사형! 주무십니까? 사부께서 부르십니다."

성진은 동자의 전하는 말소리에 놀라 서둘러 대사에게 향했다. 대사는 촛불을 환히 밝혀 놓고 모든 제자들을 거느린 채 앉아 있었다. 눈이 휘둥그레진 성진을 향해 대사는 몹시 노한 목소리로 입을 열었다.

"성진아, 네가 네 죄를 아느냐?"

이에 성진은 영문도 모르는 채 신을 벗어 놓고 문 밖에 엎드려 말하였다.

"소자, 사부님을 받든 지가 십 년이 넘었습니다. 그간 불순하고 불공한 일은 조금도 하지 않았기에 제 죄를 알지 못하겠나이다."

성진의 말이 채 끝나기도 전에 대사는 갑자기 화를 버럭 내며 말하였다.

"네가 용궁에 내려가 불가에서 금하는 술을 먹었으니 그것도 죄요, 오는 도중에 돌다리 위에서 팔 선녀와 말장난을 하고 꽃을 꺾어 주었으니 그것도 죄이니라. 뿐만 아니라 이곳에 돌아와서도 팔 선녀를 잊지 못하고 불가에서 경계하는 인간의 부귀영화를 생각하니 그것도 큰 죄니라. 그런 마음으로 어찌 불법에 임하겠느냐. 너의 죄가 이처럼 중하니 더는 이곳에 머물게 할 수가 없다. 그러니 네가 가고 싶은 곳으로 가거라."

성진은 깜짝 놀라 머리를 조아리며 울먹였다.

"소자가 지은 죄를 알았습니다. 달리 아뢸 말씀은 없으나 용궁에서의 일은 어쩔 수가 없었습니다. 용왕님이 어찌나 술을 권하시는지 더는 거절할 수가 없었습니다. 그리고 돌다리 위에서 팔선녀와 노닥거린 것은 그녀들이 길을 내주지 않았기에 그런 것뿐이었습니다. 그리고 방으로 들어가 잠시 정신이 흐려져 망령된 생각을 한 것은 사실이지만 잘못을 뉘우치고 다시 마음을 깨끗이 하여 불경을 외웠으니 제 죄가 그리 크지 않다고 생각되옵니다. 그래도 죄된다 하시면 종아리나 치실 일이지 어찌하여 야박하게 밖으로 내치시는지요? 소자 열 살 때부터 부모와 일가친척을 버리고 출가하여 머리 깎고 중이 되었습니다. 그리고 여태껏 사부님을 모시어 왔는데 이 연화 도량(불교에서 불도를 닦는 장소―註)을 버리고 저더러 어디로 가라는 말씀이십니까?"

성진의 대꾸에 대사가 말하였다.

"하지만 이제 네 마음이 변하여 산중에 있어도 더는 공부를 하지 못할 것이니 더 이상 거역하지 말고 어서 떠나거라. 네가 언젠가 깨달음을 얻은 날에는 다시 이곳을 찾을 날이 있을 것이다."

이렇게 말을 마친 육관대사는 사자(使者)인 황건역사(黃巾力士)를 불러 큰소리로 명하였다.

"이 죄인을 잡아 지옥으로 호송하고 염라대왕께 넘기도록 하여라."

육관대사의 말에 성진은 그야말로 간이 떨어질 뻔하였다. 그래서 그는 머리를 땅에 박고 눈물을 흘리며 용서를 빌었다.

"사부님, 사부님, 부디 소자의 말을 들어주십시오. 옛날 아란존자(阿難尊者)라고 하는 자는 매음굴에 가서 창녀와 잠자리를 하였지만 석가모니께서는 오히려 죄라 하지 않으셨습니다. 물론 소자가 말이나 행동을 조심하지 않은 죄는 있사오나 아란존자에 비할 수도 없이 가벼운 것인데 어찌하여 사부님은 자꾸 연화 도량을 버리고 지옥으로 가라 하십니까?"

성진의 말을 들은 대사가 말하였다.

"아란존자는 창녀와 동침하였어도 그 본마음은 일체 변치 아니하였도다. 하지만 너는 한 번밖에 보지 않은 여인들로 인해 본심을 잃어버렸으니 어찌 너와 아란존자를 비교할 수 있단 말이냐?"

성진은 더는 버틸 수가 없었다. 그래서 흐르는 눈물을 억제하지 못하고 부처님과 육관대사에게 하직 인사를 드렸다. 그리고는 마지막으로 사형(師兄 : 불교에서 한 스승 밑에서 불법을 배우는 선배를 이르는 말—註) 사제(師弟 : 불교에서 법계상 아우뻘이 되는 사람—註)와 이별을 나누고, 사자(使者)를 따라 수만 리 길을 떠났다.

성진이 음혼관(陰魂關) 망향대(望鄕臺)를 지나 지옥에 이르니 거기에는 입구를 지키는 귀졸(鬼卒)이 있었다. 성진 일행을 본 귀졸은 이들에게 물었다.

"이 죄인은 무슨 죄를 지었소?"

황건역사가 귀졸의 말에 대답하였다.

"이 죄인은 육관대사의 명에 의해 이곳으로 데리고 온 것이오."

귀졸이 문을 열어 주자, 황건역사는 성진을 데리고 삼라전(森羅殿)으로 들어갔다. 그곳에 있던 염라대왕은 성진을 보더니 입을 열었다.

구
운
몽

"너는 수행을 많이 한 승려가 아니더냐? 몸은 연화봉 도량에 매여 있었으나, 너의 이름은 지장왕(地藏王) 향안(香案)에 있었느니라. 너는 도술이 신통하여 많은 중생을 건져 극락 세계로 인도할 줄 알았는데 이곳에는 무슨 일로 왔느냐?"

성진은 얼굴이 화끈 달아오르며 말하였다.

"소승이 잠시 망령된 생각을 하여 사부님께 큰 죄를 지었습니다. 그러니 대왕께서는 원하시는 대로 처분하여 주십시오."

한참이 지나자 황건역사는 다시 여덟 명의 죄인을 끌고 염라대왕 앞으로 왔다. 성진은 잠깐 고개를 들고 죄인들을 쳐다보았다. 보아 하니 남악 형산의 팔 선녀가 아닌가.

염라대왕은 성진에게 물은 것처럼 이 팔 선녀에게도 똑같이 물었다.

"너희들은 남악산의 수려한 경치를 버리고 어찌하여 이곳에 왔는고?"

팔 선녀는 부끄러움으로 얼굴을 들지 못한 채 대답했다.

"저희들은 위부인의 명에 따라 육관대사께 인사드리고 오는 중

이었습니다. 그런데 성진 화상께서 길을 지나시기에 몇 마디 나
누었을 뿐인데 육관대사께서 저희를 잡아 위부인께 넘기셨습니
다. 좋은 곳을 더럽혔다 하시면서……. 어쨌든 저희들 모두는 대
왕님 하시기에 달렸으니 부디 좋은 곳으로 보내 주옵소서."

  염라대왕은 지장보살(地藏菩薩 : 석가의 위촉을 받아, 그가 죽은
뒤 미래불인 미륵불이 출현하기까지의 무불(無佛)시내에 6도(六道)
의 중생을 교화 · 구제한다는 보살. 6도란 불교에서 깨달음을 얻지
못한 무지한 중생이 윤회 전생하게 되는 6가지 세계로 가장 좋지 못
한 곳이 지옥도(地獄道), 그 다음이 아귀도(餓鬼道), 축생도(畜生道),
아수라도(阿修羅道) 또는 수라도, 인간도(人間道), 천상도(天上道)를
말함—註)에게 이 사실을 알리고 아홉 명의 사자(使者)를 불러 성
진과 팔 선녀를 인간 세상으로 보냈다.

  성진은 염라대왕의 명에 따라 사자를 따라갔다. 하지만 어찌나
바람이 이는지 한치 앞도 볼 수가 없었다. 이윽고 바람이 멈추고
정신을 차려 보니 어느덧 자신이 땅으로 와 있음을 알았다.
  그곳은 사방으로 푸른 산이 있었고 맑은 물이 흐르는 어느 조용
한 마을이었다. 사자는 성진에게 잠시 기다리라며 명한 후, 마을
쪽으로 들어갔다. 그런데 성진이 그곳에 서서 기다리며 듣자 하
니 웬 아낙네들의 목소리가 들려 왔다.
  "양처사(處士 : 벼슬을 하지 않고 초야에 묻혀 사는 선비—註) 부
인이 오랫동안 태기가 없다가 오십이 넘어서야 임신을 했거늘,

해산일이 지났는데도 아직까지 소식이 없는 게 이상하지 않소?"

한참 후에야 돌아온 사자는 성진의 손을 잡으면서 말하였다.

"이곳은 당나라 초땅 회남도(淮南道)에 있는 수주(秀州)라는 마을이다. 그리고 이 집은 양처사의 집이니 곧 처사는 너의 아버지가 될 것이고, 부인인 유씨는 너의 어머니가 될 것이다. 너의 전생의 인연으로 인해 이제 너는 이 집 자식이 될 것이니 더 이상 지체 말고 빨리 들어가도록 하라."

성진은 사자의 말에 따라 집 안으로 들어갔다. 그러자 머리에 두건을 쓴 처사가 뒷솔기가 갈라진 흰옷 가장자리에 검은 천을 댄 소매 넓은 옷을 입고 화로에다 약을 다리고 있었다. 안에서는 유씨 부인이 해산의 고통으로 인해 신음하는 소리가 들려 왔다.

사자는 한시바삐 서두르라며 성진을 뒤에서 힘껏 밀쳤다. 이로 인해 성진은 그만 땅에 엎어지고 말았다. 하지만 갑자기 천지가 뒤집히는 듯 정신이 아득해져 왔다.

성진은 두려워 소리를 질렀다.

"살려 주세요! 살려 주세요!"

그러나 그 소리는 입 밖으로 나오지 않고 목구멍 속에서만 맴돌 뿐이었다. 대신에 갓난아기의 울음소리만이 새어 나왔다. 이윽고 부인이 아기를 낳은 것이었다. 건강한 사내아이였다.

어느새 아기로 변해 버린 성진은 여전히 연화봉에서의 추억이 남아 있어 그것들을 기억하고 있었다. 그러나 부모의 보살핌 속에서 하루하루를 살다 보니 어느덧 전생에 대한 기억은 까마득히

잊혀져 갔다.

양처사는 뒤늦게 얻은 아들이 너무 사랑스러운 듯 말하였다.

"이 아이는 귀한 사람이 될 골격을 가졌어. 필시 천상에 있던 신선이 귀양 온 게 틀림없어."

그는 아들의 이름을 소유라 짓고, 자(字 : 본명을 함부로 부르지 않던 시대에, 본명 이외에 따로 짓던 이름으로 주로, 친구 사이에 부르는 이름임—註)는 천리라 하였다.

소유가 10살이 되자 그의 얼굴은 옥같이 맑고 눈은 샛별같이 빛났으며 풍채가 빼어나고 출중한 재능을 지녔으니 덕이 많은 대인군자 같았다.

그러던 어느 날이었다. 양처사가 부인에게 이르기를,

"나는 본디 세속 사람이 아니었소. 나는 신선이 사는 봉래산의 관리〔仙官〕로서 부인과의 전생 연분으로 인해 이곳에 내려온 것인데 이제 아들을 보았으니 다시 봉래산으로 가야겠소. 하지만 부인은 무병장수하여 부귀영화를 누리시오."

하였다. 그러더니 학을 타고 공중으로 올라가 버렸다.

소유, 진채봉과 언약하다

　양처사가 이렇게 승천하고 나서 세월이 흐르니 소유도 어느덧 15세가 되었다. 장성한 양소유의 외모는 빼어났고, 문장은 이적선(李謫仙) 같았으며, 글씨는 그야말로 왕희지(王羲之)였다. 게다가 지혜롭기는 《손자병법》을 쓴 손무(孫武)와 《오자》라는 책을 남긴 병법가 오기(吳起)에 비할 바가 아니었다.

　어느 날 소유는 어머니에게 이렇게 말하였다.

　"어머니, 과거 시험이 있다는 소문이 있습니다. 그래서 아뢰는 말씀이온데 소자도 이제 어머니 곁을 떠나 서울 황성에서 공부하고 싶습니다."

　유씨 부인은 평소 아들이 평범하지 않다는 것을 알고 있던 터였다. 그렇긴 하지만 아들을 만리 밖 타향으로 보내는 것이 못내 아쉬웠다. 그러나 공을 세워 이름을 날리고 가문을 드높이겠다는 아들의 뜻을 받아들이기로 하였다. 그래서 즉시 봉황 무늬가 새겨진 자신의 금비녀까지 팔아 아들의 행장(行裝)을 꾸려 주었다.

드디어 떠나는 날, 소유는 어머니와 작별 인사를 나누고 나서 한 필의 나귀를 타고 어린 학동(書童)과 함께 길을 떠났다.

길을 가다가 어느 한 곳에 이르니 근사한 수양버들 한 그루가 서 있었다. 그 가운데에는 소그마한 누각이 있었는데 화려하고 아름다운 단청으로 단장되어 있었다. 주변에서는 좋은 냄새가 풍겨 나왔다. 이곳이 바로 화주 화음현(華州 華陰縣)이라는 곳이었다. 소유는 봄기운에 절로 흥에 겨워 버들가지를 잡고 〈양류사(楊柳詞)〉라는 시를 지어 읊었다.

버들가지 푸르러 베를 짠 것 같으니,
긴 가지 그림 같은 누각에 드리웠구나.
원하건대 그대는 부지런히 심으시오.
이 나무 제일 멋지다오.

버들은 어찌하여 푸르고 푸르른가!
긴 가지 비단 기둥에 드리웠구나.
원하건대 그대는 쓸데없이 꺾지 마오.
이 나무 제일 정이 많다오.

시를 읊는 소유의 목소리가 하도 맑고 청아하니 마치 옥이 구르는 소리 같았다.

이때였다. 바로 그 누각 위에 그야말로 웬 옥 같은 처자가 있는 것이 아닌가. 그 처자는 누각에서 단잠을 이루다가 시 한 구절을 읊조리는 목소리에 그만 잠에서 깨었다. 그리고는 생각하기를,

'이 목소리는 사람의 목소리 같지가 않아. 이 목소리의 주인공을 찾고야 말겠어.'

하였다. 처자는 즉시 베고 있던 베개를 밀치며 일어나 난간에 몸을 의지한 채 사방을 살폈다. 그러다가 그만 소유의 눈과 마주치고 말았다.

소유가 보니 초승달 같은 눈썹에 백옥같이 하얀 얼굴이 그야말로 미인이라 할 만했다. 귀밑까지 드리워진 머리에 반쯤 비스듬히 기울어진 옥비녀로 보건대 이 처자는 필시 낮잠을 자다 일어난 게 분명했다. 그러나 자다 일어난 부스스한 모습이 어찌나 천연덕스럽고 아름다운지 소유는 말로 다 표현할 수가 없었다.

두 사람은 서로에게 시선을 고정시킨 채 말없이 서 있었다. 이때 묵을 곳을 알아보기 위해 객점(客店)에 갔던 소유의 어린 서동이 다가와 말하였다.

"저녁밥이 다 되었다 하옵니다. 어서 그리로 행차하십시오."

이 말을 들은 소저(小姐 : 지난날, '처녀'를 대접하여 이르던 말―註)는 누각에 반쯤 내리워져 있던 주렴(珠簾 : 구슬을 실에 꿰어 만든 발―註)을 치고 누각 안으로 사라졌다. 이에 소유는 갑자기 나타난 서동을 원망하는 마음으로 누각을 바라보며 그 자리에

구
운
몽

마냥 서 있었다. 그러나 지척이 천리임을 깨닫고는 다시는 만나지 못하려니 하며 서동을 따라 객점으로 갔다. 객점에 와서도 소유는 누각에서 만난 처자로 인해 속절없이 애만 태웠다.

원래 이 소저의 성은 진씨로 진어사의 딸이며 이름은 채봉이다. 일찍이 어머니를 여의고 형제자매 없이 아버지를 모시고 있었는데, 지금은 아버지마저 벼슬 때문에 서울로 가 있는 바람에 홀로 지내고 있었다. 그런데 뜻밖에도 소유를 마주치니 그 외모와 재주에 그만 반하고 말았다.

"여자가 장부를 섬기게 되는 것은 일생일대의 중요한 일이야. 누구를 만나느냐에 따라 평생 동안의 영예와 고락이 달려 있어. 옛날 탁문군(卓文君)은 과부의 몸인데도 불구하고 사마상여(司馬相如)를 따랐잖아. 나는 처녀의 몸이니 스스로 중매하기가 가당치도 않지만 특별히 여자로서의 행실에 해롭지는 않을 거야. 하지만 그 사람의 성도, 이름도, 사는 곳도 알지 못하니 어쩜. 나중에 아버지께 말해서 중매쟁이를 보낸들 어디 가서 그를 찾지?"

소저는 즉시 편지를 쓰고는 유모에게 주며 말했다.

'이것을 가지고 어서 객점으로 가게나. 내 집 누각에서 나귀를 타고 가다가 양류사라는 시 한 구절을 읊은 젊은 상공(相公)이 있거들랑 어서 이 편지를 전해 주게. 그리고는 일생의 인연을 맺고 싶어하는 내 뜻을 전하되 내게는 아주 중요한 문제이니 유모는 허술히 이 일을 해서는 안 되네. 아마 그 선비는 외모가 출중하여 그곳에 가면 쉽게 찾을 수가 있을걸세.'

이 말을 들은 유모가 답하였다.

"저야, 뭐 아씨의 말에 따르면 되겠지만 나중에 아버님께서 이 일을 아시고는 노하시어 혼이라도 나시면 어쩌시려고 그러십니까?"

이에 소저가 말하였다.

"그것은 내가 당할 문제이지 자네가 걱정할 일이 아니야."

유모가 다시 이어 말하였다.

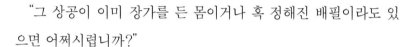

"그 상공이 이미 장가를 든 몸이거나 혹 정해진 배필이라도 있으면 어쩌시렵니까?"

이 말에 잠시 할말을 잃은 소저가 입을 열었다.

"만약 그분께서 불행하게도 장가를 들었거나 정해 놓은 배필감이 있으시다면 나는 그분의 첩이라도 될 작정이니 그리 알게. 그러나 그 상공은 아직 장가들 나이로 보이지 않았으니 분명 부인이 있을 것 같지는 않아. 그러니 더 이상 쓸데없는 생각 말고 어서 가서 전하게."

소저의 명에 따라 유모가 객점으로 가니, 때마침 소유는 객점 밖을 거닐고 있었다. 그런데 웬 노파가 〈양류사〉를 읊은 선비를 찾는 것을 보고는 그 앞으로 바삐 나아가 물었다.

"양류사를 읊은 이가 바로 나인데 노파는 어인 일로 그 일을 묻는가?"

유모가 소유를 보니 과연 한눈에 알아볼 만하였다.

"저, 드릴 말씀이 있사온데 여기서 나눌 말이 아닙니다."

소유는 사정을 듣기 위해 유모를 객점 안으로 데리고 들어갔다. 그러자 유모가 소유에게 물었다.

"상공은 양류사를 어디에서 읊으셨습니까?"

이 말에 소유가 대답하였다.

"나는 이곳 사람이 아니라네. 마침 길을 지나다가 큰길에 있는 누각을 보았는데 그 앞에 있는 버드나무가 어찌나 아름다운지 그만 내 흥을 이기지 못하고 시 한 수 읊었을 뿐인데 그게 어쨌다는 건가?"

유모가 말하였다.

"그렇다면 그때 혹여 상공께서 누군가와 대면한 사람이 있으십니까?"

이에 소유가 대답하였다.

"그렇다네. 내가 그곳의 경치에 반해 잠시 머물러 있는데 마침 하늘의 신선이 사는 곳과 같은 누각에서 하늘에서 내려온 선녀와 같은 아리따운 처자와 눈이 마주쳤다네. 그곳에서 풍겨 나오는 기이한 향기와 그 처자의 모습이 지금도 눈에 아른거려 잊지 못하겠네."

유모가 말하였다.

"그 집은 다름 아닌 진어사댁입니다. 상공께서 보신 처자는 진어사님 따님이고요. 바로 우리 아씨지요. 우리 아씨로 말할 것 같으면 총명하고 사람 보는 눈이 탁월하신 분입니다. 그런데 아씨께서 잠깐 상공을 보시고는 그만 반하여 몸을 맡기실 뜻이 있다

하옵니다. 하지만 부친인 진어사께서 지금 서울에 계시니 때를 기다리다간 상공께서 떠나실지도 모른다 하시며 이렇게 저를 매파로 보내셨습니다. 그러니 이 노첩(老妾)에게 상공의 성명과 고향에 대해서 묻고 혼인 여부를 알아 가지고 오라 하셨습니다."

이 말에 소유는 대단히 기뻐하며 말하였다.

"나는 양씨이고, 이름은 소유라 하네. 고향은 초나라 수주라는 곳이고, 그곳에 지금 노모 한 분이 계시지. 그리고 내 아직 나이가 어려 딱히 정한 배필은 없네. 무릇 혼례라 하면 서로 양가 부모께 허락을 구해야 하겠지만 내 지금 한마디로 결단을 내릴 터이니 가서 전하게."

유모는 일이 잘될 것 같은 생각에 기쁜 마음으로 소저의 편지를 전하였다. 소유가, 봉한 편지를 뜯어 보니 거기에는 소유가 읊은 〈양류사〉에 대한 답신이 적혀 있었다.

누각 앞에 버들 심은 뜻은,
낭군의 말을 매게 하려 함이거늘,
어찌하여 꺾어서는 채를 만들어,
장대 길을 재촉하십니까.

소유는 이 글을 읽고는 감복하여 말하기를,

"그 옛날 시를 잘 짓던 왕유(王維)와 이백(李白)도 이보다 더 낫지는 않을 것이다."

하였다. 그리고는 즉시 꽃잎에다 시 한 수를 지어 유모에게 건넸
다. 그 시는 다음과 같았다.

버들 천만 실이,
실마다 곡진한 마음을 맺었구나.
원컨대 달 아래에서 만나,
봄소식을 정할까 하오.

유모가 소유의 시를 받아 품안에 넣고 객점을 나서려는데 소유
가 다시 유모를 불러 말하였다.

"그 소저는 진나라 사람이요, 나는 초나라 사람이라. 우리는 산
천이 가로막혀 그 거리가 머니 서로 소식을 전하기 힘들 것이다.
그런 까닭에 오늘 아무런 징표를 남기지 않으면 의미가 없을 터
이니 오늘 밤 달빛을 타고 소저의 얼굴을 좀 볼 수가 있겠는가.
생각해 보니 서로에게 어떤 굳은 약속이 필요할 것 같으이."

유모는 무슨 말인지 알겠다는 듯 소저에게로 돌아갔다. 그러나
잠시 후에 다시 돌아와서는 소저의 뜻을 소유에게 전했다.

"우리 아씨께서 상공의 답신을 보시고는 감격해 마지않으셨습
니다. 그리고 상공께서 말한 바를 전하니 아씨께서도 상공을 만
나 뵙는 일을 허락하셨습니다. 그러시면서 덧붙이신 말이 남녀가
서로 혼례를 치르기도 전에 만난다는 것이 도리에 어긋나는 일이
지만 이제 상공께 몸을 의탁하기로 한 이상 더는 상공의 말씀을

어기지 못한다고 하셨습니다. 하지만 달밤에 남녀가 서로 만나게
되면 남의 입에 오르내릴 것이고, 또 아버님께서 아시는 날에는
성을 내실 게 분명하니 밝은 날 길에서 만나 언약하는 것이 어떻
겠느냐고 하셨습니다."

소유는 유모가 전하는 말을 듣고는 감탄하며 말하였다.

"소저는 꽤 지혜로운 처자로군. 내가 미처 거기까지 생각하지
못했군 그래."

그리고는 유모에게 고마움을 표한 후 돌려보냈다.

그날 밤, 소유는 객점에서 묵는데 도무지 소저가 마음에 묻혀
잠을 이룰 수가 없었다. 삼월의 밤이 이렇게 긴 줄을 몰랐던 소유
는 밤을 꼬박 새우고 말았다. 이어 새벽 첫 닭이 울고, 조금 있으
려니 먼동이 텄다. 소유는 나귀를 먹이기 위해 서동을 깨웠다. 하
지만 그때였다. 갑자기 천만 사람이 들끓는 듯한 대규모의 군대
가 지나가는 소리에 천지가 진동하는 것이 아닌가. 소유는 이 소
란에 놀란 나머지 서둘러 옷을 입고 밖으로 나가 보았다.

길거리는 피난을 떠나는 사람들로 아우성이었다. 소유가 지나
가는 사람을 붙들고 이 소동에 관해 물으니 서울에 변고가 났다
고 했다. 즉 신책장군(神策將軍)인 구사량(仇士良)이란 사람이 스
스로를 황제라 칭하며 군병을 대동하고 난을 일으켰다는 것이다.
이에 천자(天子 : 천명을 받은 하늘의 자식이라는 뜻으로 황제를 달
리 이르는 말—註)께서는 난리를 피해 양주(梁州)로 가셨으나 괘
씸한 마음에 크게 노여워하시어 신책장군과 그 졸병을 치시니 그

적병들이 사방으로 흩어졌다 한다. 그런데 그 적병들이 도주하면서 사람과 말들을 있는 대로 겁탈하기에 이렇게 피신 중이라고 하였다.

소유는 이 말을 듣고 서동과 함께 피난길을 재촉하였다. 그러나 초행길에 어디가 어딘지 분별하지 못하여 남전산(藍田山)으로 오르니 그 꼭대기에 웬 초가가 하나 있었다. 보아하니 절벽 위에 자리잡은 그 초가는 구름에 가리운 것이 마치 그 안에서는 학의 소리가 들리는 듯했다.

소유는 분명 그곳에 사람이 있을 것으로 생각하고는 바위 사이를 헤치며 올라갔다. 그곳에 이르러 보니 초가는 도인(道人)이 사는 선가(仙家)였다. 궤에 비스듬히 누워 있던 도인은 가까이 다가오는 소유를 보더니 마치 반갑다는 듯 일어나 앉으며 말하였다.

"그대는 피란(避亂)하는 사람 같구나."

소유가 그렇다고 대답하자 도인은 다시 물었다.

"그대는 필시 초 땅 회남의 양처사 아들일 것이다. 그 모습이 어찌 그리 닮았는고?"

소유는 이 말에 깜짝 놀라 도인 앞으로 나아가 두 번 절하며 말하였다.

"어떻게 그걸 아시는지요. 소생이 바로 양처사의 아들입니다. 아버님과 이별을 한 후로는 어머님과 단 둘이 살고 있었습니다. 소생의 재주가 비록 미련하나 약관의 나이에 가까이 이르러 과거를 치르러 화음현에 닿은 것입니다. 그런데 그만 난리를 만나 이리로 피신한 것인데 이렇게 아버님을 아시는 분을 만나 뵈올 줄은 몰랐습니다. 이것은 필시 하늘의 명이실 것입니다. 혹시 아버님에 관한 소식을 알고 계시는지요? 아버님은 대체 어디 계시며 지금 건강은 어떠하십니까? 부디 말씀 좀 해 주십시오."

소유가 눈물을 글썽이며 묻자 도인이 웃으며 대답하였다.

"내 그대의 부친과 얼마 전 자각봉(紫閣峰)에서 바둑을 두었느니라. 그대 부친은 아직도 얼굴이 아이 같고 머리카락 또한 세지 않았으니 심히 평안해 보인다. 그러니 그렇게 염려하지 않아도 된다."

소유는 울먹이는 목소리로 다시 한 번 물었다.

"원하옵건대 부디 아버님을 뵈올 수가 있는지요?"

도인은 소유의 말에 웃으며 말하였다.

"부자간의 정이 지극하다는 건 내 알지만, 신선과 보통 사람은 다르기 때문에 볼 수가 없느니라. 또 삼산(三山 : 삼신산(三神山). 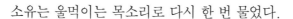 중국 전설에 나오는 봉래산 · 방장산 · 영주산을 일컫는 말로 불로불사의 약초가 있어 신선이 산다고 함—註)이 이렇게 아득한데 어디 가서 네 아비를 찾겠느냐. 부질없는 생각 말고 예서 머물다가 난리가 물러가면 그때 내려가도록 하라."

소유가 흐르는 눈물을 거두며 마음을 진정시키고 있는데 도인이 갑자기 벽 위에 있는 거문고를 가리키며 말했다.

"그대는 저것을 탈 줄 아느냐?"

소유가 대답하였다.

"소생, 거문고를 좋아하지만 아직 어진 스승을 만나지 못해 제대로 탈 줄 모르옵니다."

도인은 동자를 불러 거문고를 내리게 했다. 그리고는 인간 세상에서 들어 보지 못한 네 곡을 타니, 그 소리가 어찌나 청아하고 맑은지 신비하기까지 했다. 도인이 소유에게 거문고를 타 보라고 권하자 소유는 시범으로 풍입송(風入松)을 탔다. 또한 평소 음악을 좋아하고 총명한 소유인지라 도인이 타던 곡까지 비슷하게 따라하니 도인의 입가에는 흡족한 미소가 떠올랐다. 도인은 소유의 재주를 기특히 여겨 이번에는 퉁소를 내어 시범을 보였다. 그러자 이번에도 역시 소유는 그 소리를 능란하게 따라하였다.

도인은 소유의 재주에 반하여 말하였다.

"내가 그대에게 거문고와 퉁소를 내리겠으니 소중히 간직하라. 뒷날 반드시 쓸 일이 있을 것이니라."

소유는 그것들을 감사히 받으며 절을 올렸다.

"이렇게 선생님을 만나 뵙게 된 것도 다 부친께서 인도하신 까닭일 것입니다. 그리고 선생님은 부친의 친구되시니 제 아버님이나 다를 바 없습니다. 부디 선생님의 제자가 되어 선생님을 모시게 하여 주십시오."

이 말을 듣자 도인이 크게 웃으며 말하였다.

"인간의 부귀영화가 그대를 좇을 운명이니 그대는 그것을 피하지 못할 것이다. 그러니 어찌 그대가 이 바위 위에서 늙은이와 함께 세월을 보낼 수 있단 말이냐. 우리는 같은 무리가 아니며 그대

또한 반드시 돌아갈 곳이 있느니라."

이렇게 말한 도인은 팽조(彭祖)의 방서(方書)라는 책 한 권을 소유에게 건네 주며 말했다.

"이것을 숙지하라. 그러면 그대는 불로장생할 수 있을 것이다."

소유는 다시 절을 올리며 말하였다.

"소생에게 부귀영화가 따를 것이라 말씀하시니 한 가지 여쭙겠습니다. 소생 여기 오기 전 화음 땅에서 진씨 성을 가진 처자와 혼담이 오갔는데 그만 난리통에 이리로 오고 말았으니 그 혼사가 이루어지겠습니까?"

도인은 이 말에 웃음을 머금으며 말하였다.

"혼인의 길은 어두운 밤길과 같아서 아무도 모르느니라. 그리고 앞일을 안다 한들 내 어찌 천기를 누설하겠느냐. 다만 그대의 인연은 여러 곳에 있으니 꼭 진씨 여생에게만 온 마음을 쏟지는 말아라."

이 날은 소유가 도인을 모시고 잠자리에 들었다. 그런데 아직 채 날이 밝기도 전에 도인이 소유를 깨우며 말하였다.

"이제 난이 평정되어 길이 열렸느니라. 이번 난으로 인해 올해 있을 과거는 내년으로 미루어졌다. 모친께서 그대 떠난 후로 밤낮으로 걱정이시니 어서 속히 돌아가도록 하여라."

도인은 소유에게 여비까지 주며 행장을 꾸려 주었다. 소유는 거듭 감사의 절을 올리고는 도인이 준 거문고와 퉁소를 챙겨 산을 내려왔다. 그런데 소유가 뒤를 돌아보니 바위 위에 있던 초가며

구
운
몽

도인은 온데간데없이 사라져 버렸다.

소유가 난을 피해 이 산을 오른 지가 바로 어제의 일인데 산을 내려오니 곳곳에 국화가 만발하였다. 소유는 꽃피는 춘삼월에 웬 국화가 피었는가 싶어 지나가는 행인에게 물었다. 그런데 행인이 말하기를 지금은 추팔월 가을이라고 하였다. 소유는 도인과 하룻밤을 보낸 것이 전부인데 어느덧 가을이라 하니 참으로 기이한 일도 다 있다고 생각했다.

어찌 되었든지 간에 소유는 나귀를 몰아 마을로 들어갔다. 마을에 이르러 전에 묵었던 객점에 도착하니 전과 같지가 않았다. 다만 서울 구경을 온 선비들이 오가기에 물어 보니 천자가 병사들을 모아 다섯 달 만에 반란자들을 완전히 무찌르고 과거는 내년 봄으로 연기되었다는 소식만 들을 수 있을 뿐이었다.

소유는 이어 진어사의 집을 찾아가 보았다. 하지만 그 멋있었던 수양버들은 사라지고 흔적만이 남아 있었다. 뿐만 아니라 아름다운 누각도 모두 다 타 버려 집은 쑥대밭이 되어 있었다. 이 황량한 광경을 본 소유는 너무나 허무하여 눈물을 흘리며 소저의 〈양류사〉를 읊었다. 그리고는 인기척 하나 느껴지지 않는 것이 이상하여 객점으로 가 그 이유를 물어 보았다.

"저 큰길에 있는 진어사댁 집이 예전 같지 않은데 그 집 식구들이며 그 집에 대한 소식에 대해 아는 바 있는가?"

객점 주인은 소유의 물음에 한숨을 내쉬며 대답하였다.

"상공께서는 아직 소식을 듣지 못하셨나 보오. 진어사가 역적의 일에 참여했다 하여 처형당하고는 그 집 여식이 서울로 잡혀 갔소. 그런데 바로 오늘 그 집 식솔들이 영남(嶺南) 땅의 어느 집 노비가 되어 이 길을 지나갔다고 하는데 진소저도 거기에 끼어 있었다는 소문도 있고, 혹 이미 죽었다는 소문도 있으니 어느 것이 사실인지는 알 길이 없습니다."

이 말을 들은 소유는 두 뺨 위로 눈물을 흘리며 남전산 도인의 말을 떠올렸다.

'혼인의 길은 아무도 모른다는 말이 바로 이 때문이었군.'

소유는 커다란 슬픔으로 인해 마음을 추스르지 못하고 방황하다가 하루를 더 머물고는 고향인 수주로 발길을 옮겼다.

이 무렵 아들을 떠나 보낸 유씨 부인은 단 하루도 마음 편할 날이 없었다. 게다가 서울에 반란이 일어나 이루 말할 수 없이 혼란하다는 소문이 자자하니 그 근심은 날로 더해 갔다. 그러다가 집으로 돌아온 소유를 보고는 죽은 사람을 다시 만난 듯한 기쁨에 젖어 아들을 껴안고 울며불며하였다.

이어 묵은해가 지나고 새 봄이 돌아오니 소유는 다시 과거를 볼 작정을 하고 있었다. 아들의 마음을 알아차린 유씨 부인은 다음과 같이 이야기하였다.

"작년에 네가 서울로 떠난 후로 한시도 마음놓을 날이 없었다. 게다가 난리까지 당하고서도 네가 위기를 모면하고 돌아온 것은 하늘이 내린 행운 탓이니라. 내 지금도 그 일을 생각하면 마음이 울렁인단다. 아직은 네 나이가 어려 공명을 떨치는 것이 중요하지 않으나 네가 기어코 떠나겠다면 나도 말리지는 않을 생각이다. 거기엔 이유가 있느니라. 내 아직 너를 붙잡고 싶다만 네 나이 이제 열여섯이니 마땅한 배필감을 구해야 하지 않겠느냐. 하지만 이곳 수주 땅은 좁고 후미지기에 너에게 어울리는 가문과 용모를 지닌 처자를 만날 수가 없구나. 서울의 춘명문 밖 자청관(紫淸觀)에 두(杜)씨 성을 가진 연사(鍊師 : 도를 닦아 덕을 갖춘 자—註)가 있는데 그분이 바로 이 어미의 외사촌 형제니라. 그분은 범상치 않은 분으로 씩씩한 기상과 꿋꿋한 절개를 지니신 분이란다. 그분이라면 내로라하는 명문거족(名門巨族 : 뼈대 있는 가문으로 크게 번창한 집안—註)을 다 알고 계실 터이니 분명 너의 혼사를 주선하여 주실 것이다. 내 그분께 드리는 편지 한 통을 쓸 터이니 그리 알아라."

그러나 소유는 화음현의 진소저를 생각하고는 그녀와의 언약에 대해 어머니에게 털어놓았다. 소유의 얼굴이 처량한 것을 본 유씨 부인은 아들에게 다음과 같이 타일렀다.

"그 일은 잊는 게 좋겠구나. 진씨녀와는 연분이 없는 게야. 게다가 집안까지 망했다면 다시 만나기가 어려울 것이다. 그러니 하루라도 빨리 그 일에 관해선 잊어버리고 다른 혼처를 생각하여 이 어미의 시름을 놓게 하여라."

이에 소유는 어머니의 편지를 받아 들고 행장을 꾸려 길을 떠났다.

소유는 이윽고 낙양(洛陽) 땅에 이르렀다. 낙양이라 함은 황제가 머무는 서울 황성과 가까운지라 그 번화하기가 이루 말할 수 없는 곳이었다. 그러나 그만 도중에 소나기를 만나는 바람에 소유는 객점으로 들어가 술 한 병을 청했다. 술 한 모금을 입에 댄 소유는 주인에게 다음과 같이 말했다.

"이 집 술맛이 형편없구먼."

그러자 주인이 말하기를,

"좋은 술을 드시고 싶다면 천진교(天津橋)로 가 보십시오. 그곳 다리 가에서 파는 술을 낙양춘(洛陽春)이라 하는데 그 맛이 천하 일품이기에 값이 천 냥이나 됩니다."

하였다. 소유는 길을 재촉하며 다음과 같은 생각을 하였다.

'이곳은 서울과 가까운 곳이니 풍경이 좋을 거야. 작년에는 이 길로 가지 않아 좋은 구경을 놓쳤으니 이번에는 잠시 머물다 가 야겠군.'

소유, 천진교에서 계섬월을 만나다

소유는 낙양 땅의 번화한 거리를 구경하기 위해 천진교(天津橋)로 갔다. 그곳에서 떨어지는 물은 동정호를 지나 천리 밖을 흐른다 했다. 그 다리 가에는 화려한 단청으로 단장을 한 누각 하나가 있었는데 사람들은 저마다 금으로 된 안장을 한 말들을 길가에 매어 놓고 풍류를 즐기고 있었다. 그 소리를 들은 소유는 그곳으로 가까이 가서 사람들에게 물었다.

"무슨 잔치라도 벌어졌소?"

사람들이 다같이 말하기를,

"선비들이 천하일색의 기생들을 데리고 풍월을 읊고 있습니다."

하였다. 소유 역시 이 말을 듣고는 덩달아 흥에 겨워 누각으로 올라갔다. 그곳에는 수십 명이나 되는 기생들을 옆에 끼고 앉은 선비들이 떠들썩하게 이야기를 주고받고 있었다. 소유는 좌중을 향하여 인사를 하였다.

"소생은 수주 출신으로 과거를 보러 가는 길이온데 이곳에서 들리는 풍악 소리에 저절로 발이 멈춰 이렇게 염치없이 올라왔으니 제공들께서는 용서하시기 바랍니다."

선비들은 소유의 당당한 풍채와 의기양양한 기상을 보더니 모두들 일어나 손을 마주잡고 인사하며 통성명을 하였다. 그런데 좌중에 두생(杜生)이라는 자가 소유를 보더니 입을 열었다.

"양형의 행색을 보니 과거를 보러 가는 게 틀림없구려. 그렇다면 선비임이 분명하고 오늘 이 자리에 참석해도 무방하오이다. 이렇게 귀한 손님이 오셨는데 거리낄 게 무엇이겠습니까?"

이에 소유가 대답하였다.

"이 자리는 단순히 술이나 마시며 노는 자리가 아닌 듯싶습니다. 아무래도 서로 문장을 겨루는 듯한데 소제(少弟 : 동년배 사이에 나이가 몇 살 더 위인 사람에 대하여 '자기'를 겸손히 이르는 말—註)와 같이 미천한 사람이 감히 외람되게 이 연회에 끼는 것이 분에 넘치는 일 같습니다."

그곳에 있던 선비들은 소유의 외모가 어려 보이고 말을 공손하게 하는 것으로 보아 조금은 업신여기며 쉽게 대하기 시작했다.

"그렇다면 처음부터 이 자리에 참석한 것이 아니니 글을 짓든지 말든지 맘대로 하시고 술이나 드시오."

선비들은 이렇게 말하고는 서로들 술잔을 돌렸다.

이어 기생들이 풍악을 울리자 소유는 취기 오른 얼굴로 기생들을 둘러보았다.

모든 기생들이 각자 지닌 재주를 부리고 있는데 유독 한 기생만이 홀로 앉아 풍류도 하지 않고 얌전히 앉아 있는 것이 눈에 띄었다. 그 기생은 천하일색으로 실로 고운 용모를 지니고 있었다. 소유는 황홀한 눈빛으로 그 기생을 바라보니 그 기생 역시 추파를 던지는 듯하였다.

소유가 다시 그 기생을 바라보니 앞에는 흰 옥으로 된 책상이 있었고 그 위에는 글을 지어 놓은 듯한 종이가 여러 장 보였다. 소유는 여러 선비들에게 물었다.

"저 문장들이 모두 형장(兄丈 : 나이가 비슷한 친구 사이에서 상대방을 높여 일컫는 말—註)의 글들입니까? 소제, 저 글들을 한번 보아도 되겠는지요?"

선비들이 미처 대답하기도 전에 그 기생이 불쑥 일어나더니 글을 가져다 소유 앞에 놓았다. 소유가 그 글들을 훑어보니 뛰어난 문장은 없었고 하나같이 평범한 것들뿐이었다. 그리하여 소유는 속으로 생각했다.

'내가 들은 바로는 낙양에 인재가 많다 하였는데 고작 이 정도였단 말인가?'

소유는 다시 그 글들을 기생에게 건네주고는 선비들을 향해 말하였다.

"후미진 초(楚) 땅 출신의 미천한 선비가 낙양 사람의 문장 구경을 처음 하니 절로 안목이 높아지는 것 같습니다."

이제 거의 모든 선비들이 거나하게 취한 상태라 다들 웃고 떠들며 지껄여 댔다.

"양형은 지금 글만 좋은 줄 알고 있구려! 다른 즐거움이 기다리고 있는 것을……."

이에 소유가 대꾸하였다.

"소제가 여기 계신 형장의 배려에 의해 함께 취했거늘 어찌 그 즐거움이라는 것에 대해 말씀해 주시지 않는 것입니까?"

이 말을 듣고 좌중 속에 있던 왕생이라 하는 선비가 큰소리로 웃으며 말하였다.

"이곳은 본디 인재의 고장이오. 예로부터 낙양 사람이 장원하지 못하면 탐화랑(探花郎 : 과거에 셋째로 급제한 사람—註)이 되었다 하였소. 오늘 우리가 여기서 문장을 겨루었지만 그 우열을 가리지 못했구려. 방금 글을 가져 왔던 기생은 성은 계씨요, 이름은 섬월이라 하오. 저 아름다운 얼굴은 둘째치고 가무 또한 뛰어날 뿐 아니라 고금의 글에 대해 모르는 게 없는 여자라오. 게다가 글을 보는 안목 또한 뛰어나서 선비들이 글을 지어 물으면 평론까지 해 주고 있소. 때문에 글을 한 번만 보면 과거에 합격할 것인지 아닌지를 가려내는 신통함마저 지녔소이다. 이번 과거 역시 누가 장원할 것인지 알아낼 것이기에 이 어찌 신기하지 아니하다 할 수 있겠소?"

이어 두생이라는 자가 한마디 더 덧붙여 말하였다.

"이밖에도 즐거운 일이 남아 있소. 오늘 지은 글 중에 하나를 뽑아 섬월이 그걸 가지고 노래를 부르면 그 글을 지은 자가 오늘 밤 섬월과 연분을 맺을 것이오. 그리고 나머지는 그를 축하하는 일만 남았으니 이 어찌 기묘한 일 아니겠소? 양형 역시 남자이니 한 수 지어 우리와 함께 겨루어 봄이 어떠하오?"

이 말에 소유가 되물었다.

"형장들께서는 이미 글을 지으셨으니, 그렇다면 섬월이 누군가의 글을 가지고 이미 노래를 불렀습니까?"

소유의 물음에 왕생이 대답하였다.

"아직은 아니오. 뭔가 불만족해서 그런 건지, 아니면 자신의 입을 열어 노래부르기가 부끄러워서인지 아직은 아무런 노래도 아니하였소."

그러자 소유가 말하였다.

"소제 재주가 없어 글을 잘 짓지 못하는 것은 물론이고 초 땅에서 여기까지 와 여러 형장들과 실력을 겨루는 것이 분수에 넘치는 짓 같습니다."

이 말을 들은 왕생이 큰소리로 외쳤다.

"양형은 어찌하여 장부의 뜻을 버리시는가. 정말 글재주가 없다면야 모르겠지만 조금이라도 재주 있으면 어서 동참하시오."

소유는 섬월에게 마음이 있어 시를 지어 그녀의 마음을 떠 보려 했으나, 혹여 다른 선비들의 시기를 살까 두려운 마음이 들었다. 그러나 왕생의 말을 듣고는 붓을 들어 사전지의 한 폭에 거침없

이 세 수의 글을 써 내려가니 돛을 단 배가 바다 위를 달리는 듯
하고, 목마른 말이 물을 마시는 듯하였다. 선비들은 소유의 민첩
한 솜씨와 필법을 보고는 얼굴빛이 변하였다.

글 쓰기를 마친 소유는 여러 선비들을 향해 두 손 모아 인사하
며 말하였다.

"먼저 이 글을 형장들께 올려야 하나, 마감 시간이 촉박하여 오
늘 시험관인 섬월에게 먼저 보이겠습니다."

소유는 즉시 종이를 계량에게 넘겨주었다. 종이를 받아 든 섬월
은 눈을 반짝이며 은쟁반에 옥구슬 구르는 목소리로 소리 높여 읊
조렸다. 그 소리가 어찌 고운지 마치 한 마리 학이 구름 속에서 우
는 듯하였고, 홀로 된 봉황이 대나무 숲에서 우는 듯하였다. 아마
진나라의 쟁과 조나라의 거문고도 이에 미치지는 못했을 것이다.

초나라의 나그네가 서쪽에서 놀다가 진나라 길로 접어드니
술집에 와 낙양의 봄날에 취하였도다.
달 가운데에 있는 붉은 계수나무 누가 먼저 찍을꼬.
오늘날 문장에 사람이 스스로 있도다.

천진교 위에 버들꽃 흩날리니
구슬발 겹겹에 저녁 빛 비치었네.
귀기울여 노래 한 곡 들으니
비단 자리에 다시 비단옷 춤을 쉬어라.

꽃가지가 옥인의 단장 부끄럽게 하니

고운 노래 뱉지 않아 입이 이미 향기롭구나.

능히 대들보에 먼지 날리기를 기다려

신랑의 첫날밤을 축하할지어다.

처음 소유를 얕보던 선비들은 점점 할말을 잊은 표정들이었다. 그리고는 서로 약속이나 한 듯 얼굴만 쳐다보고 있을 뿐이었다. 이것은 소유의 글이 섬월의 택함을 받은 것에 시기심이 생기고, 그렇다고 약속을 저버릴 수도 없는 것에서 비롯된 것이다.

소유는 선비들의 눈치를 살피며 슬그머니 일어나 하직 인사를 하였다.

"소제가 형장들의 배려로 이렇게 술을 마시게 된 것에 감사를 드립니다. 이제 소제는 갈 길이 바빠 먼저 일어나야겠습니다. 훗날 곡강연(曲江宴 : 과거에 급제한 수제들이 놀이하는 곳—註)에서 다시 만나 뵙기를 기약하겠습니다."

선비들은 홀연히 내려가는 소유를 잡지 않았다. 소유가 누각을 다 내려가자 섬월이 빠른 걸음으로 따라오더니 소유에게 말하였다.

"이 길로 쭉 가시다 보면 앵두화가 만발한 담장이 있는데 그곳이 바로 첩의 집입니다. 부디 상공께서는 그냥 가지 마시고 그곳에서 첩을 기다려 주소서. 곧 따라가겠나이다."

소유는 섬월의 간절한 부탁에 머리를 끄덕였다. 누각으로 다시 올라온 섬월은 여러 선비들에게 말하였다.

"이미 여러 상공들께서는 첩을 더럽게 여기지 아니하시고, 한 곡의 노래로 연분을 맺기로 언약하셨으니 이제 제가 어찌해야 좋 겠는지요?"

이에 여러 선비가 대답하였다.

"양생은 객 아니냐. 그러니 그까짓 약속에 뭐 그리 신경을 쓰느 냐?"

섬월이 말하였다.

"사람이 신의를 저버리는 건 옳은 일이 아닌 줄로 아옵니다. 첩 은 몸이 안 좋아 먼저 돌아갈 것이니 상공들께서는 좀더 노닐다 가십시오."

누각을 내려가는 섬월을 보고 선비들은 분한 마음이 들었지만 이미 약속한 바가 있으니 화내지도 못할 노릇이었다.

소유는 누각을 나와 바로 섬월의 집으로 가지 않고 객점에 머물 러 있었다. 이윽고 날이 저물자 소유는 객점을 나와 섬월의 집으 로 향했다. 섬월은 이미 집에 도착한 상태였다. 섬월이 대청마루 를 깨끗이 하고 촛불을 밝혀 소유를 기다리고 있으려니 누군가 밖에서 앵두화가 핀 나무에 나귀를 매는 소리가 났다. 그리고는 문을 두드리는 소리와 함께 소유의 목소리가 들려 왔다.

"섬월이 거기 있느냐?"

섬월이 문 두드리는 소리를 듣고는 신을 벗고 내달아 소유의 손 을 이끌며 말하였다.

"상공께서는 첩보다 먼저 가셨는데 어찌 이제야 오십니까?"

이에 소유가 웃으며 말하였다.

"객이 먼저 와서 주인을 기다리는 게 도리냐, 아니면 주인이 자리를 지키고 객을 기다리는 것이 도리냐?"

둘은 손을 맞잡고 중당으로 들어갔다. 둘의 마음은 이미 통한지라 기쁘기 그지없었다. 섬월이 옥잔에 술을 가득 따라 소유에게 권하며 노래 한 곡조를 뽑으니 그 노랫소리는 사람의 혼을 빼놓는 것 같았다.

소유는 춘정을 이기지 못하여 섬월을 품에 안으며 원앙금침 위에 누우니 초나라의 왕이 무산(巫山)에서 신녀(神女)를 만난 듯, 조식이 복희를 만난 듯 그 즐거움을 비할 데가 없었다.

으슥한 밤, 한 자리에 같이 누운 섬월이 소유에게 눈물을 머금으며 말하였다.

"이제 첩은 낭군의 것이옵니다. 이렇게 기생이 된 제 사연을 한번 들어주십시오. 저는 본디 소주(韶州) 출신으로 부친께서는 그곳의 태수이셨습니다. 그런데 불행히도 아버님께서 돌아가실 무렵부터 살림살이가 구차해졌습니다. 아버님이 돌아가시고도 장례를 치를 돈이 없자 계모가 저를 백 냥 돈에 창가(娼家)에 팔아 넘겼지요. 첩이 차마 그것을 거역하지 못하고 온갖 설움을 다 참아가며 이제껏 창기로 일을 하게 되었습니다. 첩의 집이 마침 장안으로 가는 길목에 있는지라 오가는 나그네가 많이 왔다 갔지만 사오 년 동안 한 번도 낭군과 같은 분을 만나 뵙지 못했습니다. 다행히도 하늘의 뜻인지 오늘 낭군을 만나니 제 마음에 해와 달이 다시 뜨는 듯하옵니다. 만약 낭군께서 첩을 더럽게 여기지 않으신다면 저는 낭군의 몸종이라도 되고자 하니 부디 저를 거두어 주소서."

섬월의 한 맺힌 사연을 들은 소유가 입을 열었다.

"너에 대한 내 마음은 너와 다를 바 없다. 하지만 나는 노모가 한 분 계시고 또 살림이 넉넉지 못한 집안 출신인지라 처첩을 모두 두기가 어렵구나. 설령 처첩을 다 거느릴 수 있다 해도 그렇게 되면 네 마음이 섭섭할지니 차라리 어머니께 말씀드려 너를 아내로 삼겠다."

이 말을 들은 섬월은 일어나 앉아 말하였다.

"낭군님, 어찌하여 그런 말씀을 하시옵니까? 아무리 재주를 가진 사람이라 한들, 지금 낭군과 견줄 자가 없사옵니다. 이번 과거 시험의 장원은 낭군께서 따 놓은 당상이려니와 머지않아 승상(丞相 : 중국의 옛 벼슬 이름. 우리 나라의 정승에 해당함―註)도 되실 것이고 권력도 함께 지니실 것이옵니다. 그렇게 된다면 천하의 미색들이 모두 낭군을 따를지온데 어찌 저 같은 천한 첩이 낭군의 아내가 될 수 있겠사옵니까? 그러니 낭군께서는 명문 대가 출신의 규수와 혼인을 하시어 어머니를 모시고 저는 첩으로나 삼아 주소서. 이제부터 첩은 몸을 깨끗이 하려니와 낭군의 부르심만을 간절히 기다리고 있을 터이니 부디 버리지나 마소서."

소유는 섬월의 깊은 뜻을 헤아리고는 말하였다.

"내 작년에 화주 땅을 지나다가 우연히 진씨 성을 가진 소저를

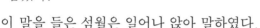

구
운
몽

만난 일이 있느니라. 그 소저의 얼굴이 지금의 너와 비슷했으나 불행히도 지금은 생사 여부조차 모르고 있단다. 그런데 너는 무슨 근거로 명문 대가의 규수를 얻으라 하느냐?"

섬월이 소유의 말을 듣고는 말하였다.

"말씀을 듣자 하니 그 소저가 바로 진어사의 딸 채봉 같사옵니다. 진어사께서 낙양의 태수로 계시던 때에 저는 그 소저와 친하게 지냈었지요. 채봉은 아리따운 얼굴에 재주 또한 출중하나 지금으로서는 만날 도리가 없을 듯하옵니다. 그러니 진소저 생각은 거두시고 다른 곳에서 배필감을 구하시는 게 옳은 줄로 아옵니다."

이 말을 들은 소유가 말하였다.

"예로부터 천하 제일가는 미인은 같은 시대에 없다 하였다. 그런데 이렇게 같은 때에 채봉과 섬월이 있으니 어디 가서 여자를 구하겠느냐?"

이에 섬월이 웃으며 답하였다.

"가만히 듣자 하니 낭군께서는 우물 안의 개구리 같사옵니다. 우리 창가(娼家)만 해도 벌써 미인이 셋이나 됩니다. 사람들이 이르기를, 강남의 만옥연과 하북의 적경홍 그리고 낙양의 계섬월이라 하더이다. 제 이름이 거기에 들어간 것은 쑥스럽고 헛된 말이지만 만옥연과 적경홍은 천하 절색이옵니다. 그런데 어찌하여 낭군께서는 당대에 천하 가인이 더 이상 없다 하시옵니까?"

소유가 이 말에 대꾸하였다.

"그 두 낭자가 너와 나란히 이름을 같이하니 외람되이 여겨지는구나."

섬월은 계속해서 말하였다.

"그렇지 않사옵니다. 만옥연은 저와 너무 멀리 떨어져 얼굴을 보지는 못했지만 적경홍은 저와 자매지간처럼 친하게 지내고 있는 사이입니다. 경홍은 파주(坡州) 출신으로 원래는 양가집 규수였으나 일찍이 부모를 여의는 바람에 고모 밑에서 자랐습니다. 그런데 아름답기가 이루 말할 수 없어 열 살이 되면서부터는 온 하북(河北) 땅에 소문이 자자했습니다. 그래서 많은 사람들이 매파를 통해 그녀에게 청혼을 하였지만 경홍은 이를 모두 다 거절했습니다. 이를 이상히 여긴 매파는 그 이유를 고모에게 물어 보며 이렇게 말하였다 합니다. '대체 모든 혼처를 다 싫다고 마다하니 어떤 신랑이어야 마음에 들겠습니까? 대승상의 첩이 되려 하는 건지, 아니면 절도사의 소실이 되려 하는 건지, 이도 저도 아니면 기량이 뛰어난 선비를 찾는 것인지 말씀 좀 해 보시오.' 이 말을 듣고 있던 경홍은 화가 나서 이렇게 대답하였다 하옵니다. '진나라 때 동산(東山)에서 기생들을 이끌던 사안석(謝安石)이라면 족히 대승상의 첩이 되고도 남을 것이요, 삼국 시대 때 사람들에게 곡조를 가르치던 주공근(周公瑾) 같은 자가 있으면 그의 첩이라도 될 것이요, 당나라 현종 때의 이태백 같은 선비라면 내 그를 따르겠소.' 이 말을 들은 여러 매파들은 하는 수 없이 그냥 돌아가고 말았다 하옵니다. 경홍이 생각하기를, '후미진 시골 출신

구
운
몽

의 처자가 어찌 천하를 호령할 남자를 만날 것이냐.' 하였나 봅니다. 차라리 그런 배필을 구하지 못할 바에야 창기가 되어 영웅 호걸과 자리를 같이하거나 또 학문을 병행하여 왕손이나 어진 선비를 만나는 것이 낫다고 생각한 것입니다. 그래서 경홍은 스스로 창기가 되었습니다. 하온데 그 재색이 뛰어나 얼마 되지 않아 그 이름을 떨치게 된 것이죠. 얼마 전에도 산동 하북에서 잔치가 있었는데 경홍이 곡조를 뽑으며 교교하게 춤을 추니 같이 동석한 기생들이 경홍에 미치지 못해 얼굴을 들지 못했다 하옵니다. 그러니 필시 경홍과 같은 처자가 규중에 반드시 또 있을 것입니다. 그런데 예전에 경홍과 함께 상국사(周公瑾)로 놀러 간 적이 있는데 그녀가 이렇게 말하더이다. '만약 우리가 바라던 낭군을 만나걸랑 서로에게 천거하기로 하자. 그리고 마음에 들면 같이 한 낭군을 섬기는 게 어때? 그러면 같이 백년해로하는 데 문제없을 거야.' 그래서 첩 또한 그 말에 승낙했사옵니다. 그런데 이렇게 오늘 제가 낭군을 만나니 경홍 생각이 나는군요. 하지만 지금 경홍은 연(燕)나라 왕의 궁중에 들어가 있으니 이를 두고 호사다마(好事多魔)라 하는 것인가 봅니다. 제후의 후궁 생활로 말할 것 같으면 온갖 영화 다 누리는 자리나 경홍이 원하는 것은 그런 것이 아닙니다."

이어 섬월은 탄식하며 말하였다.

"낭군께서는 경홍을 한번 만나 보시렵니까? 정을 나눌 생각이 있으신지요?"

이 말을 들은 소유가 대답하였다.

"비록 창가(娼家)에 재색을 두루 겸비한 창기가 많다고는 하나, 사대부가 어찌 규수 대신으로 창기를 둘씩이나 맞이하겠느냐?"

그러자 섬월이 말하였다.

"물론 낭군의 마음을 헤아릴 듯하옵니다. 제가 보기에도 진소 저만한 낭자는 그리 흔하지가 않습니다. 그러나 이제 그 일은 속절없는 것이 되어 버렸으니 부디 서울로 가시걸랑 정사도의 여식을 찾아보십시오. 듣기로는 정사도의 따님이 정숙하고 기품 있는 요조 숙녀로서 그 덕행이 뛰어나 장안 사람들 모두가 알고 있다 하옵니다. 예로부터 헛된 칭찬으로 이름나는 일은 없다고 하였으니 부디 서울에 가시면 두루두루 살피십시오."

이렇게 밤새 이야기하는 동안 새벽 첫 닭이 울었다.

이제 섬월이 마지막으로 이야기하였다.

"이곳은 낭군께서 오래 머물 곳이 못 됩니다. 더구나 어제 일로 시기하는 선비들도 많을 터이니 어서 서둘러 길을 떠나십시오. 이후 다시 모실 날이 분명히 있을 터이니 첩을 두고 떠나는 것에 마음 쓰지 마소서."

섬월은 덤덤한데 오히려 소유가 눈물을 흘리며 작별의 인사를 고했다.

"너의 마음이 금석과 같이 단단한 걸 보니 변하지 않겠구나. 내 너를 가슴에 새겨 두리라."

소유, 정사도 사위되다

낙양을 떠나 온 소유는 장안에 도착하자 숙소를 정했다. 그러나 아직 과거 날이 멀었으므로 소유는 숙소의 주인에게 물었다.

"혹 자청관이 어디에 있는지 아는가?"

주인이 대답하였다.

"춘명문 밖에 있습니다."

소유는 이 말을 듣고 곧 예물을 챙겨 어머니가 말해 준 두련사 (앞장에서 말한 두(杜) 연사를 말함—註)를 찾아갔다. 두련사는 이미 나이 육십이 넘어 자청관의 여도사 중 첫째 가는 사람이 되어 있었다. 소유가 절을 올리고 모친의 편지를 보여 드리니, 두련사는 그 편지를 보고 어머니의 안부를 물으며 눈물을 흘렸다.

"네 어미를 본 지도 벌써 이십 년이 넘었구나. 안 본 사이에 자식을 낳아 이렇게 컸으니 세월이 참 빠르다. 나는 시끄럽고 화려한 세상이 싫어 공동산(空同山)에서 선도(仙導)나 닦으려 했는데, 네가 이렇게 네 어미의 편지를 가지고 나를 찾으니, 네 배필감을 위해서라도 좀더 이곳에 머물러 있어야겠구나. 실로 네 풍채가 뛰어나 마치 신선을 보는 듯하니 네게 어울리는 배필을 구하기란 쉽지 않을 것 같다. 하지만 내가 서서히 골라 볼 것이니 나중에 다시 나를 찾아오너라."

이에 소유가 대답하였다.

"소자 가진 것 없고 시골에 처박혀 산 탓에 여태껏 아내될 사람을 찾지 못하였나이다. 이제 어머니 또한 연로하시니 어서 배필을 만나 어머니께 효의 도리를 다하고 싶습니다. 부디 좋은 배필을 얻어 주소서."

소유는 하직 인사를 드리고 자청관을 나왔다.

어느덧 과거 치를 날이 가까이 다가오고 있었지만 아직 혼처를 정하지 못한 소유는 마음을 잡지 못해 다시 두련사를 찾아갔다. 자청관을 다시 찾은 소유를 보고 두련사는 웃으며 말하였다.

"좋은 혼처가 났는데 그 처자의 용모가 출중하고 재주 또한 뛰어나니 네 배필로 부족함이 없으리라 생각되어진다. 그 집안으로 말할 것 같으면 문벌이 아주 높아 육대째 공후(公侯)를 지내고, 또 삼대(相國)째 상국을 지내는 집안이다. 그러니 네 외모 비록 빼어나고 학식 또한 뛰어나다 한들 감히 쉽게 넘볼 집안이 아니니라. 그러나 네가 이번 과거에 장원으로 급제한다면 혼사를 진행시켜 볼 예정이지만 그렇지 않다면 말도 꺼낼 수가 없게 되느니라. 그러니 이렇게 자주 나를 찾지 말고 어서 가서 공부에만 전념하여 장원을 하는 데 뜻을 두어라."

"예, 분부대로 따르겠습니다. 그런데 어느 집안이옵니까?"

두련사가 말하였다.

"춘명문 밖에 있는 정사도(鄭司徒)의 집이다. 사도에겐 딸 하나가 있는데 과히 세상 사람 같지 아니하고 마치 선녀 같으니라."

이 말을 들은 소유는 섬월이 해 준 말이 생각났다. 그래서 다시 두련사에게 물었다.

"그 집 규수를 이모님께서 보신 일이 있으십니까?"

두련사가 대답하였다.

"내 어찌 그 소저를 보지 않았겠느냐. 정소저는 필시 하늘의 사람이요, 이곳 사람이 아니다. 내가 그 소저를 보니 그 아름다움을 이루 다 헤아릴 수가 없었느니라."

소유가 말하였다.

"이 몸이 너무 자만하여 하는 말 같지만 이번 과거는 낭중취물(囊中取物 : 주머니 속에 있는 물건을 집는 듯 아주 얻기 쉬움을 뜻하는 말—註)이옵니다. 그러니 그 일에 관해선 걱정하지 마시고 그 소저를 한번 보게 하여 주십시오. 내 그 소저를 보지 않는 이상 절대 청혼하지 않겠습니다. 그러니 제게 자비를 베푸시어 제발 그 소저를 한 번만 만나게 해 주십시오."

이 말에 두련사가 큰소리로 웃으며 말하였다.

"재상집 처녀 보기가 그리 쉬운 줄 아느냐? 네가 내 말을 믿지 아니하는구나."

소유가 말하였다.

"그것이 아니옵니다. 제 어찌 이모님의 말씀을 의심하겠습니까. 하지만 사람의 눈은 각기 다른지라 행여 소자의 소견과 이모님의 소견이 다를지도 모를까 염려되어 드리는 말씀입니다."

두련사, 이 말을 듣고 웃으며 말하였다.

"어린아이들도 봉황과 기린이 상서로운 줄을 알고, 어리석은 자도 푸른 하늘과 밝은 태양을 알아보지 않느냐. 하물며 내가 눈 없는 자가 아닌데 어찌 사람 보는 눈이 너만 못하겠느냐."

소유는 잠시 생각 끝에 입을 열었다.

"그래도, 소자 이 눈으로 직접 확인하지 않고는 믿지 못하겠습니다. 이모님, 제 모친을 봐서라도 제발 그 정소저의 얼굴을 한 번만이라도 보게 하여 주십시오."

두련사가 말하였다.

"정소저를 보는 것보다 죽기가 더 쉬울 것이다. 그러니 이를 어찌하면 좋으냐?"

그러나 갑자기 무언가 생각났다는 듯 두련사가 소유에게 물었다.

"너는 아주 총명하고 영민해 보인다. 공부에 몰입하느라 여가가 없었겠지만 혹시 음률을 배운 적이 있느냐?"

소유가 대답하였다.

"예, 그렇습니다. 작년에 난리를 피하다가 어느 도인을 만난 적이 있는데 그분에게 곡조를 배운 바 있습니다. 그래서 능히 오음 육률(五音은 궁·상·각·치·우를 일컫고, 六律은 황종·태주·고선·유빈·이칙·무역을 일컬음—註)에 대해서는 다 알고 있습니다."

두련사가 말하였다.

"재상의 집은 담이 높은 법이다. 뜰이 깊고 중문 또한 다섯 겹이니 날개가 없으면 들어갈 재간이 없다. 또한 정소저로 말할 것 같으면 학식이 높고 예절이 발라 도무지 문 밖 출입이 드무느니라. 그래서 이제껏 한 번도 우리 자청관에 와서 분향을 한 적도 없고, 정월 보름이나 삼월 삼짇날에도 놀이에 끼는 법이 없었다. 그러니 그 그림자조차 구경하기가 힘드느니라. 다만 한 가지 방법이 있기는 하나 네가 내 말에 따르지 않을까 걱정이 되는구나."

소유는 이 말에 조아리며 말하였다.

"정소저를 볼 수만 있다면 무슨 일인들 못 하겠사옵니까? 하늘이라도 오르고 땅속이라도 들어갈 것이옵니다. 아니, 끓는 물 속이라도 들어갈 수 있고 불 속이라도 뛰어들 수 있습니다."

두련사가 말하였다.

"정사도는 요즘 늙고 쇠약해져 벼슬을 거두고 원림(園林)에 들어앉아 있다. 그는 풍류에 젖어 세월을 보내고 있는데 그 부인인 최씨 역시 거문고를 좋아한단다. 그래서 최씨 부인은 거문고를 잘 타는 사람이 있다는 소리만 들으면 그를 불러들여 곡조 듣기를 즐겨한다는구나. 이 자리에는 정소저도 참석하여 청탁고저(淸

濁高低 : 청음과 탁음, 높은음과 낮은음—註)를 분석한다는데 이 소저가 음을 잘 알아 사광(師曠 : 춘추 시대 진의 음악가—註)이나 종자기(鐘子期 : 춘추 시대 거문고의 명수—註)보다도 신통하다는 소문이 있다. 그러니 네가 거문고만 잘 탄다면 어쩜 정소저를 만날 기회가 있을지도 모르겠다. 조금 있으면 바로 정사도의 생일인데 해마다 그 집 여종이 자청관으로 와 정사도의 장수와 복을 비니 그때 네가 여도사(女道士)로 분장하여 거문고를 뜯으면 그 소리를 들은 여종이 필시 집으로 돌아가 최씨 부인께 고할 것이다. 그렇게 되면 네가 불려 갈지도 모르겠구나. 만약 운이 좋아 그렇게만 된다면 아마 너는 정소저를 볼 수 있을 것이니 연분이 있기만을 기다려라."

소유는 뛸 듯이 기뻐하며 물러갔다. 그리고는 정사도의 생일날만을 손꼽아 기다렸다.

원래 정사도는 무남독녀 외딸 하나만을 두고 있었다. 전하는 바에 의하면 부인인 최씨가 해산하는 날, 하늘에서 선녀가 내려와 명주 한 개를 방안에 놓고 떠났다 하는데 그 후 얼마 지나지 않아 소저를 낳았다고 한다. 그래서 이름을 경패라 하였다. 그리고 점점 자라남에 따라 미모와 재주를 겸비하니 천하에 으뜸이었다. 정사도와 최씨 부인은 이 하나밖에 없는 딸을 위하여 배필감을 구하고자 하였으나 아직 마땅한 자리가 없어 소저 열여섯인데도 아직 혼처를 잡지 못하고 있었다.

이윽고 정사도의 생일날이 되자 그 집 여종이 향촉을 가지고 와서 부처님 앞에 나아가 공양을 했다. 그리고 소유는 그 여종이 돌아갈 때쯤 해서 여도사로 분장하고 별장에 앉아 거문고를 탔다. 여종은 하직 인사를 드리고 집으로 돌아가려다 문득 이 소리를 듣고는 발을 멈추어 물었다.

"제가 비록 비천한 몸이오나 마님과 함께 거문고 타는 소리를 많이 들어 보았습니다. 그런데 이런 소리는 처음이옵니다. 대체 이 소리의 주인공이 누구이옵니까?"

두련사가 이에 대답하였다.

"엊그제 나이 어린 여관(女官)이 이곳에 와 머물고 있단다. 가끔씩 저렇게 거문고를 타는데 나는 소리에 대해 아는 바 없어 무심코 듣고 말았구나. 그런데 네가 이렇게 칭찬하는 것을 보니 거문고의 명수가 아닌가 한다."

여종이 말하였다.

"돌아가서 마님께 아뢰면 반드시 소리를 한번 청할 터이니 바라건대 부디 저 사람을 잡아 두시기 바랍니다."

두련사가 이에 대답하였다.

"원한다면 그렇게 해 주마."

여종이 떠나자 두련사는 소유를 불러들였다. 그리고는 여종이 말한 바를 전하였다. 이 말을 전해 들은 소유는 정사도 부인이 불러 줄 날만을 손꼽아 기다렸다.

한편, 집으로 돌아간 여종은 이 사실을 최씨 부인에게 알렸다.

"자청관에서 분향을 드리고 나오려는데 생전 처음 들어 보는 거문고 소리가 들려 오더이다. 그 소리가 하도 신비해서 물으니 어느 여관이 지금 그곳에 머물러 있다 하옵니다."

부인이 이 말을 듣고는 기뻐하며 말하였다.

"내가 한번 그 소리를 듣고자 한다고 전하여라."

명을 받은 여종은 가마 한 채를 대동하고서 자청관으로 가 두련사에게 말하였다.

"마님께서 나이 어린 여관의 거문고 소리를 들어 보고자 하십니다. 그러니 연사께서는 부디 그 여관에게 알리어 보내주시기 바랍니다."

두련사는 그 여종과 함께 별당으로 나아가 소유의 의향을 묻는 척하였다.

"여관은 들으시오. 정사도댁 최부인께서 친히 부르시니 잠깐 그 댁에 갔다 오는 것이 어떻겠소?"

이 말을 들은 소유가 대답하였다.

"이 몸이 귀한 댁 출입이 어려우나 연사께서 이렇게 권하시니 어찌 그 일을 사양하겠습니까. 곧 옷을 차려 입고 나가겠습니다."

잠시 후 소유가 여도사의 옷을 입고 머리에 화관(花冠)을 쓴 채 거문고를 안고 나왔다. 그 모습을 본 여종은 빼어난 소유의 풍채에 감탄을 금치 못했다. 소유는 최씨 부인이 보낸 가마를 타고 정사도 집으로 갔다. 이어 그 집에 이르러 여종이 소유를 안내하였다. 대청마루에 앉아 있는 최부인의 모습은 위엄이 있어 보였다. 소유는 이를 보고 대청 아래로 나아가 절을 올렸다. 최씨 부인은 여종에게 자리를 내주라며 명하고는 소유에게 물었다.

"내 우연히 그대의 거문고 실력에 대한 소리를 들었다. 그대 솜씨가 신선 같다 하여 그 소리를 들어 보자 하였는데 과연 그대를 보니 천상 선녀와 같구나."

소유가 말하였다.

"원래 이 몸은 초나라 사람으로 구름처럼 떠나니는 신세였는데 짧은 실력에도 불구하고 이렇게 부인 앞에 이르니 뜻밖의 행운을 만난 듯싶습니다."

최씨 부인은 소유가 가지고 온 거문고를 자기 무릎에 놓고는 손으로 쓰다듬으며 말했다.

"이 재목은 참으로 묘하구나."

소유가 대답하였다.

"이 재목(材木)은 용문산(龍門山)에서 백 년 자란 오동나무이옵니다. 너무 귀한 거라 아마 천금을 주어도 얻지 못할 것이옵니다."

그런데 소유의 마음은 딴데 있었다. 이곳에 들어온 이유는 바로 정소저를 보기 위함이었는데 어인 일인지 그녀가 보이지 않아 마음이 불안한 것이었다. 그래서 부인께 고하기를,

"제가 비록 예로부터 전해져 오는 곡조를 조금 탄다고는 하나 그 청탁에 대해서는 잘 모르옵니다. 자청관에서 말하기를 이 집 소저께서 음에 대해 잘 아신다 하니 그분의 품평을 듣고 싶습니다. 그런데 소저께서 지금 이 자리에 계시지 않으니 못내 섭섭한

마음이 듭니다."

하였다. 이 말을 들은 부인은 즉시 여종을 보내어 소저를 오도록 하였다. 한참 후 비단 장막이 열리며 향내가 나더니 소저가 나왔다. 그리고는 나란히 부인 옆에 앉았다. 소유는 예의상 몸을 들어 소저에게 인사를 하고는 잠깐 눈을 들어 바라보니 아침해가 뿌연 안개 사이로 비치는 듯, 연꽃이 푸른 물에 피어 있는 듯 그 모습이 황홀하여 제대로 바라볼 수가 없었다.

구
운
몽

소유는 좀더 가까이서 소저를 보고 싶은 마음에 일어나 부인께 아뢰었다.

"한 곡조 타고는 소저의 가르침을 듣고자 하는데 거리가 너무 멀어 소리가 흩어질까 염려되옵니다."

이 말을 들은 부인은 즉시 여종에게 명하여 소유의 자리를 옮겨 주었다. 그러나 부인과 더 가깝고 소저와는 조금 멀어 서로 마주볼 때 같지 못하였으나 더는 자리를 가지고 고집을 부릴 수가 없었다. 자리에 앉은 소유는 우선 거문고 줄을 고르며 물었다.

"육기(六忌 : 음양의 여섯 가지 기운으로, 한(寒)·서(暑)·조(燥)·습(濕)·풍(風)·화(火)를 말함—註)라도 있으십니까?"

이에 소저가 대답하였다.

"아주 찬 것과 너무 더운 것, 큰바람이 이는 것과 많은 비가 내리는 것, 번쩍이는 우레와 눈이 내리는 것을 꺼리는데 지금은 이런 것들이 없노라."

소유는 거문고 줄을 고르더니 이윽고 한 곡조 타기 시작했다.

최씨 부인은 거문고 소리를 듣는 순간 즉시 자리를 옮겼다. 소저 역시 거문고 소리를 듣더니 탄복하여 말하였다.

"오, 참으로 아름다운 곡조로다! 이 곡은 예상우의곡(霓裳羽衣曲)이 아니더냐. 신비롭고 묘한 것이 꼭 도인의 솜씨 같다. 하지만 아무래도 곡조가 음란하여 듣고 싶지 않으니 다른 곡조를 타보아라."

이 말에 소유가 다른 곡조를 타니 소저가 다시 물었다.

"이 곡조는 진후주(陳後主)의 옥수후정화(玉樹後庭花)로구나. 이 곡은 왠지 사람의 마음을 즐겁게 하지만 좀 음란하고, 또 한편으론 슬프면서도 너무 빠르니 다시 한 번 다른 곡조를 타 보아라."

그래서 소유는 다시 한 번 다른 곡을 탔다. 그런데 이번에도 소저가 트집을 잡았다.

"이 곡은 채문희(蔡文姬)가 오랑캐에게 잡혀 두 아들을 낳았는데 이후 조조가 문희의 몸값을 치르고 데려오니 문희가 두 아들을 생각하는 슬픈 뜻을 담은 곡조가 아니더냐. 어쨌든 문희는 절개를 잃은 몸이니 이 곡 역시 듣기가 싫구나. 또 다른 곡은 없느냐?"

소유는 다시 다른 곡조를 탔다. 소저가 다시 말하였다.

"이는 왕소군(王昭君)의 출새곡(出塞曲)아니더냐? 이 곡은 오랑캐의 곡조요, 변방의 소리이니 내 듣고 싶지가 않구나."

소유가 또 한 곡조를 타니 소저가 말하였다.

"아, 참으로 오래간만에 이 소리를 들어보는구나. 과연 그대의 솜씨는 예사롭지가 않다. 이 곡으로 말할 것 같으면 혜숙야(嵇叔夜)의 광릉산(廣陵散)이라는 곡 아니냐. 전하는 말에 의하면 혜숙야가 도적을 멸하고 이 세상을 정화하려 하다가 뜻밖의 모함으로 뜻을 이루지 못하게 되자 그 분한 마음에 이 곡을 지었노라고 하였다. 하지만 이 광릉산이란 곡조는 배우려 하는 자가 없어 도중에 끊어졌다 하였는데 어찌 그대가 이 곡을 타는가. 정녕, 그대가 혜숙야의 넋을 만나 본 것이 틀림없느니라."

구
운
몽

소유는 소저의 말에 감사를 표하며 말하였다.

"소저의 총명함은 세상에 따라올 자가 없습니다. 제 스승과 똑같은 말씀을 하시는군요."

이렇게 말하고 소유는 다시 한 곡을 탔다.

"이는 백아(伯牙)의 수선조(水仙操)가 아니냐? 높디높은 푸른 산에 넓디넓은 바다이건만 신선은 속세에 있도다……. 그대는 과연 백아(伯牙)의 지음(知音 : 거문고의 명인 백아(伯牙)가, 자기의 거문고 소리를 잘 이해해 준 친구 종자기(鍾子期)가 죽은 후, 그 소리를 아는 자가 없다 하여 거문고의 줄을 끊어 버렸다는 고사에서 유래됨. 마음이 서로 통하는 친한 벗을 뜻하거나 음악의 곡조를 잘 안다는 뜻―註)이렷다."

소유가 여기서 멈추지 않고 또 한 곡조를 타니 소저는 옷깃을 여미고 꿇어앉아 말하였다.

"오, 이는 공부자(孔夫子)의 의란조(倚蘭操)구나. 누가 감히 이 곡조를 타겠느냐?"

소유는 꿇어앉아 잠시 향을 피우고는 다시 거문고를 탔다.

"진실로 아름답도다. 그대의 솜씨가 너무 뛰어나 이름을 붙이지도 못하겠구나. 더 이상 다른 곡을 타 보라고 말하지도 못하겠느니라."

그러자 소유가 대답하였다.

"옛말에 아홉 곡조를 이루면 천신이 내린다 하였습니다. 이제 여덟 곡조를 탔고 한 곡조가 남았으니 마저 타게 하소서."

소유는 다시 한 번 거문고의 줄을 고르더니 나머지 곡조를 탔다. 그런데 그 소리가 어찌나 맑고 깨끗한지 사람의 마음을 걷잡을 수 없이 들뜨게 하였다. 이에 소저는 조용히 눈을 아래로 내리깔고 듣고 있다가 불현듯 고개를 들어 소유를 쳐다보았다. '봉(鳳)이여, 봉이여.' 하는 곡조에 이르자 소유는 더욱 빠르게 거문고를 몰아치고 있었다. 그때였다. 소저의 두 뺨이 붉어지더니 갑자기 일어나 방안으로 들어가는 것이었다. 이에 소유가 깜짝 놀라 소리를 멈추고는 일어서서 소저가 가는 곳을 바라보았다. 그러자 최씨 부인이 소유에게 물었다.

"방금 여관이 탄 것은 무슨 곡조이더냐?"

소유가 말하였다.

"제가 예전에 스승님께 배운 곡조인데 미처 곡명을 듣지 못하였습니다. 혹 소저는 아시는지요?"

그러자 부인은 여종에게 명하기를 방안으로 들어간 소저를 다

시 나오라 하였다. 그런데 여종이 돌아와 말하기를,

"아씨께서 너무 오래 밖에 나와 바람을 쏘였더니 몸이 불편하다 하십니다."

라고 하였다. 이 말을 듣자 소유는 갑자기 소저가 자신의 정체를 알아차렸나 싶어 더 이상 머무르지 못하고 일어서며 말했다.

"소저께서 신기(身氣)가 불편하다 하시오니 이 몸은 그만 돌아가는 게 좋을 듯하옵니다. 부인께서는 어서 소저에게 가 보소서."

소유가 떠나려 하자 부인은 감사의 대가로 은과 비단을 내렸다. 그러나 소유는 한사코 이를 사양하며 말했다.

"이 몸이 비록 거문고를 타는 재주가 있다 하나 그것은 단지 스스로 좋아서 할 뿐이지 이렇게 놀이채를 받고자 한 것이 아니옵니다."

이 말을 남기고 소유는 돌아가 버렸다.

부인은 소저가 걱정이 되어 즉시 불러 물어 보았다. 그런데 소저는 아픈 데라곤 없어 보였다.

소저가 다시 침실로 들자 부인은 여종에게 또 다른 것을 물어 보았다.

"춘운의 병은 어떠하더냐?"

여종이 부인의 질문에 대답하였다.

"소저께서 거문고 소리를 들으신다는 말씀을 듣고는 일어나 세수를 하였습니다."

춘운은 원래 서호(西湖) 출신으로 성은 가(賈)씨였다. 그 아비는 승상부의 아전으로서 정사도의 집안일에 수고를 많이 하였다. 그런데 불행하게도 병을 얻어 죽으니 열 살밖에 되지 않은 춘운이 머물 곳이 없어져 버렸다. 그래서 정사도 부처는 춘운을 불쌍히 여겨 집안에 두기로 하였는데 소저와는 소꿉 친구가 되었다. 비록 서로 나이 차이가 한 달이나 그 용모나 태도로 보건대 그 기량에 있어서 소저만은 못하다 하더라도 가히 견줄 만하였다. 특히 문필과 바느질에 있어서는 소저와 거의 같은 재주를 지녔다. 비록 소저와 춘운은 그 신분은 다르나 어렸을 적부터 한데 자라 친구의 정이 더 두텁다고 할 수 있었다.

이날 춘운이 소저의 방에 들어와서 물었다.

"여종들이 말하기를 어느 여관이 대청마루에 앉아 거문고를 탄다 하였나이다. 그런데 용모가 수려하고 솜씨 또한 신선 같다 하여 아픈 몸을 이끌고 구경하고자 하였는데 무엇 때문에 그렇게 빨리 돌아갔습니까?"

이에 소저는 낯을 붉히며 나지막이 말하였다.

"내 평소 몸가짐을 조심하고 예법을 준수하여 나이 십륙 세 되도록 중문 밖을 넘지 아니하였는데, 그만 하루아침에 남한테 속아 욕을 입었느니라. 차마 부끄러워 낯을 들 수가 없구나."

이 말을 들은 춘운은 영문을 몰라 깜짝 놀라며 말하였다.

"무슨 일이 있었기에 그런 말씀을 하십니까?"

소저가 대답하였다.

"조금 전에 다녀갔던 여관은 그 용모가 깨끗하고, 거문고 솜씨 또한 도인(道人) 같았느니라……."

소저가 뒷말을 흐리자 춘운이 얼른 다시 물었다.

"그런데 어찌 되었단 말씀이옵니까?"

소저가 춘운에게 자신의 심사를 털어놓았다.

"아까 그 여관이 처음에는 예상우의곡을 타더구나. 그리고는 옥수후정화를 타더니 여덟 번째로 의란조를 탔느니라. 나는 그 솜씨에 놀라 칭찬을 해 주고는 그만하기를 청하였는데 그가 마지막으로 한 곡조 더 한다면서 봉구황곡(鳳求凰曲)을 탔단다. 나는 조용히 앉아 곡조를 듣고 있었는데 문득 고개를 들어 보니 그 여관의 얼굴이 아름답기는 하였으나 기상이 늠름한 것이 여자가 아니더구나. 내 자세히 살펴보니 필시 계집이 아니었어. 분명 누군가 못된 사람이 내 실속 없는 허명에 춘색을 구경코자 옷을 바꿔 입고 들어온 것 같다. 네가 그 모습을 보지 못한 것이 안타깝구나. 너도 한번 생각해 보아라. 남녀가 유별한데 내 어찌 규중의 처녀로서 한 번도 보지 못한 남자와 반나절 동안이나 이야기를 할 수 있겠느냐. 차마 부모님께 아뢸 수가 없어서 너에게만 이렇게 털어놓는 것이다."

그러자 춘운이 웃으며 말하였다.

"소저께서 들으신 건 여관의 봉구황곡이지 사마상여의 봉구황곡이 아닙니다. 너무 지나친 걱정 아니신지요. 그건 분명 술잔 속의 활 그림자(허상, 환상을 뜻함—註)였을 겁니다."

소저가 대답하였다.

"그렇지 않아. 그 사람의 곡조에는 순서가 있었단다. 단순한 짜임새가 아니었어. 그 사람이 헛된 마음을 품지 않았다면 어째서 봉구황곡을 맨 나중에 탔겠느냐? 아마 그자는 과거를 보기 위해 서울로 올라온 선비 중에 하나일 거야. 그러다가 내 이야기를 듣고는 망령되게도 꽃구경이나 한번 하자고 수작을 부린 것 같아."

춘운이 말하였다.

"아가씨 말대로 그자가 여관이 아니라 남자라면 그렇게 잘생긴 외모에, 그 늠름한 기상에, 거문고 타는 재주하며 혹 진짜 사마상여인지도 모르겠군요."

소저가 말하였다.

"설령 사마상여라 해도 나는 결코 탁문군이 되지 않을 거야."

춘운이 이 말을 듣고는 자기의 생각을 이야기했다.

"탁문군은 과부지만 아가씨는 처녀잖아요. 탁문군은 조심조심 사마상여의 뒤를 좇았지만 아가씨는 무심결에 눈치채셨으니 탁문군 얘기는 할 필요도 없을 것 같아요."

두 처자는 시간가는 줄도 모르고 두런두런 이야기꽃을 피우고 있었다.

그러던 어느 날이었다. 하루는 소저가 제 모친과 함께 대청마루에 앉아 있는데 정사도가 얼굴에 웃음을 가득 머금은 채 과거 방목(榜目 : 과거에 급제한 사람의 성명을 적은 책—註)을 갖고 들어오며 말하였다.

"내 이 아이의 혼처를 구하지 못해 애를 태웠는데 오늘에서야 겨우 마음에 드는 사윗감을 얻은 것 같소."

이 말을 들은 최씨 부인이 말하였다.

"대체 어느 댁 누구이기에 그러십니까?"

정사도가 말하였다.

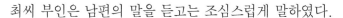

"이번에 장원을 한 사람이요. 초나라 회남도 수주 사람으로 성은 양씨요, 이름은 소유라 하오. 나이는 열여섯인데 그 풍채가 두목지(杜牧之)요, 그 재주는 조자건(曹子健)이라는 소문이 자자하더이다. 그 정도의 사람이라면 우리 아이의 남편감으로 부족함이 없을 것 같소. 그래, 내 이렇게 즐거워하는 게요."

최씨 부인은 남편의 말을 듣고는 조심스럽게 말하였다.

"귀보다는 눈이 더 정확한 법이옵니다. 남들이 아무리 칭찬한다 하더라도 그것은 그렇게 믿을 게 못 되지요. 그러니 서두르지 마시고 먼저 그 사람을 보신 후에 결정하심이 옳은 줄 아옵니다."

정사도가 말하였다.

"그게 뭐 어렵겠소."

소유, 자각봉 선녀를 만나다

소저는 부모님의 대화를 듣고는 부끄러워 제 방으로 들어갔다. 그리고는 춘운과 다시 이야기를 하였다.

"내가 저번에 말했지 않느냐. 거문고를 타던 사람이 초 땅 회남 사람이라고. 그런데 지금 아버지께서 말씀하신 사람이 아무래도 그 사람 같구나. 필시 그 사람이 아버지를 뵈러 이곳으로 올 터이니 너는 그때 자세히 살펴보고 나한테 알려주어라."

춘운은 웃으며 답하였다.

"지난번 여관을 내가 보지 못하였는데 그 사람을 본다 한들 내 어찌 알겠습니까. 차라리 아가씨께서 주렴발 사이로 잠깐 보심이 확실할 것입니다."

그러자 소저가 춘운에게 이렇게 일렀다.

"한번 욕을 봤는데 또 그러고 싶지는 않구나."

두 처자는 서로의 얼굴을 바라보며 웃음을 터뜨렸다.

이 무렵, 소유는 회시(會試 : 과거에서, 소과 초시(初試)에 합격한 사람에게 보이던 시험—註)와 전시(殿試 : 임금이 친히 보이던 과거—註)에 모두 장원 급제를 하고, 이어서 한림학사(임금의 명을 맡아보는 예문관—註)를 지내며 그 이름을 온 세상에 떨치기 시작했다. 그리하여 딸을 둔 명문거족 집에서는 앞을 다투어 매파를 보내었다.

그러나 소유는 이 모든 것에 아랑곳하지 않고 정소저만을 생각하였다. 그래서 하루는 소유가 자신의 혼인 의사를 밝히기 위해 정사도의 집을 찾았다. 머리에 계화를 꽂고 양옆에 화동(花童)과 악공(樂工)을 대동하여 풍악을 울리며 행차한 소유는 정사도에게 홍패(紅牌 : 회시에 급제한 사람에게 그 성적의 등급·성명을 기록하여 주는 붉은 종이의 증서—註)와 한림 유지(諭旨 : 임금이 신하에게 내리는 글—註)를 드렸다. 정사도는 빼어난 풍채와 공손한 예를 갖춘 소유를 맞이하며 기뻐 어쩔 줄을 몰랐다.

이렇게 요란한 상황이 벌어지자 사도집의 사람들은 소저 하나만을 빼놓고는 모두 소유를 보기 위해 몰려들었다. 이 가운데에는 춘운도 끼어 있어 그녀가 여종에게 물었다.

"내 하나 물을 것이 있느니라. 예전에 거문고를 타기 위해 한 여관이 들렀다는데 그 여관과 지금 저분의 외모가 어떠하더냐?"

그러자 여종들은 모두 한결같이 답하였다.

"설령 남매간이라 할지라도 저렇게 똑같지는 않을 것이옵니다."

이 말을 들은 춘운은 얼른 소저를 찾아가 사실을 말해 주었다.

"과연 아가씨의 말씀이 맞습니다."

소저는 다시 춘운을 재촉하여 그 사람이 무슨 말을 하는지 엿듣고 오라고 일렀다.

정사도는 직접 자신을 찾아온 소유에게 말을 건넸다.

"나는 팔자에 아들이 없어 딸 자식 하나만을 두었는데 지금껏 마땅한 혼처를 구하지 못하였으니 한림은 내 사위될 의사가 있는가?"

이에 소유가 일어나 절을 올리며 말하였다.

"소자 일찍이 과거를 보기 위해 서울로 왔을 때부터 소저에 관한 재주와 덕행을 들어 알고 있습니다. 그러나 귀댁의 문벌과 저의 처지가 하늘과 땅 차이인지라 감히 엄두도 내지 못하였는데, 지금 저더러 사위됨을 요청하시니 그것이 진실이라면 한없는 은덕으로 받아들이겠습니다."

정사도는 소유의 말에 크게 기뻐하며 환대히 접대하였다.

그때 이를 지켜보던 춘운은 다시 소저를 찾아가 말하였다.

"영감님께서 양장원님께 아가씨와 혼인을 맺자 하시니 양공(公)께서는 외람되지만 그 뜻을 받들겠노라고 말씀하셨습니다."

이 말을 들은 소저는 놀라며 춘운에게 무언가를 물으려 하였다. 그러나 이때 어머니인 최씨 부인이 소저를 부르기에 그만 밖으로 나가 보아야만 했다. 최씨 부인은 소저에게 말하였다.

"저 양소유는 장원으로 급제하여 앞으로의 벼슬길이 탄탄하고, 예의 또한 바르니 네 아비가 통혼을 하셨다. 이제 우리 두 늙은이는 네 혼처를 구하여 한시름을 놓았느니라."

이에 소저가 부인에게 아뢰기를,

"하지만 어머니, 여종들이 말하기를 양공이 전에 우리 집에서 거문고를 타던 여관과 똑같다고 하옵니다."

하였다. 그러자 부인이 말하였다.

"나 또한 그런 생각이 들지 않은 것은 아니다. 그때 거문고를 타던 여관이 어찌나 선풍도골(仙風道骨 : 신선과 같은 기질과 풍채―註)이든지 내 지금껏 그 일을 잊지 않고 있었는데, 오늘 양장원을 보니 그 여관을 대하는 것 같았단다."

어머니의 말을 들은 소저의 목소리가 가냘프게 떨렸다.

"그렇다면 어머니, 저는 양장원이 의심스러워 이 청혼을 받아들일 수가 없사옵니다."

이 말에 최씨 부인은 노하여 말하였다.

"이 무슨 망측한 말이냐. 너로 말할 것 같으면 장안 명문 대가의 딸이고, 양공은 회남 출신이거늘 무엇을 그리 의심한단 말이냐?"

소저는 다시 차근차근 어머니에게 말하였다.

"소녀 여태껏 부끄러워서 어머니께 숨긴 바가 있습니다. 제 생각에는 양장원이 전에 여관으로 변장하여 거문고를 탄 것이 아닌가 합니다. 제 소문을 듣고는 은밀히 저를 살펴보려 함이었겠지요. 저는 그것도 모르고 그 간사한 꾀에 넘어가 종일토록 이야기를 하였으니 부끄럽고 분한 마음이 듭니다."

이 말을 들은 최씨 부인은 놀라며 가만히 앉아 있었다. 그러자 양장원을 배웅하고 돌아온 정사도가 내당으로 들어왔다. 기쁜 마음에 희색이 만면한 정사도는 딸에게 말하였다.

"경패야, 네가 오늘에서야 용을 탔구나!"

그러자 부인은 방금 들은 소저의 말을 사도에게 전했다. 이 말을 전해 들은 사도는 크게 웃으며 말하였다.

"내 보기에 양장원은 풍류를 아는 진정한 남아니라. 그런 사람이 보기 드물거늘 설령 네 말이 사실이라 할지라도 무슨 흉될 것이 있다고 그러느냐? 옛날 왕유학사도 태평 공주를 보기 위해 악공으로 변장하여 비파를 타지 않았느냐? 이어 그 역시 장원 급제를 하였다는 말을 듣지도 못하였더냐?"

이에 소저가 말하였다.

"하지만 아버님, 저는 속은 것이 부끄럽고 분하여 죽을 것 같사옵니다."

정사도는 아무렇지도 않다는 듯 다시 말하였다.

"늙은 나로서는 문제될 것이 없다. 그렇게 생각된다면 훗날 그에게 물어 보아라."

최씨 부인은 마음을 가라앉히며 남편인 사도에게 물었다.

"혼인 날짜는 잡았습니까?"

이에 사도가 대답하였다.

"올 가을 한림의 어머님을 이리 모셔 온 후 혼례를 치를 것이지만 납채(納采 : 신랑측 혼주가 서식에 따라 정식으로 신부집에 청혼 편지를 내는 일—註)는 먼저 받을 것이오. 그리고 한림은 이리로 데려와 별당에서 지내도록 할 것이니 부인도 한림을 사위의 예로써 대하시오."

이어 한림이 이곳에 머무니 정사도 부처는 그를 아들처럼 사랑하였다.

그러던 어느 날, 소저가 마침 춘운의 방 앞을 지나갈 때였다. 소저는 춘운의 방에 들어가 보았다. 방안에서는 비단신에 수를 놓던 춘운이 졸음을 이기지 못하고 수틀에 기대어 자고 있었다. 소저가 가만히 이를 지켜보니 춘운의 바느질 솜씨에 감탄하지 않을 수가 없었다. 또한 그 수 밑에는 시를 쓴 종이가 있어 소저가 이를 읽어 보았다.

천하제일의 옥인을 얻어 그 사귐을 안타깝게 여기니,
걸음걸음을 좇으며 놓지를 못하더라.
촛불을 끄고 비단 장막 속에서 띠를 풀 때,
너로 하여금 상아 침상 아래 던지게 하리라.

소저는 이를 읽고 나서 잠시 생각에 잠겼다.
'춘운아, 네 글재주가 이렇게 늘었다니 참으로 놀랍구나. 수를 놓은 신으로 나와 겨루고 항상 내 곁을 떠나지 않더니, 내 장차

시집가는 것을 네가 섭섭히 여기는구나. 네가 진정 나를 따르고 있다는 걸 알았단다.'

소저는 다시 춘운의 글을 읽더니 홀로 웃으며 말하였다.

"이 글을 보니 네가 나와 함께 침상에 오르고 싶어한다는 걸 알았다. 이것은 필시 나와 한 낭군을 섬기겠다는 뜻처럼 생각되어지니, 네 마음이 이미 그렇게 움직였구나."

소저는 행여 춘운이 깰까 봐 조심조심 방을 나와 내당으로 들어갔다. 안에서는 부인이 한림의 저녁 반찬을 장만하는 여종에게 손수 이것저것 명하고 있었다. 이를 본 소저가 어머니에게 말하였다.

"한림이 화원 별당으로 오신 후로는 어머니께서 이렇게 손수 의복과 음식을 챙기시니 너무 고생이 많으십니다. 제가 직접 그 일을 하고 싶지만 아직 혼례를 치르지 않은지라 예법(禮法)에 어긋나는 일이니 그럴 수도 없고 해서 드리는 말씀인데 이 일을 춘운에게 맡기면 어떨까 합니다. 그녀 이미 숙녀이니 이런 일들을 잘할 수 있을 것입니다. 그러니 춘운에게 이 일을 맡기시고 어머니는 좀 쉬시는 게 어떠하겠는지요?"

부인이 소저의 말을 듣고 말하였다.

"춘운으로 말할 것 같으면 그 용모와 재주가 뛰어나니 무슨 일인들 못하겠느냐? 그러나 그 얼굴과 재주가 비상하니 내 한림을 섬기게 할 수가 없다. 그렇게 되면 부인으로서의 너의 권한을 춘운에게 먼저 빼앗길지도 모를 일 아니냐."

소저가 어머니의 말씀을 듣고 말하였다.

"어머니, 춘운은 저와 헤어지고 싶어하지 않습니다."

이에 어머니가 말하기를,

"예법에 주인이 시집갈 때 비첩(婢妾 : 종으로 첩이 된 계집─註)이 따르는 일이 있었다. 그러나 춘운은 그 어떤 계집종과도 비교가 안 되니 비첩으로 딸려 보내는 것이 왠지 불안하구나."

하였다. 그러자 소저가 다시 말하였다.

"일찍이 양한림이 여관으로 변장하여 감히 재상집 규수를 희롱한 바 있으니 그 기상으로 보건대 어찌 한 여자로 만족하겠습니까? 훗날 승상이 되어 만종록(萬鐘祿 : 매우 많은 녹봉─註)을 누리게 되면 춘운 따위도 문제가 되지 않을 정도의 자색들을 거느릴 것이옵니다."

그러나 소저가 말을 마치기도 전에 부친인 정사도가 들어왔다. 부인은 정사도에게 은밀히 소저의 말을 전했다. 그러자 정사도는 부인에게 이렇게 일러 두었다.

"춘운은 분명 경패와 헤어지지 않으려 할 것이오. 그러니 그것을 어찌 막겠소. 춘운을 먼저 한림에게 보낸들 달라질 것은 없다고 생각하오. 한림 역시 춘정을 억누르기가 싫지 않을 것이니 어서 춘운을 별당으로 보내어 기나긴 밤을 위로하게 하는 것이 좋을 것 같소. 그러나 그렇게 되면 경패의 심기가 불편할 듯싶으니 일단 경패의 의중을 부인께서 떠 보시오."

이날 소저는 자신의 생각을 춘운에게 말하였다.

"내 어릴 적부터 너와 친자매같이 지냈는데 이제 나는 한림의 납채를 받은 몸이 되었으니 너 역시 백년대사를 생각해야 할 때가 온 것 같구나. 너는 대체 어떤 사람을 마음에 두고 있느냐?"

춘운이 대답하였다.

"아가씨, 아가씨는 저의 마음을 그리도 몰라주십니까? 저는 아가씨를 따라 한 사람을 섬기겠다는 마음밖에 없으니 부디 서를 버리지 말아 주세요."

소저가 말하였다.

"네가 잘못 알고 있는 거란다. 난 전부터 너의 뜻을 알고 있었느니라. 그래서 내가 너와 의논할 게 있는데, 한림이 예전에 나를 희롱하였으니 내 아직도 그것을 잊지 못하겠구나. 네가 아니면 누가 내 욕을 대신 갚아 주겠느냐. 그러니 내 산 깊고 경치 좋은 종남산(終南山) 자각봉(紫閣峯)에 신방을 차려 줄 테니 한림과 함께 화촉을 밝혀라. 내가 사촌형 십삼랑(十三郞)과 함께 꾀를 내면 그때의 수치를 씻을 수 있을 것이야. 그 형으로 말할 것 같으면 한림과는 막역한 사이로 발랄한 성격에 농담과 장난을 좋아하니 내 뜻에 따라줄 거야. 그러니 너도 내 뜻을 따르거라."

춘운이 말하였다.

"제 어찌 아가씨의 명을 어기겠습니까? 하지만 추후 어떻게 제가 한림을 뵙겠습니까?"

소저가 말하였다.

"군사들은 장군의 명만을 듣는다 하더니, 춘운 네가 한림만을 염두에 두는구나."

이에 춘운이 웃으며 말하였다.

"사람이 죽는 것을 피하지 못하는 법, 제가 어찌 아가씨의 말씀을 피하겠습니까?"

소저가 다시 말하였다.

"어쨌든 남을 속이는 것보다 남에게서 속는 것이 더 수치스러운 일 아니더냐."

한림은 궐내로 들어가지 않는 날이면 기생집에서 술을 먹으며 기생을 구경하는 등 한가한 시간을 보냈다. 그러던 어느 날, 정십삼랑이 찾아와 한림에게 말하였다.

"종남산 자각봉은 산이 깊고 경치가 빼어난 곳이라오. 우리 그곳으로 소풍이나 갑시다."

한림이 대답하였다.

"원하는 바이올시다."

뜻이 맞은 둘은 술과 안주를 챙겨 소풍 길을 떠났다. 몇 리쯤 가니 온갖 화초들이 만발해 있는 것이 과히 별천지였다. 한림은 정생과 함께 물가 옆에 자리를 잡고 술잔을 돌리며 시를 읊었다. 그런데 냇물을 따라 꽃잎이 떠내려 오자 '춘래편시도화수(春來遍時桃花水)'란 글귀가 생각나 말하였다.

"이곳 어딘가에 무릉도원(武陵桃源 : 세상과 따로 떨어진 별천지를 비유하여 이르는 말—註)이 있으렷다!"

그러자 정생이 말하였다.

"이 물은 자각봉에서 내려오는 물이지요. 꽃이 만발하고 유난히도 달빛 밝은 날에는 신선의 풍류 소리가 나서 그 소리를 들은 사람이 많다고 합디다. 하지만 나는 선도(仙道)와는 인연이 없는지 한 번도 들은 적이 없소. 오늘은 내 양형과 함께 꼭 신선의 자취를 찾고 선녀의 술을 맛볼 작정이오."

한림도 기꺼이 여기에 대꾸했다.

"정령 이곳에 신선이 산다면 내 한번 만나 보리라."

그런데 갑자기 정생의 몸종이 빠른 걸음으로 다가와서는 정생에게 말하였다.

"마님의 몸이 안 좋으시다 하오니 상공께서는 어서 집으로 오시랍니다."

정생이 탄식하며 말하였다.

"보시오. 나는 이렇게 선도와는 인연이 없소이다. 실인(室人 : 자기 아내를 일컫는 말―註)의 몸이 갑자기 아프다 하니 나는 내려가 봐야겠지만 양형은 한번 신선을 찾아보시오."

정생이 내려가자 한림은 제 흥에 겨워 혼자 산을 올랐다. 그런데 냇물을 타고 떠내려오는 나뭇잎을 보자 그것을 건져 보니 거기에는 웬 글씨가 새겨져 있었다. '선방의 삽살개가 구름 밖에서 짖는 걸 보니 오호라, 양랑이 이곳에 오는구나.' 하는 한 수의 글이었다. 이를 보고는 한림이 생각하였다.

'이 산 위에 사람이 있다면 그는 정령 신선일 것이로다!'

한림이 험한 산길을 거의 칠팔 리쯤 올라가니 이미 날은 저물고 달빛만이 산을 비추고 있었다. 한림이 어디로 가야 할지 헤매고 있는데 갑자기 푸른 옷을 입은 어린 선녀 하나가 시냇가에서 빨래를 마치고 가려다 한림과 마주쳤다. 그러자 깜짝 놀란 그녀가 외치기를,

"아씨, 서방님께서 오십니다."

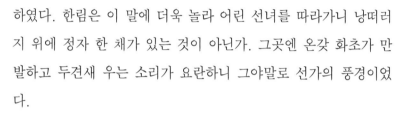

하였다. 한림은 이 말에 더욱 놀라 어린 선녀를 따라가니 낭떠러지 위에 정자 한 채가 있는 것이 아닌가. 그곳엔 온갖 화초가 만발하고 두견새 우는 소리가 요란하니 그야말로 선가의 풍경이었다.

한림이 황홀함에 이끌려 정자 안으로 들어가니 비단 장막에 병풍이 둘러져 있었는데, 한 여인이 촛불을 밝히고 있다가 한림을 보고는 나와서 허리 굽혀 절하며 말하였다.

"낭군께서는 어찌하여 이리도 늦게 오십니까?"

이에 한림이 대답하였다.

"소생은 속세의 인간이오. 때문에 선녀와는 혼인의 연분이 없는데 어찌 나를 기다렸다 하는 거요?"

선녀가 말하였다.

"한림께서는 의심을 거두어 주소서."

선녀는 아까의 그 어린 선녀를 불러 말하였다.

"낭군께서 멀리서 이곳까지 오셨으니 다과를 올려라."

이 말이 끝나자마자 어린 선녀는 백옥 쟁반에 신선의 과일과 자하주(紫霞酒)를 가져왔다. 선녀가 자하주를 백옥잔에 가득 부어

한림에게 권하니 과연 그 술맛이 속세의 술맛과는 달랐다.

술을 입에 댄 후 한림이 선녀에게 말하였다.

"선녀는 무슨 까닭으로 옥경(玉京 : 하늘 위에 옥황상제가 산다고 하는 가상적인 서울—註)을 버리고 이 깊은 산중에 기거하고 계십니까?"

선녀가 탄식하여 말하기를,

"옛일을 말씀드리려 하니 슬픈 생각이 먼저 앞섭니다. 첩은 서왕모(西王母 : 곤륜산에 있는 선녀—註)의 시녀이온데 광한궁(廣寒宮 : 옥황상제가 거처하는 궁궐—註)의 잔치 때 낭군께서 첩을 희롱하셨습니다. 이것을 안 옥황상제(玉皇上帝)께서 몹시 화를 내시어 낭군께 중한 벌을 내리셨습니다. 그래서 낭군께서는 인간으로 환생하시고, 저의 죄는 가볍다 하시어 이렇게 산속으로 보내셨습니다. 그런데 낭군께서는 이미 화식(火食 : 불에 익힌 음식을 먹는 것. 또는 그 음식. 신선은 생식을 함—註)을 하시어 전생의 기억을 잊으셨나이다. 이제 옥황상제께서는 첩을 용서하시어 곧 승천하라는 분부를 내리셨지만 첩은 이제껏 전생의 회포를 풀기 위해 아직까지 예서 머물러 있었사옵니다. 그러니 한림은 의심을 품지 마소서."

이때, 밤은 이미 으슥하고 달빛만이 외로이 정자를 비추는데 한림이 선녀의 손을 잡아끌고 잠자리에 드니 오랫동안 참아 왔던 춘정을 풀기도 전에 날이 밝아 오기 시작했다.

그러자 선녀가 한림에게 말하였다.

"오늘 첩은 하늘로 승천하옵니다. 모든 선관(仙官)이 첩을 데리러 이리로 올 것이니, 낭군은 어서 산을 내려가십시오. 들키는 날에는 다시 죄를 입을 것이니 앞으로 만날 날이 있을 것이옵니다."

선녀는 비단 수건에 이별시 한 수를 써서 한림에게 주었다.

서로 만날 때는 꽃이 하늘에 만발하더니
서로 이별하매 있어 꽃이 땅에 있더라.
춘색이 꿈속에 있는 듯하니
약수 천리가 막연하도다.

한림이 그 글을 보고는 소매를 찢어 화답의 시 한 수를 써 선녀에게 주었다.

하늘의 바람은 옥패를 불고
흰 구름은 어찌하여 저리도 흩어지는고.
무산 다른 밤비에
원컨대 양왕의 옷을 적시라.

선녀가 한림의 글을 보고는 눈물을 글썽이며 말하였다.

"서산에 달이 지고 월궁(月宮)에 서리 날리니, 구만 리 구름 밖의 모습을 그리는 것은 오직 이 글귀뿐이군요."

선녀는 글을 품에 넣으며 한림의 길을 재촉하였다.

"낭군께서는 어서 서둘러 내려가십시오."

한림이 선녀의 손을 차마 놓지 못하고 눈물을 흘리니 그 정이 참으로 애절하였다.

이윽고 집에 돌아온 한림은 자각봉의 화초가 눈에 아른거리고, 선녀의 말소리가 귀에 들리는 듯하여 탄식하며 말하였다.

"내 어찌 선녀의 가는 모습을 보지 못하고 그리도 급하게 산을 내려왔을꼬. 잠깐 몸을 숨겨 그녀의 가는 모습을 보아도 됐을 터인데. 오, 그것이 한이로다."

한림이 자각봉에서 있었던 꿈같은 일을 잊지 못하고 있을 때 정생이 왔다.

"어제 집사람이 아파서 선경을 구경하지 못했으니 오늘 다시 한 번 가 보는 게 어떻겠소?"

이 말을 들은 한림은 반색을 하며 술과 안주를 가지고 길을 나섰다. 한림은 속으로 선녀가 있던 곳이나 한번 가 보자고 생각하였다. 밖은 녹음방초(綠陰芳草 : 나무 그늘과 향기로운 풀—註)가 득한 초여름이었다.

한림과 정생이 자리를 잡고 술잔을 돌리는데 때마침 길가에 쓸쓸한 무덤이 하나 있어 한림이 이를 보고 탄식하며 말하였다.

"슬프도다. 사람은 귀하든 천하든, 현자이든 우매한 자이든 죽으면 다 저렇게 매한가지로다."

이에 정생이 말하였다.

"양형은 저 무덤에 대해 아는 바가 없을 것이오. 저것은 옛 장녀랑(張女娘)의 무덤이오. 그녀로 말할 것 같으면 그 용모와 재덕이 출중하여 장려화(張麗華)라고도 불렸소. 그런데 그만 꽃다운 이십 세의 나이로 죽어 버리자 사람들이 그녀를 불쌍히 여겨 무덤 앞에 버들을 심고 망혼을 위로한 것이라오. 우리도 술 한잔 부어 넋이라도 위로해 주는 게 어떻겠소?"

한림은 원래 정이 많은 사람인지라 기꺼이 이에 응했다.

"정형의 말씀이 옳소. 그것으로 넋을 위로한다면야 어찌 한 잔 술이 아깝겠소."

하고는, 서로 제문(祭文)을 지어 넋에게 조상(弔喪 : 남의 슬픈 일에 조의를 표함―註)하였다.

한림의 제문은 이러하였다.

아름다운 여인이 일찍이 나라를 기울이더니
그 꽃다운 혼령 하늘로 올라갔도다.
피리와 거문고 산새들이 배우고
거친 깁과 부드러운 비단 들꽃이 전하더라.
옛 무덤에 부질없이 봄풀이 피었고
빈 누각에 연기 피어오르는데
진천 옛 소문은
지금 누구 집에 붙였는고.

이어 정생도 제문을 읊었다.

묻노니 그 옛날 번화한 곳에

어느 집의 정숙한 낭자이런가.

소소(남제의 이름난 기생—註)의 집 쓸쓸하고

설도당 명기(名妓)의 별장이 고요하도다.

풀은 깁치마 빛이요

꽃은 보배 사마귀의 향기로다.

꽃다운 넋 부르지 못하는데

저문 하늘에 오직 까마귀만 나는구나.

그리고는 정생이 자리에서 일어나 무덤 주위를 이리저리 돌아다녔다. 그러다 문득 비단 적삼 소맷자락에 쓴 글을 주워서는 읊으며 말하였다.

"어떤 이가 이 글을 지어 무덤 속에다 넣었나 보오."

한림이 그 글을 받아 살펴보니, 그것은 바로 자각봉 선녀와 이별할 때 자신이 직접 쓴 글이었다.

한림은 가슴이 철렁 내려앉았다. 그리고는 혼자 생각하였다.

'그렇다면 어제의 그 선녀는 바로 장녀랑의 혼이었단 말인가.'

그러자 한림의 등줄기에는 식은땀이 흐르고 머리카락이 하늘로 솟는 듯했다. 한림은 놀란 가슴을 누르지 못하고 있다가 정생이 없는 틈을 타서 다시 한 잔 술을 무덤가에 부어 주며 혼잣말을 하였다.

"선녀라도 하늘의 연분이요, 혼이었다 해도 하늘의 연분이니

구태여 선녀와 귀신을 구별할 필요가 뭐 있겠는가. 가엾은 혼령이여, 오늘 밤 옛 인연을 다시 이어 주오."

양생과 정생은 그만 자리를 거두고 산을 내려왔다.

이날 밤이었다. 한림은 잠자리에 들었으나 여인 생각에 잠 못이루어 별당 화원 앞에 나와 앉아 있었다. 그런데 사람의 발짝 소리가 어둠 저편에서 들려 오는 것이 아닌가. 가만히 보니 다름 아닌 자각봉 선녀였다. 한림은 반갑기도 하고 기절할 듯 놀라기도 했지만 한걸음에 내달아 그녀의 손을 잡아끌었다. 그러나 그 여인이 말하였다.

구
운
몽

"첩의 근본을 낭군께서 아셨으니 어찌 거리끼는 마음이 없으시겠습니까? 제가 낭군을 속인 까닭은 혼이라 하면 낭군께서 놀라실까 봐 선녀라 하여 하룻밤 연분을 맺은 것인데 오늘 몸소 첩의 무덤으로 찾아오시어 제를 올려 주시니 감격해 마지않았나이다. 그래서 이렇게 은혜를 갚고자 낭군을 찾아왔으나 더러운 몸으로 더는 낭군을 모실 자신이 없어졌습니다."

한림은 그녀의 소매를 잡아끌며 말하였다.

"사람의 근본은 한 가지라. 죽으면 귀신이 되고 환생하면 사람이 되는 것을 거리낄 게 무엇이냐. 네가 비록 혼일망정 내 어찌너와의 연분(緣分)을 잊을 수 있겠느냐?"

하고는, 허리를 끌어안고 방안에 들어가 누우니 그 정이 지난번보다 몇 배나 더하였다.

한참 후 날이 새자, 여인이 말하였다.

"첩은 혼령이라 날이 밝으면 나다니지 못합니다."

이 말을 들은 한림이 말하였다.

"그렇다면 밤에만 만나기로 하자."

여인은 아무 대답도 없이 사라졌다.

이후부터 여인은 매일 밤 한림의 방으로 찾아 들었다.

소유, 춘운과 경홍에게 속다

한림이 여인을 알고는 친구를 만나지도 않고 손님도 맞이하지 않았다. 다만 매일 밤 여인이 오기만을 기다렸다가 회포를 풀고는 낮 동안 조용히 화원 별당에서 지내는 것이 전부였다.

그래서 하루는 정생이 두진인(杜眞人)이란 사람을 데리고 한림이 머무는 별당 화원으로 들어섰다. 한림이 예로써 그를 맞이하자 정생이 말하였다.

"이 선생은 태극궁에 계시는 분으로 관상 보기와 점술에 능하시다오. 양형의 상을 보여드리고자 이렇게 모셔 왔으니 어디 한번 들어 봅시다. 진인은 한림의 관상을 보십시오."

이에 한림이 말하기를,

"예로부터 어진 사람은 복을 묻지 아니하고, 재앙을 묻는다 했습니다. 선생은 바른 대로만 말씀해 주시오."

하였다. 그러자 진인이 말하였다.

"내가 보기에 한림은 두 눈썹이 빼어나고 눈초리가 귀밑까지 갔으니 필히 삼정승에 이를 것이요, 또 귓불이 둥근 구슬 같으니 그 이름을 천하에 떨칠 것이요, 얼굴에는 권세를 잡을 골격이 가득하니 분명 병권(兵權)을 잡아 만리 밖까지 다스리는 제후가 될 상이오. 그러나 한 가지 흠이 있습니다. 바로 눈앞에 재잉이 있으니 만약 한림이 나를 만나지 않으셨다면 분명 봉변을 당하실 뻔하였소."

이 말을 들은 한림이 말하였다.

"사람의 길흉화복은 스스로 구하기 나름이오. 다만 병만은 스스로 피해 갈 수 없으니 내게 무슨 중병이라도 든 게요?"

진인이 말하였다.

"어허, 참 이상하오. 뭔가 심상치 않은 기운이 느껴지오. 필시 어떤 간사한 기운이 이곳을 침범하였으니 혹 한림은 남몰래 첩을 가까이 하십니까?"

한림은 이미 장녀랑을 두고 하는 말이려니 생각하고 있었으나 여랑에 대한 인정 때문에 차마 사실을 말하지 못하고 거짓말을 하였다.

"그런 적 없소이다."

진인이 말하였다.

"그렇다면 혹시 무덤을 지나다가 마음이 움직인 일이 있으십니까?"

한림은 시치미를 떼고 말하였다.

"없소."

진인이 다시 말하였다.

"아니면 혼령과 함께 꿈속에서라도 잠자리에 든 일이 있으십니까?"

한림은 딱 잘라 말했다.

"그 역시 없소이다."

이쯤 해서 정생이 끼어들었다.

"이 두선생으로 말할 것 같으면 한 번도 그릇된 말씀을 하신 적이 없으니 양형은 잘 생각해 보시오."

한림이 대답을 못 하고 머뭇거리자, 진인이 다시 말하였다.

"상공의 얼굴에 이미 임자 없는 혼령이 어리었으니 머지않아 중병이 들어 목숨을 보존치 못할 것이오. 본디 살아 있는 사람은 양기(陽氣)요, 귀신은 음기(陰氣)인지라 한데 어울리지 못하는 법이오."

그러자 한림이 속으로 생각하였다.

'신통하군. 하지만 날이 갈수록 장녀랑과의 정이 깊어만 가는데 어찌 그녀가 나를 헤칠 수 있단 말인가.'

하여 한림이 진인에게 말하였다.

"사람의 명은 하늘에서 정한 것이거늘 내게 부귀영화가 따를 상이라는데 어찌 귀신이 나를 범할 수 있단 말이오. 옛날 초(楚)나라의 양왕(襄王)도 무산(巫山) 선녀와 정을 통했고, 유춘(柳春)

이라 하는 사람도 귀신과 통정하여 자식을 낳지 않았소?"

진인이 한림이 하는 말을 듣고는 말하였다.

"그렇다면 한림은 마음대로 하시오."

하고는 밖으로 나가 버렸다. 한림 역시 그를 잡지 아니하였다. 마음이 상한 한림을 보자 정생은 그에게 술로써 위로를 해 주고는 헤어졌다.

한밤중이 되어서야 취중에서 깨어난 한림은 향을 피워 놓고 장녀랑을 기다렸다. 그러나 아무리 기다려도 장녀랑은 오지 아니하였다. 한림은 탄식하여 말하였다.

"하늘에 저렇게 별들이 반짝이는데 여랑은 왜 소식이 없는고."

결국 한림은 포기하고 잠자리에 들려 하는데 갑자기 창 밖에서 장녀랑의 흐느끼는 소리가 들려 왔다.

장녀랑은 눈물을 흘리며 말하였다.

"낭군께서 도인의 이상한 말을 듣고는 이리도 첩을 박대하실 줄 몰랐습니다."

이에 한림은 깜짝 놀라며 문을 열고 말하였다.

"나는 여태껏 그대를 기다렸는데 이 무슨 말인가?"

여랑이 말하였다.

"첩을 기다리셨다는 분이 왜 머리에 부적(符籍)은 부치셨습니까?"

이 말에 한림이 자신의 머리를 만져 보니 여랑의 말대로 귀신 쫓는 부적이 붙어 있었다. 한림은 화가 나서 부적을 떼 내어 갈기 갈기 찢고는 달아나는 여랑을 잡으려 하였다. 그러자 여랑이 말하였다.

"이제 낭군과는 영원히 이별입니다. 부디 옥체 보전하십시오."
하며 여랑이 담을 넘어가자 여랑은 온데간데없고 편지 한 장만이 커다란 돌 위에 얹어 있었다.

그 옛날 아름다운 기약을 찾아 색구름을 밟았고
다시 맑은 술잔을 황폐한 무덤 위에 부었노라.
깊은 정성을 본받지 못하고 이제 은혜가 끊어졌으니
낭군을 원망치 않고 정군을 원망하노라.

한림은 한 줄 한 줄 읽으면서 마음속이 메여졌다. 그러면서 생각하기를,

'두진인이란 놈이 나를 망쳐 놓았도다. 정군을 원망하노라 함은 필시 정십삼랑을 말하는 것이니 내 반드시 그에게 욕을 보이도록 하리라.'
하였다. 그러면서 한림은 안타까운 마음에 시 한 수를 지으며 탄식하였다.

차가운 바람을 몰아 신통한 구름 위에 오르니
꽃다운 넋이 황폐한 무덤에 붙임을 말하지 말라.
동산에 온갖 꽃 만발하고 꽃 밑에 달이거늘

고인이 어디선들 그대를 생각지 않으리요.

　이제껏 밤마다 여랑과 함께 보내다가 빈방에 홀로 누워 쓸쓸하게 지내니 누워도 잠을 이룰 수가 없고, 먹어도 입맛이 없으니 한림은 점점 병이 들어 날로 헬쑥해져 갔다.
　하루는 정사도 부처가 큰 잔치를 베풀어 한림을 청하였다. 하지만 한림의 몰골을 본 사도는 깜짝 놀라 물었다.
　"자네 얼굴이 왜 전만 못하게 초췌해졌는가?"
　한림이 대답하였다.
　"정형과 전날 밤 술을 마셨더니 술병이 났나 봅니다."
　사도가 말하였다.
　"종의 말을 들으니 어떤 계집과 잠자리에 든다며? 그래서 그러한 건가?"
　한림이 대답하였다.
　"화원 별당이 깊은데 그곳에 누가 들어오겠습니까?"
　이어 정생이 말하기를,
　"양형의 기상은 다 어디로 가고 이다지도 아녀자같이 부끄러워한단 말이오. 양형이 하도 진인 선생의 말을 듣지 않기에, 내 양형에게 술을 먹이고는 진인의 부적을 형의 상투 밑에 넣고 그날 밤 꽃밭 속에 숨어서 다 보았소이다. 그런데 한 여자가 창 밖에서 울며불며하는 것을 보니 진인 선생의 말이 맞다는 걸 알았소."
　하였다. 그러자, 한림도 더는 속이지 못하고 사실을 고백하였다.

"실은 소자에게 기이한 일이 있었습니다."

하면서 한림이 이제까지의 일을 전부 실토하자 이 말을 들은 정사도가 크게 웃으며 말하였다.

"내 젊었을 때 부적을 배운 적이 있네. 그래서 낮에도 귀신을 부르는 재주가 있지. 오늘 내가 자네를 위해 그 여인을 불러 줄테니 걱정을 덜게나."

이 말을 들은 한림이 말하였다.

"장인 어른께서 아무리 신통한 도술을 갖고 계신다고는 하나 어떻게 이 벌건 대낮에 귀신을 부른단 말씀이십니까? 이는 분명 소자를 놀리려 하심이겠지요."

이어 사도가 파리채를 들고 병풍을 치며 호령하였다.

"장녀랑은 게 있느냐?"

그러자, 한 아리따운 여인이 웃음을 머금고는 병풍 뒤에서 나오는 것이었다. 한림이 깜짝 놀라 쳐다보니 정말 장녀랑이었다. 어리둥절해진 한림은 정사도에게 물었다.

"과연 저것은 귀신입니까, 사람입니까? 귀신이라면 어찌 백주에 나다닐 수 있는 겁니까?"

사도가 웃으며 말하였다.

"저 아름다운 여인의 성은 가씨요, 이름은 춘운이다. 자네가 아직 혼례를 치르지 않아 긴 밤을 적적히 보내는 게 안쓰러워 춘운으로써 자네를 위로한 것이었다."

한림이 말하였다.

"이것은 저를 위로하심이 아니라 희롱하신 것이옵니다."

정생이 다시 끼어들어 말하였다.

"이 모두가 양형 스스로 화를 부른 것이니 예전에 양형이 한 짓을 생각하시오."

한림이 정생의 말에 어이가 없다는 듯 물었다.

"내가 스스로 화를 불렀다니 그 무슨 말이오? 나는 전혀 모르겠소."

이에 정생이 웃으며 대답하였다.

"사나이로서 여관으로 변장하여 거문고를 가지고 규중의 처녀를 희롱했으니 이만하면 양형도 더는 죄 없다 아니할 것이오. 알아듣겠소?"

그제서야 자신의 허물을 깨달은 한림은 정사도를 향하여 입을 열었다.

"이제 알겠습니다. 내 일찍이 정소저에게 죄를 지은 적이 있는데 소저가 그것을 잊지 않고 여태껏 원망하고 있었나 봅니다."

정사도 부처는 한림의 말에 웃음을 머금었다. 한림은 이제껏 장녀랑이라 알고 있던 춘운을 보며 말하였다.

"넌 정말 영민한 처자로구나. 하지만 낭군을 섬기고자 하면서 어찌 낭군을 이렇듯 속일 수 있느냐. 그것은 아녀자의 도리가 아니지 않느냐."

이에 춘운이 한림 앞에 무릎을 꿇고 말하였다.

"비천한 몸으로 외람된 짓을 저질렀으니 부디 용서하여 주소서."

한림이 교태를 부리며 말하는 춘운을 향해 말하였다.

"네가 귀신이었을 때도 너를 거리끼지 않았거늘 이제 와서 무엇을 허물이라 하겠느냐."

춘운은 일어나 한림에게 인사하였다.

원래 한림이 과거에 장원 급제한 후 그 해 가을 모친을 모셔 와 혼례를 치르고자 하였는데, 한림이 벼슬에 매여 모친을 찾아뵙지 못하다가 이세 고향으로 한번 내려가려고 생각할 때쯤이었다. 그러나 토번(吐蕃: 중국 당송(唐宋) 시대에 티베트족을 일컫던 이름—註)이 자주 변방으로 쳐들어 와 시절을 어지럽혔다. 게다가 하북(河北)의 세 절도사는 자기들 마음대로 나라를 나누어 연(燕)나라, 위(魏)나라, 조(趙)나라 하면서 서로 장난질을 하니 천자가 노하였다. 이에 천자는 조정의 문무 대신들을 모두 불러 모아 의논을 하였는데 의견이 서로 분분하였다. 이에 한림학사 양소유가 천자 앞으로 나아가 출반주(出班奏: 여러 신하 가운데 특별히 혼자 임금에게 나아가 아뢰는 것—註)하였다.

"옛날 한무제(漢武帝)는 남월(南越) 왕을 불러들여 알아듣게끔 타이르고 항복을 받아 냈습니다. 원컨대 폐하는 급히 그들을 불러들여 위엄을 보이십시오. 그래도 듣지 않거든 군사를 내어 그들을 치시는 것이 안전책인 줄 아옵니다."

이 말을 들은 천자가,

구
운
몽

"과연 현명한 판단이로다."

하고는 즉시 한림에게 조서(詔書 : 임금의 명령을 적은 문서—註)를 만들어 세 나라로 보내도록 하였다. 그러자 조왕(趙王)과 위왕(魏王)은 즉시 천자에게 항복을 하고 잘못을 비는 마음에 말 만 필과 비단 만 필을 공물로 바쳤으나, 연왕(燕王)은 제일 멀리 떨어져 있고 군사력이 강하여 항복하지 않았다.

그래서 천자가 다시 한림을 불러 말하였다.

"일찍이 선왕(先王)께서 십만 군병으로도 항복을 받아 내지 못한 나라를 한림이 오직 짧은 글 하나로 두 나라의 항복을 받아 내니 이 어찌 그대의 공로가 아니겠는가?"

천자는 한림의 공로를 치하하기 위해 비단 이천 필과 말 오십 필을 상으로 내렸으나, 한림은 이를 한사코 사양하며 말하였다.

"소신이 무슨 공이 있다 이러십니까? 이 모든 것이 다 폐하의 덕인 줄 아옵니다. 오히려 연왕이 항복하지 않은 것이 부끄러울 따름이니 원컨대 저를 연나라로 보내 주십시오. 가서 연왕을 회유하든지, 아니면 단칼에 연왕의 머리를 베어 오겠습니다."

천자는 감격하여 한림에게 군사를 내리니 한림은 출전하기에 앞서 정사도에게 하직 인사를 올렸다. 그러자 사도가 말하였다.

"내가 이렇게 늙고 병들어 조정에 나가지 못하는 것이 안타깝구나. 십륙 세밖에 되지 않는 자네가 적국으로 간다 하니 이 노부(老夫)의 슬픔이 한없이 크다. 내 이렇게 가만히 앉아 구경만 하고 있지 않겠느니라. 곧 상소를 올리겠다."

이에 한림이 사도를 말리며 말하였다.

"그리 걱정하지 않으셔도 됩니다. 연나라는 솥에 든 고기요, 구멍에 든 개미인데 무슨 염려가 그리도 크십니까?"

이어 최씨 부인이 말하였다.

"내 훌륭한 사윗감을 얻어 여생이 즐거웠거늘 오늘에 이르러 적국으로 간다 하니 이보다 더 슬픈 일이 어디 있겠는가? 부디 좋은 성과를 올리고 개선하게나."

한림이 자신이 머물던 화원 별당으로 가 행장을 꾸리고는 떠나러 하자 춘운이 다가와서 한림의 소맷자락을 잡았다. 그리고는 눈물을 보이며 말하였다.

"상공께서 한림원에만 가셔도 잠을 이루지 못하였는데 이제 만리 밖으로 가신다 하니 저는 어찌하오리까? 이제 저는 울 일만 남았사옵니다."

이에 한림이 웃으며 춘운에게 말하였다.

"시국이 어지러워 대장부가 나서는데 어찌 사사로운 감정을 드리울 수 있느냐? 더 이상 슬픈 얼굴로 그 꽃 같은 얼굴을 망가뜨리지 말고 소저를 편히 모시거라. 그리고 내가 공을 이뤄 허리에 금인(金印)을 차고 돌아오기만을 기다리고 있어라."
하며 문 밖에 대기하고 있던 가마를 타고 떠났다.

한림이 낙양 땅을 지날 때쯤에는 낙양 태수와 하남 부윤(河南府尹)까지 마중을 나와 한림의 가는 길을 인도하였다. 지난번 이곳을 지날 때는 과거를 보기 위해 서울로 올라온 한낱 시골뜨기 서

구
운
몽

생에 불과하더니, 지금은 그 위세가 당당하여 한림이 지나가는 온 길가에 광채가 가득하였다. 사람들이 앞을 다투어 그 광경을 구경하니 어찌 장관이 아니었겠는가.

한림은 먼저 낙양 땅에 도착하여 예전에 하룻밤 인연을 맺은 기생 계섬월을 찾았다. 그래서 한림의 서동이 섬월의 집에 이르니 대문이란 대문은 모두 잠겨 있고, 남벼락에 앵두화만 만발해 있었다. 이를 이상히 여긴 서동이 사람들한테 물으니, 섬월은 지난 해 봄 어떤 서생과 연분을 맺더니 그 후론 병이 났다는 핑계로 아무런 손님도 받지 아니하고, 관가 잔치에도 들어가지 않고 두문불출(杜門不出 : 집에만 박혀 있어 세상 밖에 나가지 않음—註)하였다 한다. 뿐만 아니라 미친 사람처럼 행동하며 도인복으로 갈아입고 여기저기 산수(山水)나 구경하고 다니는데 지금 어느 산에 있는지 모른다고 했다. 서동이 한림에게 가서 들은 대로 전하니 한림은 못내 섭섭하였다. 그래서 객관(客館)에 들어가 섬월을 그리는 마음에 촛불만 밝히고 있는데 하남 부윤이 기생 수십 명을 불러다가 한림을 즐겁게 해 주려 하였다. 모두가 일등 명기로 아름답게 꽃단장을 하였으나 한림은 섬월 생각에 한 사람도 가까이 하지 않고 홀로 밤을 보냈다. 그리고는 날이 새자 앵두화 만발한 벽 위에 글을 지어 놓고는 길을 떠났다.

비가 천진에 내리니 버들 빛이 새롭고
풍광은 지난날의 봄과 다를 바가 없더라.

가히 어여쁘다. 옥절이 돌아오는 땅에
술자리 술 부어 주는 이 안 보이는구나.

한림이 드디어 연(燕)나라에 이르니, 이곳 사람들은 본디 변방 사람이어서 일찍이 천자의 위엄을 알지 못하다가 한림이 행차하는 것을 보니 과연 땅 위의 기린이요, 구름 속의 봉황이라. 사람들은 몰려들어 저마다 한림을 보려고 난리들이었다.

"분명 성스런 천자께서 우리를 살려주실 거야."

그러자 연왕(燕王)은 겁을 집어먹고는 많은 음식들로 군사들을 먹이고 사죄하였다.

한림은 연왕과 그 백성들에게 천자의 위엄을 보였다. 그리고 연왕에게 순역(順逆 : 순종과 거역—註)과 향배(向背 : 좇음과 등짐—註)의 도리에 관해 타이르거늘 그 기상이 하늘을 찌를 듯했다. 연왕은 이윽고 한림에게 항복하여 말하기를,

"제가 변방에 있는 고로 천자와 멀리 떨어져 방자하게 굴었으나 한림의 훌륭한 가르침을 들으니 제 잘못을 깨달았소이다. 이제부터는 욕심을 버리고 신하된 자의 도리를 지킬 터이니 부디 조정으로 돌아가시거든 이 속국에 화가 미치지 않게 하여 주십시오."

하였다. 그리고는 황금 만 냥과 말 백 필을 공물로 바쳤다. 연나라를 떠난 지 열흘쯤 되니 한단(邯鄲)이라는 곳에 이르렀다. 그런데 이때 한림의 눈에 어떤 나이 어린 서생이 홀로 말을 탄 채 한

림의 행차를 피하여 길가 한옆에 비켜서 있는 것이 눈에 띄었다. 한림이 이를 이상히 여겨 자세히 들여다보니 그 외모와 거동이 범상치 않았다. 한림은 그날 객관에 머물면서 그 소년을 불러 들였다.

"내 여태껏 많은 곳을 다녀 보았지만 그대 같은 사람은 처음이니라. 대체 그대는 어디 출신이며 성명은 어떻게 되는가?"

소년이 대답하였다.

"소생은 하북 사람으로, 성은 적씨요, 이름은 생이라 합니다."

한림이 말하였다.

"내 어진 선비를 얻지 못해 그동안 세상일에 관해 마땅히 의논할 상대가 없었는데 이제 그러한 선비를 만난 것 같아 기쁘기 그지없다."

적생이 말하였다.

"소생, 후미진 시골 출신인지라 참된 스승과 어진 친구를 만나 보지 못하였습니다. 그래서 글에도 서툴고 칼쓰기에도 미숙합니다. 하지만 지기지우(知己之友 : 자기의 속마음과 가치를 알아주는 참다운 친구—註)를 만나면 그를 위해 죽고자 하는 마음을 가져왔습니다. 상공께서 이곳을 지나실 때 너무도 감격하여 이 비천한 몸으로 상공께 의지하여 천한 재주나 일깨워 봤으면 좋겠다고 생각했는데 이렇게 친히 불러 주시니 황공하여 몸둘 바를 모르겠습니다. 이제 상공께서 저를 버리시지만 않는다면 저는 평생 상공을 따르겠나이다."

이어 한림은 적생과 함께 풍광 좋은 곳에서 산수를 구경하고, 밤이면 서로 풍월을 읊기도 하였다. 한림이 다시 낙양 땅에 이르렀을 때였다. 섬월이 높은 누각 위에서 한림의 행렬을 보고는 한걸음에 내달아 그 앞에 나아가 절하니 슬픔과 기쁨이 한데 섞여 눈물을 흘리며 말하였다.

"먼저 폐하의 명을 받들어 먼길을 다녀오시고도 이렇게 기체 안강하시니 다행입니다. 첩에 관한 일은 이미 들어서 아실 것이옵니다. 이곳 현령이 산중에 있는 저를 찾아내어 사실을 말해 주니 저는 곧장 내려와 집으로 왔습니다. 상공께서 이 길을 지나시면서 저를 만나지 못하시어 제 집 벽 위에 지어 놓으신 글을 보고는 얼마나 많은 눈물을 흘렸는지 모릅니다. 그래서 천진루에 서서 계속 상공이 행차하시기만을 기다리고 있었습니다. 그러니 이곳 백성들이 이 몸이 귀하게 됨을 부러워하더이다. 첩이 아직 몰라서 드리는 말씀이온데 상공께서 장원 급제하시어 부귀영화가 따르니 부인은 맞이하셨는지요? 속히 말씀해 주소서."

한림이 섬월의 말을 듣고는 말하였다.

"정사도댁 소저와 혼사를 정하였다. 그러나 아직 성례는 올리지 않은 상태이니라. 그 규수의 외모와 됨됨이가 섬월이 네 말과 조금도 다름이 없더구나."

한림은 차마 이곳을 바로 떠나지 못하고 섬월과 다시 옛정을 이으며 계속 머물고 있는데 하루는 서동이 와서 한림에게 고하였다.

"한림께서는 적생을 어진 선비라 하셨는데 제가 보기에 그렇지 않은 듯하옵니다. 지금 사람 많은 데서 계랑과 함께 희롱하고 있습니다."

한림이 말하였다.

"적생은 어진 사람이라 그럴 리가 없느니라. 또한 섬월 역시 나밖에 모르니 어찌 다른 뜻을 품을 수 있겠느냐? 필시 네가 잘못 본 것일 게다."

이 말에 서동이 물러갔으나 한참 후 다시 와서는 한림에게 말하였다.

"상공께서 자꾸만 제 말을 믿지 아니하시니 원컨대 한번 가시어 제 말이 맞는지 안 맞는지 보고 오십시오."

한림은 서동의 성화에 난간에 숨어 둘의 거동을 지켜보았다. 그랬더니 서동의 말대로 적생이 섬월의 손을 잡고 희롱하고 있는 것이 아닌가. 그래서 한림이 그들 앞에 나서니 놀란 적생은 달아나고 섬월은 부끄러워 얼굴을 들지 못하였다. 상황이 그러하자 한림이 먼저 입을 열었다.

"섬월아, 네가 적생과 어느덧 친해졌느냐?"

섬월이 답하였다.

"첩은 본디 적생의 누이와 형제의 정을 맺은 사이였습니다. 그런데 이렇게 적생을 만나니 너무 반가워 누이의 안부를 물었을 뿐인데 상공께서 저를 의심하신다면 첩의 죄가 큰 것이니 죽여주시옵소서."

이에 한림이 말하였다.

"내 어찌 너를 의심하겠느냐? 다만 어진 사람을 잃었으니 그것이 애석하도다."

그날 밤 한림이 섬월과 함께 자리에 누우니 어느덧 동녘이 밝아 왔다. 한림이 눈을 비비고 일어나 보니 섬월이 먼저 일어나 몸을 단장하고 있었다. 그 고운 자태가 분명 섬월이었으나 자세히 보니 섬월이 아니었다. 한림은 깜짝 놀라 물으려다 감히 묻지도 못하고 주저하였다.

구
운
몽

소유, 봉래전에서 문답하다

한림은 이윽고 궁금함을 견디지 못해 입을 열었다.

"대체 거기 있는 미인은 누구인고?"

미인이 한림의 묻는 말에 대답하였다.

"첩은 하북 사람으로 적경홍이라 하옵니다. 섬월과는 결의형제한 사이로 막역하게 지내고 있습니다. 그런데 오늘 섬월이 몸이 좋지 않다 하여 저더러 상공을 모시라 하니 첩이 상공의 허락을 받지 않고 이렇게 모시었습니다"

그런데 경홍이 말을 채 맺기도 전에 섬월이 들어와 말하였다.

"축하드립니다, 상공. 간밤에 새 사람을 맞이하신 기분이 어떠하십니까? 첩이 예전에 하북의 적경홍에 대해서 말씀드린 바 있는데 기억하시는지요?"

한림이 말하였다.

"물론이렷다. 듣던 것보다 훨씬 낫구나. 그런데 어제 말한 적생의 누이가 바로 너더냐? 얼굴이 아주 닮았구나."

경홍이 이에 답하였다.

"첩에겐 동생이 없습니다. 이제서야 고백하건대 제가 바로 적생이었습니다."

한림이 이 말을 믿지 않고 말하였다.

"그렇다면 어찌하여 너는 남자로 변장하고는 나를 속였느냐?"

경홍이 답하였다.

"첩은 본디 연왕의 후궁이었습니다. 비록 제 재주와 용모가 비천하긴 하지만 평소 대인군자를 섬기는 것이 제 평생의 꿈이었습니다. 연왕이 상공을 맞아 환대히 접대할 때 첩이 몰래 상공을 보니 상공의 기상이 늠름하시기에 궁중의 호화로운 생활을 버리고 상공을 좇고 싶은 마음이 간절해졌습니다. 하지만 후궁의 몸으로 그 구중궁궐(九重宮闕)을 어찌 빠져 나오겠습니까? 또 빠져 나온들 무슨 방법으로 천릿길을 따르겠습니까? 그래서 죽기를 각오하고 연왕의 천리마를 빼내어 남복을 하고 상공을 따랐으니 부디 상공을 속인 일을 용서하소서."

한림은 고개를 끄덕이며 섬월더러 경홍을 위로하게 하였다.

이날쯤 해서 한림이 떠나려 하자 섬월과 경홍이 말하였다.

"상공께서 혼례 후 정식으로 부인을 얻으시면 저희가 상공을 모실 날이 반드시 있을 것이옵니다. 그러니 상공은 부디 편안한 마음으로 돌아가십시오."

그러자 한림이 말하였다.

"내 먼길을 앞에 두고 남의 이목이 있으니 너희들과 함께 동행하지 못하겠구나. 하지만 내 혼례를 치르면 곧 너희들을 맞이할 터이니 걱정하지 말고 기다리고 있거라."

이리하여 양한림은 서울로 돌아왔다. 그리고는 곧바로 궁궐로 들어가 연왕으로부터 받은 항복 문서와 공물로 받은 금은 보화를 들여가니 천자가 이를 보고 한림을 반가이 맞이하였다.

"그대가 승전(勝戰)하고 돌아오는구나."

천자는 한림의 노고를 치하하고는 그 공로를 높이 사 표창을 하고 장차 후(候)로 봉하겠노라고 하였다. 한림은 깜짝 놀라 그것은 과분한 처사라며 한사코 물리치니 그 행동 또한 높이 산 천자가 한림을 예부상서(禮部尙書)로 삼았다. 그리고 많은 상을 내리고 융숭한 대접을 하니 한림은 천하에 그 이름을 떨쳤다.

이윽고 궐을 나와 정사도의 집으로 향하니 정사도 역시 사위를 맞는 기쁨은 이루 말로 다할 수가 없었다.

"만리 밖까지 가서 성공을 거두고 벼슬이 더욱 오르니 이보다 더한 경사가 어디 있겠느냐."

한림은 물러나 화원 별당으로 들어섰다. 이미 춘운은 화원으로 나와서 한림을 맞이하였다. 한림은 먼저 소저의 안부를 묻고는 춘운과 함께 회포를 풀었다. 오랜만에 만난 정은 이루 다 헤아릴 수가 없었다.

한편 천자는 양소유의 글재주를 아주 높이 샀다. 그래서 이제는 한림에서 상서가 된 소유를 자주 궁궐로 불러들여 경서(經書)와 사기(史記)에 대해 토론하기를 즐겨했다.

하루는 양상서가 밤늦도록 한림원에 머물러 있는데 갑자기 어디선가 퉁소 소리가 들려 왔다. 그래서 귀 기울여 들어 보니 예사 소리가 아니었다. 궁금해진 상서는 아전을 불러 이 소리에 대해 물었다.

"대체 이 소리가 어디서 나는 소리인지 아느냐?"

그러자 아전이 말하였다.

"소인도 잘 모르겠습니다요. 하지만 달이 밝고 바람 순한 날이면 이 소리가 곧잘 들려 옵니다요."

양상서 역시 자신의 손안에 있던 백옥 퉁소를 꺼내어 한 곡조 부니 그 소리 또한 하늘에 사무쳐 지나가던 구름도 멈추어 섰는데 홀연히 한 쌍의 청학이 뜰 안으로 내려와 춤을 추었다. 그러자 이를 본 아전들이 그 신기함에 놀라 한결같이 말하였다.

"그 옛날 진(晉 : 아악에 쓰이는 관악기인 생황을 잘 불었다 함. 후에 사씨산에서 큰 학을 타고 신선이 되어 하늘로 올라갔다 한다—註) 왕자도 이보다는 못했을 거구먼."

한편 황태후(皇太后 : 황제의 생존한 모후—註)에게는 두 아들과 한 딸이 있었다. 그 맏아들이 바로 성상이라 불리는 천자였으며 또 한 아들은 월왕이었다. 그리고 딸 하나는 난양 공주였다. 황태후가 공주를 날 때 하늘에서 선녀가 내려와 황태후의 품속에 구슬을 넣어 주었다 한다. 공주는 점점 자라남에 옥 같은 얼굴과 지혜를 겸비하기는 물론이려니와 예법을 지키는 태도와 문필, 바느질에 있어서 따라올 자가 없었다. 그래서 태후는 공주를 제일 사랑하였는데 한번은 서역(西域)에서 백옥 퉁소를 공물로 바쳤거늘 누구 하나 그것을 불지 못하였다. 심지어는 악공조차도 그 소리를 내지 못하였다. 그런데 하루는 공주가 꿈을 꾸니 선녀가 내려와 곡조를 가르쳐 주기에 꿈에서 깨어난 공주가 그 퉁소를 부니 소리가 났다. 그 소리가 어찌나 맑고 아름다운지 세상의 소리 같지가 않았다. 황제와 태후는 이 소리를 좋아하여 달빛 밝은 밤이면 이 퉁소를 공주로 하여금 불게 하니 그때마다 청학이 내려와 곡조에 맞춰 춤을 추었다.

이에 황태후가 말하기를,

"난양이 자라면 반드시 신선 같은 사람으로 부마(駙馬)를 삼겠소."

하였다.

그런데 이날 밤 공주의 퉁소 소리에 춤추던 학이 양상서의 퉁소 소리를 듣고는 한림원으로 옮겨 가 춤을 춘 것이다. 그 후 한 궁인이 이 말을 퍼뜨리니 천자가 이를 듣고는 기뻐하며 말하였다.

"저 양상서야말로 공주의 배필이로다."

천자는 황태후에게로 가서 자신의 생각을 말하였다.

"예부상서 양소유가 난양과 엇비슷한 나이에다, 그 풍채와 재주가 신하 중에 제일이니 그를 부마(駙馬 : 고대 중국에서 천자의 사위는 부마 도위에 임명함. 다시 말해 임금의 사위에게 주는 칭호—註)로 삼으심이 어떠하신지요?"

이 말을 들은 황태후가 기뻐하여 말하였다.

"내 소화(蕭和)의 배필이 아직 없어 늘 걱정하였는데 지금 그 말을 들으니 양소유야말로 천생배필이 아닐까 하오. 그러나 내가 직접 양상서를 보고 정하겠소."

천자가 말하였다.

"그것은 쉬운 일이옵니다. 제가 한번 양상서를 별전(別殿)으로 불러 문장을 논할 테니 그때 태후 마마께서는 주렴 속에서 그자를 살피십시오."

이에 황태후가 크게 기뻐하였다.

난양 공주는 소화로 불렸는데 그것은 공주의 백옥 퉁소에 소화라고 새겨져 있는 데서 붙여진 이름이었다.

어느 날, 천자가 환관(宦官 : 거세된 남자로 궁정에서 사역하는 내시—註)을 보내어 상서를 불러오라 했다. 환관은 천자의 명을 받들어 한림원에 가 보니 그가 이미 나갔다 하여 다시 정사도의 집으로 가니 그가 아직 오지 아니하였다고 했다. 그래서 사방으로 양상서를 찾으니 그는 정십삼랑과 함께 장안 술집에 있었다. 그는 이미 주랑이라는 기생을 옆에 끼고 거나하게 취해 있었다. 환관은 술에 취해 있는 양상서에게 어명을 전했다. 그러자 정십삼랑은 놀라 도망가고 상서는 환관이 무어라 말하는지조차도 몰랐다. 환관이 재촉하자 상서는 간신히 기생의 부축을 받으며 조복(朝服)을 입고 겨우 입궐하였다. 천자가 상서에게 앉으라 명하고는 역대 제

왕의 치란흥망(治亂興亡)에 대해 논하고 나서 고금의 문장에 관해 이야기를 나누니 천자는 매우 기뻐하며 말하였다.

"내 여태껏 이태백을 보지 못함을 한스럽게 여겼는데 이제 와서 경과 같은 사람을 얻었으니 이태백이 다 무엇인가? 짐이 옛법에 따라 십여 명의 궁녀를 여중서(女中書)로 봉하여 학문을 맡게 하였는데 제법 재주가 많네. 이태백이 취중에 글을 짓던 모습 같은 상서의 모습을 다시 보고자 하니 경은 짐과 궁녀들이 바라는 바를 저버리지 마시게."

이어 천자의 명에 따라 백옥 책상과 유리 벼루, 금두꺼비 모양의 연적이 차례로 갖다 놓이고 궁녀들이 한 줄로 늘어섰다. 궁녀들은 저마다 손에 좋은 화선지나 비단 수건 혹은 비단 부채를 펴 들고는 상서 앞으로 나왔다. 상서가 아직까지 취흥에 겨워 자연스레 문장이 절로 생각나니 붓을 한번 휘두를 때마다 구름과 바람이 일면서 용이 춤을 추는 것 같았다. 궁녀들이 내민 화선지며 수건, 부채에는 순식간에 상서의 글들로 가득 찼다. 궁녀들이 이를 각자 천자에게 내보이니 천자는 글들을 살펴보며 입에 침이 마르도록 칭찬을 하였다. 그래서 천자는 궁녀로 하여금 상서에게 어주(御酒)를 내리라 명하였다.

"오늘 상서의 수고가 너무 컸으니 특별히 좋은 술로 대접하라."

궁녀들은 저마다 앞을 다투어 상서에게 술을 올리니 상서가 마신 술은 족히 삼십 잔도 넘었다. 이미 전작이 있는데다가 다시 술을 마신 상서는 너무 취해 몸을 가누지 못했다.

이어 천자가 궁녀에게 말하기를,

"상서의 글이 천금보다도 귀하니 너희들은 무엇으로 답례를 할 것이냐?"

하였다. 이에 모든 궁녀가 지니던 백옥을 비롯해 머리에 꽂던 금비녀나, 금 노리개를 끌러 상서 앞에 던지니 금이야 옥이야 소리를 내며 산같이 쌓였다.

이것을 본 천자가 웃으며 말하였다.

"그렇다면 짐은 무엇으로 상을 내릴꼬?"

천자는 환관을 시켜 상서가 쓰던 지필연묵(紙筆硯墨 : 종이 · 붓 · 벼루 · 먹의 네 가지를 함께 이르는 말─註)을 내렸다. 환관은 천자의 상과 궁녀들의 예패를 모두 거두어 상서를 부축하며 정사도집으로 향하였다.

상서가 화원 별당에 들어서니 춘운이 한걸음에 달려와 상서를 붙들고는 방안으로 부축하였다. 그리고 조복을 벗기며 상서에게 물었다.

"대체 어인 일로 이리도 취하셨습니까?"

상서는 너무 취해 미처 대답을 하지 못하며 지필연묵과 각종 패물들을 춘운 앞에 내놓았다.

그리고는 천천히 말하기를,

"이 보화들을 폐하께서 춘운에게 내리셨느니라."

하였다. 춘운이 영문을 몰라 연유를 물으려 하였으나 상서는 이미 쓰러져 잠들어 버렸다.

다음날 아침, 상서가 술기운으로 인하여 늦게 자리에서 일어나 세수를 하는데 문지기가 급히 상서에게 달려와 아뢰었다.

"월왕께서 오셨습니다."

이 말에 깜짝 놀란 상서는 급히 나아가 공손히 하례하였다. 상서가 월왕을 보니 나이는 약 이십 세에 이른 것 같고 얼굴이 깨끗하고 빼어나 마치 속인 같지 아니하였다. 상서는 월왕에게 윗자리를 내어주고 그 앞에 꿇어앉았다.

"전하께서 무슨 일로 이렇게 직접 행차하셨습니까?"

월왕이 말하였다.

"과인이 이미 경에 대한 소문은 듣고 있었으나 서로 출입하는 길이 달라 이제껏 한 번도 만나 보지 못하였군. 내가 이렇게 직접 예까지 온 까닭은 다름이아니라 폐하의 명 때문일세. 우리 난양이 이제 혼인할 나이에 있으나 딱히 부마를 정하지 못하고 있었는데 폐하께서 경의 재주와 덕을 높이 사시어 과인으로 하여금 혼인을 청하고 오라 하시었네."

이 말을 들은 상서는 크게 놀라며 말하였다.

"천은이 망극하옵니다. 하지만 복이 과하면 재앙이 생긴다 하였으니 바로 이를 두고 하는 말인가 봅니다. 신은 이미 정사도 여식에게 납폐를 하였으니 그 청을 감히 받들 수가 없습니다. 원하건대 전하께서는 이 사실을 폐하께 전하여 주옵소서."

월왕이 답하였다.

"과인이 돌아가 그대로 아뢰겠지만 참으로 안타깝도다! 폐하께서 그렇게 상서를 사랑하시더니 그 뜻이 허사가 되었구나!"

상서가 말하였다.

"혼인은 인륜대사이니 결코 가볍고 소홀히 넘길 수 없는 일이
옵니다. 일이 어찌 되었든지 간에 소신이 궐문 밖에서 사죄하겠
나이다."

월왕은 즉시 궐로 돌아갔다. 그러자 상서는 즉시 정사도에게로
가 월왕의 말을 전했다. 이에 온 집안은 어쩔 줄 몰라하며 허둥지
둥댔다. 정사도의 얼굴에는 근심이 가득 쌓여 아무 말도 하지 않
고 있었다. 그리하여 상서가 먼저 입을 열었다.

"장인 어른께서는 너무 염려하지 마십시오. 폐하께서는 총명하
시고 예를 소중히 여기는 분이시니 신하된 자의 윤리와 기강을
어지럽히지 않으실 것이옵니다. 저 또한 소저와의 약속을 거스르
지 않을 것입니다."

한편, 지난번에 황태후가 주렴발 사이로 양상서를 보고는 크게
기뻐하여 이렇게 말한 바 있다.

"과연 상서는 하늘이 정해 준 난양의 배필이로다. 다른 의논이
있을 수 없다."

천자는 지난번 상서가 궁녀에게 써 준 글과 글씨가 다시 보고
싶어 태감에게 명하기를,

"그 글들을 다시 거두어들이라."

하였다. 모든 궁녀들은 그 글을 소중히 여겨 깊이 감추어 두었다.
이때 한 궁녀가 상서의 글이 새겨진 부채를 가지고 처소로 돌아

가 밤새도록 품에 안고 슬피 우니 그녀가 바로 화주 진어사의 딸 채봉이었다. 채봉은 진어사가 역적으로 몰려 죽자 궁궐의 노비가 되었는데 천자의 눈에 띄어 사랑을 받으니 천자가 채봉을 후궁으로 봉하려 하였다. 이에 황후가 채봉의 재덕이 높은 줄을 알아차리고는 후궁이 되어 권리를 휘두를까 염려하였다. 그래서 천자께 간하기를,

"진랑의 재주와 행실이 과연 후궁으로 봉하기에 부족함이 없는 듯하옵니다. 그러나 폐하께서 진녀의 아비를 죽이시고 그 딸을 가까이 함은 있을 수 없는 일이라 생각되옵니다."

하였다. 황후의 말을 들은 천자가 말하였다.

"듣고 보니 과연 그렇구려."

천자는 채봉을 불러 말하였다.

"네가 글을 좀 아느냐?"

채봉이 대답하였다.

"조금 알고 있사옵니다."

. 천자가 말하였다.

"너를 황태후 궁으로 보내겠다. 그곳으로 가 난양 공주를 모시어라."

이리하여 난양 공주를 모시게 된 채봉은 공주의 사랑을 듬뿍 받으며 지내게 되었다.

그런데 여중서에 끼게 된 채봉이 그날 황태후를 모시고 봉래전으로 나아가니 바로 눈앞에 꿈에도 잊지 못하던 소유가 앉아 있

는 것이 아닌가. 세월이 흐르고 한낱 시골 서생에 불과하던 소유가 상서가 되었어도 채봉은 그를 한눈에 알아볼 수가 있었다. 설움에 겨운 채봉은 눈물을 꾹 참으며 있다가 부채를 들고는 제 방으로 왔다. 그리고는 상서의 글을 읊으니 눈물이 끊이지 않고 흘렀다. 채봉은 양상서의 글에 화답코자 부채에 글을 썼는데 갑자기 태감이 와서는 양상서의 글을 다 거두어들인다 하니 깜짝 놀랄 수밖에 없었다.

구
운
몽

소유, 토번족을 정벌하다

진랑이 태감에게 말하기를,

"그 부채 글이 제 것인 줄 알고는 제가 그 부채에 화답의 글을 적었나이다. 폐하께서 이것을 보시면 크게 노하실 것이니 차라리 이 자리에서 죽겠습니다."

하였다. 그러자 태감이 진랑에게 말하였다.

"폐하께서는 후덕한 분이시니 그것을 죄라 여기지 아니할 것이오. 내가 곁에서 잘 말씀드릴 터이니 염려하지 말고 어서 갑시다."

진랑은 어쩔 수 없이 태감을 따라나섰다.

이윽고 궁녀들이 간직하고 있던 양상서의 글을 태감이 천자에게 내놓으니 천자가 진랑의 부채에 쓴 글을 보고는 이상히 여겨 물었다.

"여기 양상서의 글에 화답한 이가 누구냐?"

이에 태감이 말하였다.

"진랑이옵니다. 폐하께서 다시 이 글을 찾으실 줄을 모르고 외람되게도 화답의 글을 썼다고 합니다. 그러더니 자기의 죄가 크다 하면서 죽겠다고 하는 걸 소신이 말려 이렇게 데리고 왔습니다."

천자가 부채에 씌어진 진랑의 글을 자세히 들여다보았다.

둥그런 비단 부채 하늘에 뜬 달 같으니,
예전 누각 위의 수줍은 만남이 생각나는구나.
지척에 두고서도 서로 알아보지 못할 바에야
문득 그대를 본 것을 후회하노라.

이를 본 천자가 진랑에게 말하였다.

"이 글을 보니 무슨 사정이 있는 게 틀림없구나. 대체 누구를 향한 글이더냐? 하지만 너의 재주가 아까우니 죽음은 면하리라."

그러자 진랑은 섬돌 아래로 내려가 머리를 조아리며 말하였다.

"소첩이 죽을죄를 지었사옵니다. 어서 소첩을 죽여 주시옵소서."

천자가 말하였다.

"진랑은 거짓으로 나를 속이려 하지 말고 사실대로 말하여라. 대체 어느 누구와 무슨 사정이 있었기에 이런 화답의 글을 썼느냐?"

진랑이 눈물을 흘리며 천자에게 고하였다.

"폐하께서 이렇게 직접 물으시니 제 어찌 거짓을 아뢰겠습니까? 모든 걸 사실대로 말씀드리겠습니다. 첩의 아비가 어사 시절, 그러니까 집안이 망하지 않을 때의 일이었습니다. 양상서가 과거를 보러 가다가 그만 누각 위의 저와 눈이 마주친 일이 있습니다. 양상서가 양류사(楊柳詞) 한 수를 읊기에 저도 화답의 글을 보내고 서로 혼인의 약속을 한 바 있었는데 첩의 집이 망한 후 자연 양상서와도 헤어지고 말았습니다. 다시는 만나 보지 못할 줄 알았던 양상서가 지난번 봉래전에서 글을 짓는 모습을 보고는 한눈에 양상서를 알아보았습니다. 그러나 상서는 취중이어서 그랬는지 아닌지는 모르겠으나 분명 첩을 알아보지 못하더이다. 그래서 제가 설움에 겨워 우연히 화답의 글을 적게 된 것이오니 첩은 백번 죽어도 할말이 없습니다."

천자가 진랑의 이야기를 듣고는 말하였다.

"그렇다면 네가 그 양류사를 지금도 기억하느냐?"

진랑은 그렇다고 대답하고는 즉시 양류사를 써서 천자에게 바치니, 천자가 그것을 보고는 말하였다.

"너의 죄를 가벼이 여길 일이 아니나 내 너의 재주를 높이 사서 특별히 용서한다. 그러니 너는 돌아가서 지극 정성으로 난양을 보살펴라."

천자는 그 문제의 부채를 진랑에게 도로 주었다.

이날 천자가 황태후를 모셔 놓고 잔치를 벌이는데, 때마침 월왕이 양상서의 집에서 돌아왔다. 그리고는 양상서가 이미 정사도의 여식에게 납폐를 했다는 말을 전하였다. 그러자 이 말을 들은 황태후가 크게 노하여 말하였다.

"그 무슨 망령된 말인가? 누구보다도 조정의 체모를 잘 알고 있는 양상서가 어찌 나라의 명을 거역한다는 건가?"

이에 천자가 대답하였다.

"납채는 성례와 다를 게 없습니다. 그러나 상서를 불러 친히 타이르면 그도 더 이상은 거절하지 못할 것입니다."

다음날 천자는 상서를 궐 안으로 불러들였다.

"짐에게 아직 혼인하지 않은 누이동생이 있다는 건 상서 역시 알 것이다. 그런데 아무리 그 배필감을 찾아보아도 경만한 사람이 없어 내 친히 월왕을 경의 집에 보냈거늘 감히 그것을 사양하는가? 경이 이미 정사도의 딸에게 납채를 보냈다는 것은 내 미처 생각지도 못한 일이로다. 옛날 왕헌지(王獻之)는 부마로 간택되자 본처를 내쫓았거늘 짐은 그리하기를 바라지는 않는다. 그러나 경은 납채를 보냈을 뿐 혼인한 일이 없고, 또 정가(鄭家) 여자는 다른 혼처가 많을 것인데 이것이 어찌 비윤리적이라 할 수 있겠는가?"

상서가 천자의 말에 머리를 조아리며 말하였다.

"폐하께서 소신에게 죄 있다 하지 아니하시고 또 이렇게 순순히 타일러 주시니 그 정이 부자지간 같사옵니다. 소신 그 은혜에 감축하여 드릴 말씀이 없습니다. 하지만 소신의 사정을 한번 들어보소서. 일찍이 소신이 먼 시골구석에서 과거차 서울에 올라왔으나 딱히 묵을 곳이 없었사옵니다. 그러나 정사도가 소신을 어여삐 여기시어 저에게 묵을 곳을 주고 이미 장인과 사위의 연분을 맺은 바 정사도의 여식과 부부의 연을 맺기로 하였습니다. 그러나 오늘날까지 혼례를 올리지 못한 것은 국가의 중한 일이 많아 모친을 모셔 오지 못했기 때문인데 이제서야 시간이 좀 나 모친을 모셔 올 작정이었습니다. 그런데 이렇게 뜻밖에도 소신을 부마로 간택하시니 소신은 그저 황공할 따름이옵니다. 하지만 만약 소신이 폐하의 명을 두려워하여 따른다면 아마 정씨녀는 죽음으로써 수절할 것이옵니다. 그러니 이것이 어찌 신하된 자의 윤리를 어지럽히지 않는 일이 되겠사옵니까?"

천자가 양상서의 말을 듣고는 말하였다.

"경의 딱한 사정은 지금 들어서 알겠노라. 그러나 아직 혼례를 치르지 아니하였는데 수절은 무슨 수절이냐? 황태후께서는 경의 재주와 덕행을 사랑하시어 부마로 삼고자 하시니 경은 더 이상 사양치 말고 뜻을 받들라. 경도 알다시피 혼인은 대사가 아니더냐? 그런데 어찌 소소한 일에 신경을 쓰는가? 이제 그 이야기는 그만두고 바둑이나 두며 소일하자."

하여, 상서는 하루 종일 천자와 바둑을 두었다. 그리고는 집으로 돌아가니 정사도가 한삼에 눈물을 적시며 상서에게 말하였다.

"오늘 황태후께서 명령을 내리시었네. 자네가 준 납채를 빨리 내놓으라 하시며 아니하면 큰벌을 내리겠노라고 하시니, 하는 수 없이 화원에다 납채를 내놓았네. 이를 어쩌면 좋은가? 앞으로 우리 집 일이 걱정일세. 나야 정신을 차리고 견디어 나가겠지만 집 사람은 벌써 쓰러져 인사불성이 되었네.”

이 말을 들은 상서가 아연실색하여 한동안 입을 열지 못하다가 한참 후에야 말하였다.

“제가 이 일의 부당함을 상소하여 조정에서 공론(公論)토록 하면 어떻겠습니까?”

사도가 말하였다.

“자네가 이제 와서 상소를 하면 반드시 화를 입을걸세. 그리고 간택을 받은 이상 화원 별당에 머무는 것도 더는 불가하니 다른 거처를 정하는 것이 좋을 거야. 이렇게 갑자기 헤어지는 것이 못내 아쉬우나 그렇게 하는 것이 마땅한 처사 같네.”

상서는 이에 아무런 대답도 아니하고 화원 별당으로 돌아갔다. 그곳에 가니 춘운이 납채를 붙잡고 흐느껴 울고 있었다. 그러다 상서를 보자 춘운이 말하였다.

“호사다마(好事多魔)라 하였으니 바로 이를 두고 하는 말인가 봅니다. 첩이 소저의 명으로 상서를 모신 지가 상당한데 이제 이렇게 소저의 혼사가 틀어져 버린 이상 아무것도 바랄 게 없어져 버렸습니다. 이제 첩도 영영 이별해야 할 때가 온 것 같습니다.”

상서가 차마 춘운의 우는 소리를 듣지 못하고 말하였다.

“나는 앞으로 이 일을 상소하여 힘닿는 데까지 다투어 볼 것이지만, 설령 내 힘이 모자라 어쩔 수 없이 폐하의 명을 받들 수밖에 없다 해도 너는 이미 나에게 몸을 맡겼거늘 어찌하여 함부로 지아비를 버리려 하느냐?"

이에 춘운이 말하였다.

"첩이 비록 어리석다고는 하나 어찌 여필종부(女必從夫)를 모르겠습니까? 하오나 첩은 어려서부터 소저와 함께 살고 함께 죽고자 맹세하였습니다. 제가 오늘에 와서 이렇게 상서를 모시는 것도 다 소저께서 명하셨기 때문입니다. 만약 소저께서 한평생 수절하신다면 저 역시 소저를 따를 것이옵니다."

상서가 다시 말하였다.

"주인을 섬기는 너의 정성을 내 모르는 바 아니지만 이제 너와 소저는 처지가 다르다. 소저야 어찌 되었든 자기 뜻대로 하면 되겠지만 네가 소저를 좇아 또 다른 사람을 섬기게 된다면 그 어찌 정절을 지켰다 할 수 있겠느냐?"

춘운이 말하였다.

"상공은 아직 우리 소저를 알지 못하나이다. 소저는 이미 결심이 섰습니다. 부모님 백년해로하신 후 돌아가시면, 소저 머리 깎고 불도에 입문하실 겁니다. 그리고 후생(後生)에는 절대 여자로 태어나지 않게 되기를 부처님께 발원(發願 : 무엇이 이루어지기를 신불에게 비는 것—註)하실 겁니다. 첩 역시 소저가 하는 대로 따를 것이옵니다. 그러니 상공께서 첩을 다시 보고 싶으시다면 어서 납채를 소저의 방안으로 넣으십시오. 그렇게 하지 않으시면 후세에나 뵙게 되올 것입니다. 부디 상공은 몸 건강히 지내소서."

이렇게 말하고는 춘운은 뜰로 내려가 상서에게 재배하고 내당으로 사라졌다. 상서는 상황이 이렇게 되자 한숨만 내쉬며 탄식하였다. 그리고는 혼자 말하기를,

"내 꼭 상소하고 말리라."

하였다. 이어 붓을 손에 든 상서는 억누를 수 없는 마음을 글로 옮겼다.

'한림학사 겸 예부상서 양소유는 돈수(頓首 : 이마를 땅에 대고 절하는 것—註) 백배하여 폐하께 아룁니다. 대개 윤리와 기강은 왕정(王政)의 근본이요, 혼인은 인륜의 대사라 하였습니다. 하여 왕정이 근본을 잃으면 나라가 어지럽게 되고, 혼인을 삼가지 아니하면 집안이 망하게 되니, 어찌 가문의 흥망과 국가의 성쇠가 관련없다 할 수 있겠습니까? 나라를 바로잡고자 하면 그 기강부터 바로잡아야 함이 마땅한 일이요, 집안을 바로잡고자 하면 그 혼인을 바르게 하여야 한다 했습니다. 바야흐로 소신(小臣)은 이미 정씨녀에게 납채를 보낸 몸으로 그것은 성례와 다르지 않사옵니다. 그러나 뜻밖에도 이 미천한 몸이 부마로 간택되는 무궁한 은혜를 입었지마는 그것을 받아들일 수 없는 입장이옵니다. 또 이미 받은 납채를 내주라 하시는 것도 한 번도 들어 보지 못한 일이옵니다. 바라건대, 폐하께서는 부디 근본을 중히 여기시어 왕정과 인륜을 살피소서.'

상서를 본 천자는 이를 황태후에게 알리었다. 그러자 황태후는 크게 노하여 양상서를 하옥하라는 명을 내리었다. 이 사태를 보고 조정의 모든 벼슬아치들이 간(諫)하였지만 황태후는 듣지 아니하였다.

결국 양소유는 옥에 갇히고 정사도집은 문을 닫아걸고는 객을 맞지 아니하였다.

이 무렵 다시 토번(吐蕃)이 강성해져 십만 대군을 이끌고 중국 변방을 하나하나 함락시키고 있었다. 게다가 대군의 선봉(先鋒)이 이미 위교(渭橋)까지 다다라 황성이 시끄러워졌다. 이에 천자는 문무백관을 모두 조정으로 불러 의견을 모았으나 대신들이 한결같이 말하기를,

"모든 신하 중 그래도 양상서가 제일 지략이 뛰어난 자이옵니다. 전에도 삼 진(陳)을 정벌(征伐)한 바 있으니 이쯤 해서 양상서의 계교를 물으심이 옳은 줄로 아옵니다. 그리고 폐하께서는 황성이 잠잠해질 때까지 잠시 관동으로 피신하여 계십시오."

하였다. 천자가 모든 대신들의 말을 듣고는 말하였다.

"그렇게 하는 것이 가장 옳도다."

천자는 즉시 황태후에게 이 사실을 알리었다.

"지금 조정에서 중론을 모았으나 한결같이 말하기를 양소유가 아니면 지금의 난국을 헤쳐 나가기가 힘들다 하옵니다. 비록 양소유의 죄가 중하나 지금은 나랏일이 우선이니 무엇이 중한지를 먼저 생각하십시오."

황태후 역시 국사(國事)가 어지럽다는 것을 알고는 이를 허락하였다. 천자는 즉시 양상서를 불러 올려 계교를 물었다.

"지금 변방의 토번족이 황성까지 내려와 시끄러우니 경의 생각엔 어찌하면 좋겠는가?"

양상서가 천자에게 아뢰었다.

"황성으로 말할 것 같으면 역대 왕의 대묘가 있는 곳이요, 궁궐이 있는 곳인데 만일 폐하께서 이곳을 떠나 계신다면 민심이 흉흉해질 것입니다. 그리고 그들을 무찌르지 않으면 이곳에 자리를 잡고 버틸 것이니 그렇게 되면 회복하기가 더욱 어려워질 것입니다. 비록 신의 재주 미천하나 수천 군사를 주신다면 그 도적들을 무력으로 평정하여 소신을 살려주신 은혜에 보답코자 합니다."

이에 천자는 크게 안심하며 양상서에게 삼 만 대군을 주었다. 그리고는 양상서를 대사마(大司馬) 대원수에 봉하였다.

양상서는 천자에게 하직 인사를 올리고는 군병을 진두지휘하며 전장으로 나갔다. 그리고는 기세를 몰아 위교에 진을 치고, 도적의 선봉을 치니 좌현왕(左賢王)을 사로잡는 성과를 올렸다.

이를 본 도적들은 그 기세가 꺾여 앞을 다투어 도망쳤으나 양상서는 끝까지 쫓아가 그들과 세 번 싸워 세 번을 다 이겨 삼 만이나 되는 군사를 베어 죽였다. 뿐만 아니라 팔 천 필이나 되는 말〔馬〕까지 얻는 대승리를 거두어 승전의 소식을 천자가 있는 황성에 전했다.

천자는 크게 기뻐하며 어서 돌아오라 명하였다. 그러나 상서는

황성으로 돌아오지 않고 군대 진영에 남아 다시 천자에게 상소를
올렸다.

'비록 지금 도적을 파하였다고는 하나 아직 저들의 힘이 남아
있사옵니다. 지금 우리 군병들은 굶주리지 않고 우리가 위치한
지형 역시 우리 편에 이로운 상태입니다. 하나 저들은 피폐함이
극심하니 지금 아예 저들의 땅에 들어가 멸하고 돌아오겠습니다.
괜히 작은 승리에 만족하여 회군한다면 후일 이와 같은 일이 다
시 벌어질 것이오니 폐하께서는 조정의 공론을 모으시고 신으로
하여금 적병을 소탕케 하여 주시기 바랍니다.'

천자가 이 상소를 보고는 장하게 여겨 다시 병부상서 대원수의
벼슬을 내리고는 무기와 각 지방의 병마를 보내어 양원수에게 힘
을 보태라 명하였다.

양원수는 출전에 앞서 좋은 날을 택일하고 독(纛 : 출병할 때 이
독에 제사를 함—註)에 제사를 하였다. 그리고 나서 군병을 거느
리고 길을 떠나니 그 기세가 등등하였다. 앞으로 전진하면서 대
나무를 치듯 적을 쓰러뜨리니 불과 몇 개월 사이에 빼앗겼던 오
십여 고을을 되찾았다.

이제 적절산 아래 진을 치고 지친 군병들을 쉬게 하니 갑자기
어디선가 찬바람이 불어 왔다. 그러더니 웬 까치가 진영 안으로
들어와서는 울고 나갔다. 이를 본 양원수가 말 위에 앉아 점을 쳐

보니 흉한 것이 먼저 오고 길한 것이 나중에 올 괘(卦)였다. 즉, 이는 적병이 이곳을 기습 공격하겠으나 나중에는 이를 무찌른다는 뜻이었다. 그리하여 산밑에 진을 치고 방책과 철책을 사면에 세워 적이 나타나기만을 기다렸다.

그런 와중에 양원수가 촛불을 밝히고 병서를 보는데 삼경(三更 : 하룻밤을 다섯으로 나눈 셋째의 시각. 밤 11시부터 새벽 1시까지의 동안—註)쯤 되니 갑자기 촛불이 꺼지면서 냉기가 돌기 시작했다. 그러자 한 여자가 공중에서 내려와 양원수의 앞에 서는 것이 아닌가. 자세히 보니 그녀의 손에는 팔 척이나 되는 비수가 들려 있었다. 양원수는 자객이려니 하며 조금도 놀라지 않은 채 태연한 척 물었다.

"여자가 어인 일로 이 밤중에 군중(軍中)으로 들어왔느냐?"

여자가 말하였다.

"저는 양원수의 머리를 베기 위해 토번국 찬보(贊普 : 토번국의 군장—註)의 명을 받아 왔나이다."

이 말을 들은 양원수가 말하였다.

"대장부가 어찌 죽기를 겁내겠느냐. 속히 하수(下手 : 손을 대어 사람을 죽이는 것—註)하여라."

양원수가 낯빛 하나 변하지 않고 말하자, 여자가 땅에다 칼을 던지고는 엎드려 말하였다.

"원수께서는 염려하지 마십시오. 첩이 어찌 경솔하게 행동할 수 있나이까?"

양원수는 여자를 일으켜 세우며 말하였다.

"비수를 들고 이곳으로 왔으면 어서 나를 칠 일이지 왜 포기하고 마느냐?"

여자가 대답하였다.

"첩이 자객으로 이곳에 들어왔지만 본래 사람을 헤칠 뜻은 없었습니다. 첩은 양주(楊洲) 출신으로 일찍이 조실부모하여 한 여도사의 밑으로 들어갔습니다. 그 여도사의 검술이 신통하여 첩이 그로부터 검술을 배웠나이다. 여도사 밑에서 검술을 배운 자가 셋이었는데, 그 삼인이 진해월과 김채홍, 그리고 심요연이옵니다. 첩이 바로 심요연이지요. 저희들은 검술을 배운 지 삼년 만에 바람을 타고 번개를 따라 순식간에 천리를 가는 법을 터득하였습니다. 스승은 원수 갚을 일이 있거나 악인을 없앨 일이 있을 때면 늘 채홍과 해월만 보냈사옵니다. 그래서 첩이 스승께 물었지요. '우리 셋은 똑같이 한 스승 밑에서 가르침을 받았거늘 어찌하여 맨날 저만 빼놓습니까?' 그러자 스승께서 말씀하시기를, '너에게 모자람이 있어서 그러는 것이 아니니라. 너로 말할 것 같으면 속세의 귀인인지라 앞으로 대당국(大唐國) 양원수의 배필이 될 것이다. 내 너에게 검술을 가르침은 네 연분이 당나라에 있는데 너는 이렇게 멀리 떨어져 있으니 장차 그를 만날 인연을 만들어 주기 위함이었노라.' 하셨나이다. 마침 토번국 군장이 양원수의 목을 베올 자를 구하는 방을 붙이니 제가 가서 여러 자객들과 견주어 뽑히었습니다. 이에 찬보가 첩을 보내었으나 제 어찌 배필되

올 자를 헤치겠나이까. 부디 이곳에서 원수님을 모시게 하여 주소서."

원수는 이 말을 듣고 크게 기뻐하며 말하였다.

"낭자가 내 목숨을 구하고, 또 제 몸까지 허락하니 내 어찌 낭자를 받아들이지 않으리오. 내 낭자와 함께 백년해로하리라." 하고는 함께 잠자리에 드니 뜰에 달빛이 가득하고, 흥취를 헤아릴 수가 없었다.

그리하여 양원수가 심요연에게 빠져서 군병들을 돌보지 않자, 요연이 문득 양원수에게 말하였다.

"첩은 그만 돌아갈까 하옵니다. 군중은 여자가 있을 곳이 아닐 뿐더러 저로 인해 군의 사기가 떨어질까 두렵습니다."

이에 양원수가 말하였다.

"낭자는 과히 범상한 사람이 아니구나. 그러니 내게 기묘한 꾀와 책략을 가르쳐 적을 칠 지혜를 다오."

그러자 요연이 말하였다.

"원수께서는 혼자 힘으로도 능히 도적을 치실 수 있거늘 무슨 그런 말씀을 하시옵니까? 첩은 아직 스승께 정식으로 하직 인사도 하지 않았으니 돌아가 스승을 모시고 있겠습니다. 그리고 원수께서 황성으로 회군하시면 그때 가서 뵙겠습니다. 아울러 한가지 더 말씀드리겠습니다. 토번에는 자객이 많으나 저와 대적할 자가 없사옵니다. 하오니 첩이 돌아가면 토번 군장도 안심할 것이옵니다."

구
운
몽

떠나려는 요연을 잡으며 양원수가 한마디하였다.

"한 가지 묘책이나 주고 가거라."

요연은 허리춤에서 구슬 한 개를 꺼내더니 양원수에게 주며 말하였다.

"이것은 묘아완이라는 구슬로 토번 군장 찬보의 머리에 꽂았던 것입니다. 원수께서는 사람을 시키시어 이 구슬을 찬보에게 내보이십시오. 그러면 찬보도 첩이 그의 귀비될 뜻이 없다는 걸 알게 될 것입니다. 그리고 원수께서 앞으로 나아가실 길에는 반사곡(盤蛇谷)이라는 뱀처럼 생긴 골짜기가 있는데 그곳에 이르거든 반드시 샘을 파서 군사에게 먹이고 가십시오."

이 말을 들은 양원수는 요연에게 무슨 말인가 하려 했는데 그만 요연은 어디론가 사라지고 없어졌다. 이를 신기하게 여긴 양원수는 여러 장수들을 불러 모아 요연의 말을 전하였다. 그러자 장수들이 입을 모아 말하였다.

"이것은 분명 천신이 도운 것이옵니다."

소유, 남해 태자를 물리치다

양원수는 요연의 말대로 묘아완이라는 구슬을 찬보에게 보내었다. 그리고는 군사를 거느리고 행군하니 갑자기 길이 좁아져 말한 필이 간신히 지나갈 정도였다. 그 길을 빠져 나오느라 지쳐 버린 군사들은 다들 목이 말라 애를 태웠다. 마침 그곳에 연못이 있어 군사들이 앞을 다투어 서로 마시려고 아우성이더니 먼저 물을 마신 군사가 온몸에 푸른빛을 띠면서 제대로 숨조차 쉬지 못하는 등 병이 났다. 이에 깜짝 놀란 양원수는 문득 요연이 말해 준 반사곡을 생각해 내고는 즉시 샘을 팠다. 그러나 계속해서 파들어가도 물은 나오지 않았다. 걱정이 된 양원수는 진영을 옮겨야겠다고 생각하였는데 갑자기 어디선가 북소리가 진동하며 천지가 뒤흔들렸다. 적병이 길을 막고 있다가 기습 공격을 하려 한 것이었다.

이미 지칠 대로 지쳐 버린 장수들과 군사들은 사기가 땅에 떨어져 있었다. 이에 양원수는 심히 걱정이 되어 묘책을 생각하였다. 그러다 그만 잠이 들었는데 꿈속에서 푸른 옷을 입은 한 여동(女童)이 양원수 앞에 서 있었다. 양원수가 여동을 보니 범상치가 않았다.

　　그 여동은 양원수에게 말하였다.

　　"낭자께서 전하실 말씀이 있다 하옵니다. 원수께서는 잠시 저를 따르시지요."

　　이 말을 들은 양원수가 말하였다.

　　"낭자라니, 누구를 말하는 것이냐?"

　　여동이 대답하였다.

　　"동정 용왕의 작은따님이십니다. 지금 화를 피하여 잠깐 이곳에 와 계십니다."

　　이에 양원수가 말하였다.

　　"용녀(龍女)는 수부(水府)에 있는 자고 나는 세상 사람인데 어찌 내가 그곳에 갈 수 있겠느냐?"

　　그러자 여동이 말하였다.

　　"진영 밖에 말 한 필을 매어 두었습니다. 그것을 타시면 아무 걱정하실 필요가 없습니다."

　　양원수가 여동을 따라가니 과연 진영 밖에 신마(神馬) 한 필이 서 있었다. 양원수가 말 위에 오르자 수많은 여동들이 양원수를 거들었다. 말은 땅 위에서 달리는 것 같지 아니하고 마치 물이 흐르듯 지나가는 것 같았다. 이윽고 한참을 가니 드디어 수부에 다다랐다.

궁궐은 몹시 호화로웠으며 문지기들은 모두 물고기 머리에 새우 수염을 달고 있었다. 양원수가 그곳에 들어가니 여러 시녀들이 그를 백옥 의자에 앉혔다. 그리고 나서 시녀들은 내전으로 들어갔다. 얼마 후 수십 명의 시녀들이 한 낭자를 인도하면서 나났는데 자세히 보니 그 자태가 말로 형언하기 힘들 정도였다. 이때 시종 하나가 양원수 앞에 나아가 다음과 같이 아뢰었다.

"우리 낭자께서 양원수님을 알현(謁見 : 지체가 높고 귀한 사람을 찾아 뵙는 일—註)하시고자 합니다."

양원수는 이에 놀라 도망치려 하였다. 그러나 시녀들에게 붙잡혀 옴짝달싹할 수가 없었다. 잠시 후 용녀가 양원수 앞에 나아가 네 번 절을 올리는데 그 꽃다운 향기가 양원수의 코를 찔렀다. 양원수는 용녀에 대한 예의로 전상(殿上)에 오르기를 청하였으나 용녀는 한사코 사양하며 무릎을 꿇고 앉았다. 이를 이상히 여긴 양원수가 용녀에게 물었다.

"나는 인간계의 사람이요, 낭자는 용왕의 따님이신데 어찌하여 이렇게 자세를 낮추십니까?"

이에 용녀가 다시 일어나 절을 올리고는 말하였다.

"첩은 동정 용왕의 막내딸로서 백능파라 하옵니다. 첩이 갓 태어났을 때 부친께서 옥황상제를 조회(朝會 : 문안을 드리고 정사(政事)를 아뢰는 일—註)하셨는데 그곳에서 장진인(張眞人)을 만나 첩의 사주를 보셨다 하옵니다. 그러자 진인이 말하기를 첩은 본디 천상의 선녀였으나 죄를 짓고 쫓겨나 수부 세계에 다시 태어났다 하더이다. 하지만 나중에는 사람의 모습으로 변하여 양원수의 첩이 된다 이르고, 또 부귀영화를 누리다가 결국에는 불가(佛家)에 들어 극락에서 천만년을 지낼 것이라 하였답니다. 우리 수부에서는 사람으로 변화하는 것을 큰 영광으로 알고 신신과 부처님을 우러러보는지라 부친께서는 첩을 각별히 사랑하셨습니다. 그런데 그만 남해 용왕의 태자가 첩에게 구혼을 하니 차마 부친께서 거역을 하지 못하고 장진인의 사주 이야기로 변명을 하셨답니다. 우리 동정으로 말할 것 같으면 남해의 소속이라 감히 거역할 입장이 되지 못하옵니다. 그래서 첩은 이곳 백룡담(白龍潭)으로 피신하여 지금 이렇게 물속에 머물러 있는데 남해 태자가 친히 군사를 이곳까지 이끌고 와서 첩을 핍박하려 했사옵니다. 첩이 천지신명께 간절히 빌자 이곳의 물빛과 맛이 변하여 태자가 감히 이곳에 들어오지를 못하였습니다. 그러한 연유로 첩이 이렇게 목숨을 보존할 수 있었습니다. 그리하여 첩이 당돌하게도 양원수님을 이 더러운 곳까지 오시게 하여 첩의 신세를 부탁하게 되었습니다. 그리고 이곳은 본디 청수담(淸水潭)이었으나 첩이 오고부터는 물맛이 변하여 마시는 자가 병이 나게 되었습니다. 이제 저는 양원수님에게 몸을 맡겼사오니 양원수님의 걱정이 제 걱정이나 다름없습니다. 지금 군사들이 물이 없어 쓰러져 가니 이제부터는 물맛이 예전과 같게 될 것이옵니다. 그러니 군사들이 먹어도 될 것이요, 이미 먹은 자도 병이 나을 것입니다."

용녀의 말을 듣고는 양원수가 말하였다.

"낭자의 말대로라면 우리는 하늘이 정한 연분이구려. 그렇다면 오늘부터 짝을 맺음이 어떠하오"

이에 용녀가 말하였다.

"첩은 이미 낭군께 몸을 허락하였습니다. 하여 거리낄 게 무엇이겠습니까? 하지만 첩에게는 세 가지 걱정이 있사옵니다. 하나는 부모님에게 알리지 않은 것이고, 또 하나는 남해 태자가 저를 노리니 그 화가 낭군께 미칠 것이요, 나머지 하나는 아직 첩이 비늘을 벗지 못한 추한 몸인지라 낭군의 몸을 더럽힐까 염려되옵니다."

양원수가 말하였다.

"낭자의 말이 가상하오. 하지만 동정 용왕께서 낭자를 이곳에 머물도록 허락한 것은 이미 나를 기다리라 한 것과 마찬가지니 고하지 않아도 죄될 것 없고, 또 남해 태자가 백만 대군을 거느리고 온들 두려워할 내가 아니요, 낭자의 몸에 비늘 있으되 하늘의 연분이니 내 상관하지 않을 바요."

하여, 양원수가 용녀와 함께 동침을 하니 그 즐거움은 실로 꿈도 아니요, 인간보다 백배나 더한 기쁨이었다.

이튿날 새벽이 되자 우레와 같은 북소리가 수정궁까지 들리기에 용녀가 급히 일어나 앉으니 시녀가 와 이 사실을 고하였다.

"남해 태자가 수많은 군사들을 거느리고 쳐들어왔습니다. 지금

산밑에 진을 치고서 양원수와 겨루기를 기다리고 있사옵니다."

이 말을 들은 양원수가 크게 웃으며 말하였다.

"미친 아이 따위가 감히 나를 어찌하겠다는 거냐."

하고, 일어나 물가로 나가니 남해 군사들이 백룡담을 겹겹이 에워싸고 함성을 질렀다.

그러더니 남해 태자로 보이는 자가 앞으로 나와 양원수에게 소리쳤다.

"네가 누구이기에 남의 배필을 앗아가느냐? 내 오늘 너와 사생 결단을 내겠노라."

양원수는 우스운 듯이 말하였다.

"동정 용녀는 이미 나와 부부의 연을 맺었다. 이는 월하노인(月下老人 : 남녀의 인연을 맺어 준다는 전설상의 노인―註)의 뜻인데 너 같은 버러지만도 못한 놈이 어찌하여 천명을 어기려 드느냐?"

이어 양원수가 군사를 지휘하여 남해 태자와 싸우니 천만 수족(水族)들이 순식간에 쓰러져 그 비늘이 땅에 뒹굴었다. 남해 태자 역시 많은 상처를 입고 사로잡혔으나 양원수가 크게 꾸짖고는 풀어 주었다.

용녀가 양원수의 승전을 치하하여 술과 고기로 군사들을 대접하니 군사들의 사기는 용기 백배하였다.

용녀와 양원수는 함께 앉아 있었는데 갑자기 동남쪽에서 붉은 옷을 입은 사자(使者)가 공중에서 내려오더니 다음과 같이 아뢰었다.

"동정 용왕께서 남해군을 치시고 따님을 지켜주심에 감사히 여기고 계십니다. 하오나 정사(政事)에 매여 움직이시지 못하니 양원수께서는 지금 응벽전(凝壁殿)으로 나시어 잔치에 참여하시랍니다."

구
운
몽

난양, 이소저로 변장하다

양원수와 용녀가 이 말을 듣고 함께 수레를 타니 바람이 수레를 몰아 동정 용궁에 이르렀다. 동정 용왕은 이들을 반갑게 맞이하며 사위의 예로써 양원수를 대하였다. 그리고는 감사의 말을 전하였다.

"과인이 덕이 없어 딸자식을 편히 해 주지 못했는데, 양원수가 남해 태자를 치고 딸자식을 구해 주니 이 어찌 즐겁지 아니하겠소."

양원수가 대답하였다.

"이 모든 것이 다 대왕의 신령하심에 힘입은 것이온데 제게 무슨 공이 있다 하십니까?"

하고, 양원수가 잔치 술에 취하니 당시 풍속과는 다른 풍악이 울리며 미인들이 춤을 추었다. 양원수는 그 장관을 구경하며 음률에 대해 물었다.

"대체 이게 무슨 곡입니까?"

용왕이 대답하였다.

"과인의 큰딸이 일찍이 경하왕의 세자비가 되었으나 유생이라는 자가 전하기를, 부부 사이가 좋지 못하다 하더이다. 그래서 과인의 아우 전당군(錢塘君)이 경하왕을 무찌르고 큰딸을 데려온적이 있소. 그래서 사람들이 그것을 기념하여 풍악을 짓고 춤을추었는데 전당군 파진악(錢塘君破陣樂)이니 귀주 환궁악(貴主還宮樂)이니 하며 잔치 때마다 울리더니 이제 양원수가 전당군이한 일과 같은 일을 하였으니 양원수 파군악(坡君樂)이라 하여야겠소."

양원수가 다시 물었다.

"그 유생이라는 자는 어디에 있습니까?"

용왕이 대답하였다.

"영주(瀛州) 선관이 되어 그 마을에 있다 하오."

양원수는 드디어 거나하게 취한 몸으로 용왕에게 하직 인사를올리며 말하였다.

"이제 그만 군중으로 돌아가 봐야겠습니다. 부디 옥체 보전하소서."

그리고는 용녀를 향하여 말하였다.

"낭자 또한 훗날을 기약하고 있으시오."

그러자 용녀 대신 용왕이 말하였다.

"그것은 염려 마오. 약속은 꼭 지키리라."

하며 용궁 밖까지 배웅을 나오니 밖에는 높은 봉우리가 다섯 개가 있는 큰 산이 우뚝 서 있었다. 그 사이로 구름이 흐르고 안개가 피어 있는데 그 꼭대기를 가늠할 수가 없었다. 그리하여 양원수가 용왕에게 물었다.

"대체 저 산은 무슨 산입니까? 내 천하 명산을 두루 구경하였지만 형산과 파산은 보지 못하였습니다."

용왕이 말하였다.

"저 산이 바로 남악 형산이라 하오. 경관이 빼어나고 신기한 산인데 모르셨단 말이오?"

양원수가 말하였다.

"저 산에 오르려면 어찌해야 합니까?"

용왕이 말하였다.

"아직 해가 있으니 지금이라도 오르면 잠깐 구경할 수 있을 것이오."

양원수는 용왕에게 하례를 하고 수레에 오르니 수레가 한달음에 형산 연화봉에 이르렀다. 양원수는 일천 개의 봉우리와 일만 개의 골짜기를 구경하며 말하였다.

"아, 슬프도다. 이런 곳이 있는 줄도 모르고 전쟁이나 하며 세월을 보내다니……. 내 반드시 공을 이루고는 물러나 이런 곳에서 초연히 지내리라."

그런데 갑자기 나무 사이로 경쇠(부처 앞에 절할 때 흔드는 작은

종—註) 소리가 들려 왔다. 양원수가 그 소리를 찾아 올라가니 그곳에는 절이 있었다. 법당은 그윽하고 중은 모두 신선같이 보였다. 그곳에 한 노승이 높이 앉아 설법을 하는데 그 눈썹이 길고 골격이 푸른 것이 나이를 헤아릴 수가 없었다. 그 노승은 양원수를 보더니 제자를 거느리며 당에서 내려와 인사를 하였다.

"이 깊은 산중에 있다 보니 대원수의 행차를 알아차리지 못하였습니다. 원컨대 허물이라 하지 마십시오. 이왕에 오셨으니 불전에 나아가 예불하고 가심이 어떠하신지요."

이 말을 들은 양원수는 법당으로 올라갔다. 그리고 부처님 앞에 분향을 한 후 재배를 하고는 계단을 내려오다가 그만 발을 헛디뎠다. 놀라서 일어나 보니 몸이 군중 진영에 있는 것이 아닌가. 이미 날은 밝아 있었다. 이를 이상히 여긴 양원수가 장수들을 불러 물어 보았다.

"혹시 공들도 꿈을 꾸었는가?"

그러자 여러 장수들이 똑같이 말하였다.

"그렇습니다. 신병귀졸(神兵鬼卒)들과 싸워 승전하고 그 대장을 사로잡았으니 아무래도 길조 같습니다."

양원수 역시 자기의 꿈 이야기를 장수들에게 해 주고 나서 모두들 같이 물가로 가 보았다. 그곳에는 과연 꿈에서처럼 부서진 비늘과 붉은 피가 낭자했다. 또 양원수가 연못의 물맛을 보니 아주 달았다. 그리하여 군사들과 말에게 이 물을 먹이니 병이 났던 병사들은 모두 깨끗이 나았다. 그런데 적병이 이 소식을 듣고는 놀라 그의 장수에게 아뢰자 결국 적병은 항복을 해 왔다.

　양원수는 이 승전의 첩서(捷書)를 천자에게 보내니 천자는 크게 기뻐하며 양원수의 공을 치하하였다.

　하루는 천자가 황태후와 함께 이야기를 하였다.

　"양소유의 공과 노고가 너무나 크니 환군(還軍)하면 즉시 승상의 자리를 내리겠습니다. 그가 마음을 바꾸어 난양과 혼인을 하면 오죽이나 좋으련만 설령 마음을 바꾸지 않더라도 그에게 죄를 줄 수는 없을 것 같습니다. 그렇다고 난양과의 혼사를 우격다짐으로 받아 낼 수는 없는 일이니 어찌해야 좋겠습니까? 태후 마마 보기 민망합니다."

　이 말을 듣고 황태후가 말하였다.

　"아직 그가 돌아오지 않았으니 한 가지 꾀를 내어 봄은 어떠하오? 정사도 여식에게 다른 혼처를 구하여 성혼케 한다면 양원수도 더는 어찌할 수 없지 않겠소?"

　이에 천자는 아무 말 않고 있다가 밖으로 나갔다. 옆에서 가만히 이 말을 듣고 있던 난양이 황태후에게 자신의 생각을 아뢰며 서로 이야기하였다.

　"태후 마마, 어찌하여 그런 말씀을 하십니까? 그것은 도리에 어긋난 일인 줄 아옵니다. 정녀의 혼사는 그 집 일이거늘 아무리 조정이라 하더라도 어찌 그것을 마음대로 휘두를 수 있겠사옵니까?"

"네 혼사 문제는 네 인생에 있어서도 중대한 일이지만 한편으론 이 나라 조정의 일이기도 하다. 내 진작부터 너와 의논할 예정이었는데 양원수로 말할 것 같으면 그 풍채와 문장이 이 나라 제일이니 어찌 다른 데서 네 혼처를 구하겠느냐. 그래서 하는 말인데 양원수가 돌아오면 먼저 너와 혼례를 치르고 정사도 여식을 첩으로 삼으면 어떻겠느냐? 그렇게 한다면 양원수도 더는 사양하지 못할 터이니, 네 뜻을 알고 싶구나."

구
운
몽

"정녀가 아름답고 총명하다 해도 소녀, 투기(妬忌)하는 마음이 없으니 소녀는 평생 질투라는 것을 모르옵니다. 하지만 양원수의 납폐를 처음으로 받은 이는 제가 아니라 정녀이기 때문에 그러한 정녀가 첩이 된다는 것은 예가 아닌 줄 아옵니다. 더욱이 정사도 집으로 말할 것 같으면 여러 대에 걸쳐 재상을 지낸 집으로 조정에서 함부로 대할 집이 아니요, 또 귀한 집 여식더러 첩이 되라 하면 정녀 입장에서 어찌 원통한 일이 아니겠습니까?"

"네 뜻은 알겠다. 그러면 너는 어찌하겠다는 것이냐?"

"소녀가 알기에, 제후에게는 세 부인을 둘 수 있다고 들었습니다. 양원수가 돌아오면 적어도 공후(公候)가 될 것이니 두 부인을 두는 것도 마땅할 것이옵니다."

"그것은 안 된다. 사람에게는 귀천이 있거늘, 너는 선왕(先王)의 귀한 딸이요, 성상의 사랑하는 누이다. 그런 귀한 신분으로서 어찌 여염집 여자와 한 낭군을 섬기겠느냐?"

"선비가 어질면 만승천자(萬乘天子)도 벗한다 하였습니다. 그러한 고로 소녀는 아무 상관 없으며, 듣자 하니 정녀 또한 그 자색과 덕행이 뛰어나다고 하더이다. 그렇다면 더욱 다행으로 제가 친히 정녀를 한번 보겠습니다. 그리하여 과연 소문대로라면 제가 몸을 굽혀 그녀와 함께 섞일 것이고, 그렇지 않다면 첩으로 삼든지 말든지 관계하지 않겠습니다."

"여자의 질투란 늘 있어 왔거늘 너는 어찌하여 그토록 어질고 후덕하더냐? 내가 명일에 정녀를 불러 주겠노라."

"아니옵니다. 정녀를 불러들인들 그녀가 아프다는 핑계를 대면 다 부질없는 것일 테고, 또한 재상집 딸을 함부로 오라 가라 하는 것도 예가 아닌 줄 아옵니다. 그러니 소녀가 직접 그리로 가 보겠습니다."

한편, 이쯤 해서 정소저는 부모의 마음을 편하게 해 드리고자 태연한 척했지만 그 모습은 날로 초췌해져 갔다.

그러던 어느 날이었다. 한 여동이 비단 족자를 팔러 왔기에 춘운이 그것을 펼쳐 보았다. 거기에는 꽃 사이에 있는 공작새와 대숲 사이에 있는 자고새가 수놓여져 있었다. 춘운은 그것을 정소저에게 보이며 말하였다.

"아가씨께서는 제 수놓는 것을 칭찬하시지만 이것을 한번 보십시오. 이것은 필시 선녀가 아니면 귀신이 수를 놓은 것 같습니다."

정소저가 춘운이 가지고 온 비단 족자를 보며 놀라 말하였다.

"대체 이것이 누구의 재주이더냐? 더욱이 염색과 꾸밈이 산뜻

한 것으로 보아 새것이거늘 요즘에도 이런 재주 있는 사람이 있단 말인가."

하고, 춘운에게 명하여 그 여동을 불러들였다.

"이 족자는 어디서 난 것이냐? 혹 만든 사람을 아느냐?"

여동이 말하였다.

"우리 아가씨의 솜씨옵니다. 우리 아가씨께서는 지금 객지에 계시는데 급한 사용처가 있어서 팔러 왔습니다. 가격은 중하지 않다고 하셨습니다."

이에 춘운이 여동에게 물었다.

"그렇다면 너의 소저는 어느 댁 낭자이시더냐? 그리고 무슨 연고로 객지에서 머물고 계신 것이냐?"

여동이 대답하였다.

"우리 아가씨는 이통판(李通判)의 누이이십니다. 이통판께서 절동(浙東) 땅으로 벼슬 가실 때, 부인과 아가씨를 모시고 가셨는데 그만 가는 길에 아가씨께서 병이 나 지금 연지촌 사삼낭(謝三娘)의 집에 머물고 계십니다."

정소저가 후한 값으로 그 족자를 사 주고는 그것을 대청마루에 걸어 놓았다. 그리고는 춘운에게 말하기를,

"이 족자의 임자를 한번 만나 보고 싶구나."

하니, 춘운이 즉시 여종을 그곳으로 보내었다. 여종이 그곳에 갔다 와서는 정소저에게 자신이 본 대로 알렸다.

"장안을 다 둘러보아도 우리 아씨만한 사람은 없다고 생각했는

데, 과연 이소저는 아씨만하옵니다."

이 말을 듣고 춘운이 말하였다.

"이 족자로 보건대 그 재주가 과히 짐작은 가나, 어찌 우리 소저만한 사람이 있다고 그러느냐? 분명 네가 잘못 본 것일 게다."

그러던 어느 날, 연지촌 사삼낭이 직접 정사도집으로 찾아와 최씨 부인과 정소저를 뵈었다.

"드릴 말씀이 있습니다. 지금 소인의 집에 이통판댁 낭자가 머물러 계시는데, 정소저의 재덕을 듣고는 한번 뵙기를 청하더이다."

이에 최씨 부인이 말하였다.

"나 역시 수놓은 솜씨에 감탄하여 그 낭자를 보고 싶어했느니라. 그래서 한번 청하고자 하였으나 미안하여 그만두었는데 그 말을 들으니 마침 잘됐구나."

다음날 하얀 옥가마를 타고 이소저가 도착하였다. 정소저는 이소저를 맞이하여 방으로 안내하였다. 그리고는 서로 마주 앉으니 마치 월궁(月宮)의 선녀가 요지연(瑤池宴)에 모인 듯 방안의 광채가 찬란하였다.

먼저 정소저가 입을 열었다.

"지난번, 여동을 통해 이 근처에 계신다는 말씀을 들었습니다. 이 몸은 팔자가 기구하여 지금 아무도 만나지 않고 있는 중인데 소저께서 이렇게 손수 행차해 주시니 감사드립니다."

이에 이소저도 말하였다.

"저는 시골 사람으로 일찍이 부친을 여의고 편모 슬하에서 배운 바 없이 자랐습니다. 그래서 홀로 한탄하기를 남자는 벗을 사귀어 서로 배우고 타일러 주는데, 여자는 집안에서만 지내며 대하는 사람이 없으니 규중이 막혔다고 푸념해 왔습니다. 그런데 정소저께서는 중문 밖에도 나가지 아니하시고, 문장과 덕행의 뛰어남이 구중궁궐까지 자자하다고 들었습니다. 그래서 소저 뵈옵기를 갈망하다가 이렇게 대면하니 평생 소원을 이루었습니다."

정소저도 이 말을 듣고 대답하였다.

"제가 드릴 말씀을 소저께서 먼저 하시는군요. 이 몸이 규중에 매인 몸이라 그 출입이 자유롭지 못하고 남의 이목이 두려워 그 처신이 어렵습니다. 저 스스로 고루한 사람인데 그러한 칭찬을 들으니 과분하다는 생각이 듭니다."

이어 여종이 다과를 내오고 서로 환담을 하는 중, 이소저가 물었다.

"듣자 하니, 이 댁에 유인(孺人 : 다른 사람의 아내를 일컫는 말—註)이 있다 하였는데 한번 뵐 수 있겠는지요."

이에 정소저가 답하였다.

"안 그래도 소개시켜 드리려 했습니다."

정소저는 즉시 여종을 통해 춘운을 불렀다. 춘운이 명을 받들어 방안으로 들어와서는 예로써 이소저를 알현하였다. 그러자 이소저가 일어나 춘운을 맞이하였다. 이소저는 춘운의 아름다움에 감탄하며 속으로 생각하였다.

'과연 듣던 대로군. 정소저가 저러하고 춘운 또한 이러하니 양 원수가 어찌 부마를 부러워하겠는가!'

정소저에 이어 춘운과도 정겹게 이야기하니 그 친함이 정소저와 다를 바가 없었다. 어느덧 시간이 흘러 이소저가 일어나며 말하였다.

"날이 저물어 이만 물러가야겠습니다. 집이 한 길에 있으니 다시 뵈올 날이 있겠지요."

이에 정소저가 계단 아래까지 내려와 답례하였다.

"이렇게 외람되이 왕림하시었는데 지금 제 처지가 문 밖 출입을 하기 어려우니 그 허물을 용서하십시오."

이렇게 서로 이별한 후 정소저가 춘운에게 말하였다.

"보검은 칼집 속에 있어도 그 기운이 하늘의 별까지 닿고, 큰 조개는 바닷속에 있어도 그 빛을 물가의 누각까지 비춘다 했거늘, 이소저 같은 여인이 한 땅에 있었는데 우리가 일찍이 들어 보지 못한 것이 이상하구나."

정소저와 춘운은 최씨 부인에게 들어가 이소저를 칭찬하였다. 그러자 최씨 부인 역시 일간 한번 보고 싶다는 말을 하였다. 하여 다음날 다시 여종을 보내어 이소저를 청하니 쾌히 응하여 정사도 집으로 왔다. 부인은 섬돌까지 내려가 이소저를 맞이하고는 소저의 자질을 칭찬하며 말하였다.

"소저가 우리 딸아이를 찾아와 정답게 지내니 이 늙은이가 고맙게 여기고 있다. 일전엔 내가 몸이 좋지 않아 접대가 소홀하였으니 미안한 마음이 드는구나."

이에 이소저가 부인 앞에 엎드려 말하였다.

"아니옵니다. 이 몸을 멀리 내치시지 않은 것만으로도 감사할 따름입니다. 더군다나 정소저께서 저를 형제의 예우로 대하시니 감사하기가 그지없습니다. 앞으로 제가 친어머님처럼 모시고자 합니다."

그리하여 정소저와 이소저, 그리고 춘운 이 셋은 서로 다정히 앉아 이야기를 주고받으니 해가 저무는 줄을 몰랐다. 이후로 이소저는 자주 정소저를 찾아와 우정을 쌓았다.

경패, 영양 공주가 되다

하루는 이소저가 돌아가자 부인이 정소저와 춘운을 앞에 두고 이야기하였다.

"내가 친정이나 시댁 쪽만 따져도 일가 친척이 천 명에 이르거늘, 그 많은 사람 중 이소저만한 처자를 본 적이 없느니라. 과히 경패와 비등하니 의형제를 맺어도 괜찮을 것 같구나."

이에 정소저가 입을 열었다.

"어머니, 제가 이미 춘운과도 이야기한 바 있는데 그것을 말씀드리겠사옵니다. 춘운은 이소저가 진씨녀라 하지만 아무래도 제 생각에는 난양 공주가 아닌가 합니다."

부인이 딸의 말을 듣고는 말하였다.

"글쎄다. 내 일찍이 난양 공주를 보지 못했거늘 뭐라 말할 수가 없구나. 하지만 공주는 높은 자리에 있으니 어찌 이소저와 같겠느냐?"

정소저가 다시 말하였다.

"어쨌든 이소저가 아무래도 의심스럽습니다. 하여 춘운더러 동정을 살피고 오라 하겠습니다."

그런데 그 다음날이었다. 이소저의 여종이 정사도집으로 와서 이소저의 말을 아뢰었다.

"우리 아가씨께서 내일 떠나신다 하니, 오늘 댁에 들어와 작별 인사를 드린다 하십니다."

정소저는 중당을 청소하고 이소저 맞이할 준비를 하였다. 마침내 이소저가 와서 부인과 정소저에게 하직을 하며 말하였다.

"소질, 일찍이 어머니를 떠나 오라버니를 따랐으나 병을 얻어 이곳에 묵은 지가 어느덧 일 년이 다되어 갑니다. 이제 몸도 좋아지고 마침 절동(浙東)으로 가는 배편을 얻었으니 이곳을 떠나야 할 것 같습니다."

정소저가 이 말을 듣고 말하였다.

"이곳에 직접 행차하시어 이야기를 나누니 그 즐거움이 컸는데, 이제 이곳을 떠나신다 하니 그 섭섭한 마음 헤아리기가 어렵습니다."

이소저가 말하였다.

"드릴 말씀이 있지만 소저께서 들어주시지 않을까 염려되옵니다."

정소저가 말하였다.

"무슨 말씀이기에 그리도 주저하십니까?"

이소저가 말하였다.

"제가 미천한 솜씨오나 제 늙은 어미를 위해 남해 관음보살의 모습을 수놓은 게 있습니다. 제가 거기에 제목을 쓰려 하는데 소저께서 찬문(贊文)을 지어 직접 제목을 써 주신다면 제 마음이 위로가 되고 또 서로의 정표가 될 것 같습니다. 하지만 소저가 거절할까 두려워 족자를 가져오지는 못했습니다. 여기서 제가 묵는 곳이 그리 멀지 않으니 그동안 잠깐 생각해 보심이 어떠하신지요."

정소저가 말하였다.

"제가 비록 재주 미천하나 소저께서 원하신다면 못할 것도 없습니다. 그러면 날이 저물 때까지 쉬었다 가셨으면 합니다."

이소저가 기뻐하며 말하였다.

"말씀은 감사하지만 날이 저물면 글 쓰기가 곤란할 것입니다. 이곳에 올 때 타고 온 가마가 있는데 누추한 것이지만 그것을 타고 함께 가심은 어떠하겠습니까?"

정소저는 이소저의 부탁을 허락하였다. 이윽고 이소저가 일어나 부인께 하직 인사를 드리고, 춘운과는 손을 잡으며 이별의 정을 나누었다. 그리고 정소저가 이소저의 가마에 오르자 정소저의 시녀들이 뒤를 따랐다.

정소저가 드디어 이소저의 침실로 드니 그 안에 있는 보배들과 음식들이 심상치가 않았다. 이소저는 스스로 말한 그 족자를 정소저에게 내놓지도 않고, 또 원하던 문필도 청하지를 않았다. 이를 이상히 여긴 정소저가 이소저에게 물었다.

"지금 날이 저물고 있습니다. 이제는 말씀하신 관음화상을 뵙고자 합니다."

그러나 정소저가 말을 채 마치기도 전에 군마(軍馬) 소리가 사방에 진동하고, 깃발을 내건 창검(槍劍)들이 주위를 에워쌌다. 깜짝 놀란 정소저는 몸을 피하려 하였으나 이소저가 정소저를 잡으며 말하였다.

"소저를 놀라게 해서 죄송합니다. 나는 난양 공주이고, 이름은 소화입니다. 태후 마마의 명으로 이렇게 소저를 모셔 가려고 군병들이 온 것입니다."

정소저는 이 말을 듣고 땅으로 내려가 엎드려 절하며 말하였다.

"이 몸이 천하여 귀한 공주를 알아뵙지 못했으니 이제 죽어도 그 목숨이 아깝지 않습니다."

난양 공주가 말하였다.

"전후사정은 나중에 이야기하겠습니다. 지금 태후 마마께서 손수 마루까지 납시어 소저를 기다리신다 하니 어서 갑시다."

정소저가 말하였다.

"그렇다면 공주께서 먼저 입궐하소서. 첩이 일찍이 지존(至尊 : 지극히 존귀함. 임금 등을 일컬음—註)을 뵈온 적이 없기에 두렵습니다. 하오니 첩은 집으로 돌아가 부모님께 알린 후 뒤를 따르겠습니다."

공주가 말하였다.

"태후 마마께서 친히 소저를 보시고자 내린 어명이오니 더는 사양하지 마시오."

정소저가 말하였다.

"첩은 천한 몸이옵니다. 제 어찌 귀하디귀한 공주님과 함께 한 가마에 타겠습니까?"

공주가 말하였다.

"여상(呂尙)은 어부였어도 문왕(文王)과 함께 한 마차를 탔고, 후영(候嬴)은 문지기였지만 신릉군(信陵君)의 고삐를 잡았습니다. 하물며 재상가의 따님이온데 무엇을 사양하십니까?"

난양 공주는 정소저의 손을 잡아끌고 한 가마에 올랐다.

드디어 궁궐에 이르자 난양 공주는 잠시 정소저를 문 밖에 세워 놓고 궁녀들로 하여금 호위하게 하였다. 난양 공주는 황태후에게 정소저의 외모와 덕행에 대해 몸소 겪은 바를 아뢰었다.

난양 공주의 말을 들은 황태후는 고개를 끄덕이며 말하였다.

"사정이 그러하니 양원수가 부마를 사양한 것이로구나."

황태후는 다시 궁녀에게 명하였다.

"정소저는 재상집 규수요, 양원수의 납채를 받은 몸이니 일품 조복(一品朝服: 조정에 나아가 하례할 때 입는 예복으로 품계가 제일 높은 사람이 입는 옷—註)을 입고 입조하라 이르라."

이에 황태후의 명을 받든 궁녀가 의복함을 가져와 정소저께 입기를 권하니 소저가 말하였다.

"비천한 몸이 어찌 감히 조복을 입겠습니까?"

궁녀가 이 말을 그대로 황태후에게 전하니 황태후는 정소저를 더욱 기특히 여겼다. 그러나 정소저도 더는 황태후의 명을 어길 수 없어 일품조복하여 궁중 안으로 들어가니 그곳 사람들이 정소저의 모습에 한결같이 감탄하며 말하였다.

"천하 미인이 우리 난양 공주 한 분뿐인 줄 알았는데 저러한 소저가 있을 줄 미처 생각도 못하였다."

소저가 예로써 황태후에게 하례하자 황태후는 소저에게 자리를 내주며 말하였다.

"양원수로 말할 것 같으면 이 세상의 호걸이요, 만고의 영웅이라는 것을 너도 잘 알 것이다. 그래, 내가 양원수를 탐하여 부마 삼으려 했으나 네가 먼저 납채를 받았다 하니 조정의 체면상 억지로 빼앗지를 못하겠구나. 너에 대한 소문은 들어 알고 있었기에 난양으로 하여금 이렇게 너를 데리고 오도록 한 것이다. 본디 내게는 두 딸이 있었으나 하나가 죽고 난양만 있어 외로이 여기고 있는데 오늘 너를 직접 보니 과연 난양과 형제가 되어도 모자람이 없겠구나. 이제 내가 너를 양녀 삼아 너에 대한 난양의 정을 표하고자 하느니라."

이에 정소저가 말하였다.

"여염집 천한 태생으로 어찌 공주와 한 형제가 될 수 있겠습니까? 오히려 복이 과하여 화를 입을까 염려되옵니다."

그러자 황태후가 말하였다.

"내 이미 마음을 정하였으니 너는 더 이상 사양 말라. 내 너의 글재주에 대해서는 일찍이 들어 알고 있으니 시 한 수나 지어서 내 마음을 위로해 주려무나. 옛날 조자건(曹子健)은 칠보시(七步詩 : 일곱 걸음을 걷는 동안 짓는 시—註)를 지었다 하였으니 너도 한번 그렇게 해 보아라. 내 너의 재주가 보고 싶구나."

정소저가 대답하였다.

"제가 지닌 재주 미천하오나 어찌 태후 마마의 명을 거스를 수 있겠습니까?"

이에 난양이 말하였다.

"정소저에게 홀로 하라 하기 민망하오니 소녀가 같이하겠습니다."

이 말을 들은 황태후가 서로의 친함을 매우 기뻐하였다. 그리하여 궁녀에게 필먹을 갖추도록 명하고는 글의 제목을 냈다. 이때가 바로 춘삼월로 벽도나무 꽃 만발하니 그 속에서 까치가 울자 황태후가 그것을 보고 글제를 냈다. 난양과 정소저가 서로 붓을 잡고 글을 써서 황태후 앞에 내미니 그것은 칠보시도 아니요, 궁녀가 겨우 다섯 걸음을 옮겼을 뿐이었다.

황태후가 먼저 정소저의 글을 보며 읊었다.

궁궐 봄빛이 벽도에 취했으니
어디서 온 새의 울음이 이렇게 교교한가.
다락 높은 곳에서 어기가 새 곡을 전하니

남국 하늘꽃이 까치와 함께 깃들이는구나.

다시 황태후가 난양의 글을 보고는 읊었다.

봄이 궁중에 깊어 백화가 만발하니
신령한 까치가 날아와 기꺼이 말을 아뢰네.
모름지기 노력하여 은하수에 다리를 놓았으니
일시에 두 천손(난양과 정소저를 일컬음―註)이 함께 건너가더라.

황태후는 이를 보고 감탄하며 말하였다.
"천하의 이태백과 조자건도 내 두 딸에게는 미치지 못할 것이
다. 만약 여자가 과거를 본다면 필시 이 두 딸이 장원과 탐화를
차지하리로다."

소유, 승상이 되다

이때 천자가 황태후 방으로 들어와 문안 인사를 올렸다. 이에 정소저와 난양은 잠시 물러났다. 그러자 황태후가 천자에게 그동안의 일을 말하였다.

"내 난양의 혼사를 위해 양소유의 납폐를 도로 빼앗고자 하였으나 그렇게 되면 덕(德)에 손상이 갈 일이요, 정씨녀로 하여금 첩이 되게 하면 그 또한 야박한 처사가 될 것 같아 걱정이었는데, 내 오늘 직접 정씨녀를 보니 과연 난양과 한 형제가 되어도 전혀 손색이 없을 정도였소. 그래서 내 정씨녀를 양녀 삼아 난양과 함께 양원수를 섬기게 하고 싶은데 성상의 생각은 어떠하신가?"

이에 천자가 말하였다.

"마마의 지혜는 고금에 따를 자가 없습니다."

황태후가 정소저를 다시 불러 천자에게 보이었다. 그러자 정소저를 본 천자가 말하였다.

"정녀(鄭女) 오늘로써 내 누이 되었거늘 어찌하여 평복을 입고 있는가?"

그러자 정소저를 대신하여 황태후가 말하였다.

"임금의 명령이 내리지 아니하였는데 어찌 미리부터 장복을 입겠소."

이 말을 들은 천자는 즉시 여중서(女中書) 진채봉에게 명하여 비단과 필먹을 가져오게 하였다. 그리고는 친필로 '정씨를 영양 공주로 봉한다.' 쓰고는 다시 난양의 형(兄)으로 한다고 하였다. 이에 영양 공주가 된 정소저는 땅에 엎드려 말하였다.

"첩이 어찌 감히 난양의 형이 되겠습니까? 부디 명을 거두어 주소서."

그러자 난양이 말하였다.

"영양은 재덕(才德)이 나보다 한 수 위니 당연한 일입니다."

그래도 영양이 한사코 형이 되기를 사양하자 이를 본 황태후가 나이를 따라 정하니, 영양이 한 해 위였다. 그리하여 영양은 형이 되고, 궁중에서는 모두 영양 공주라 일컬었다.

이어 천자가 황태후에게 또 한 가지를 아뢰었다.

"이제 두 누이의 혼사가 결정났으니 만사가 해결되었습니다. 하지만 태후 마마께 한 가지 청할 일이 있습니다. 마마께서는 여중서 진채봉에 대해서 한번 생각해 보셨으면 합니다. 그녀의 아비가 비록 죄를 입어 죽었사오나 본디 양가집 규수인데다가 제일 먼저 양원수와 혼담이 오간 처자이오니 이번 두 공주의 혼사 때 잉첩(귀인의 시중을 드는 첩―註)으로 삼는 것이 어떻겠습니까? 부디 태후 마마께서 허락하셨으면 합니다."

하였다. 이 말을 들은 황태후가 두 공주를 돌아보았다. 그러자 먼저 난양이 말하였다.

"소녀 일찍이 이 이야기를 들어 알고 있습니다. 그리고 채봉과는 정이 깊어 소녀 역시 헤어지고 싶지 않습니다."

천자의 말과 난양의 말을 들은 황태후는 채봉을 불러들였다. 그리고는 하교하기를,

"성상의 청도 있고, 또 난양 역시 너와 함께 살고 싶어하니 내가 특별히 너를 양원수의 잉첩으로 삼으리라. 그러니 너는 더욱 정성을 다하여 두 공주를 보필하라."

하였다. 이 말을 들은 채봉은 감격하여 눈물을 흘렸다. 하여 즉시 글을 지어 황태후께 바쳤다.

기쁜 까치가 짖어 대며 궁궐에 들렀으니
봉선화 위에 봄바람이 부는구나.
보금자리를 편하게 하여 남이 날아감을 기다리지 않고
삼오성이 드문드문 바로 동녘에 있도다.

이를 받아 든 황태후는 그 뜻과 필법에 감탄하며 말하였다.

"이 글에는 정실과 소실의 분수를 잘 지키겠다는 뜻이 담겨 있

으니 실로 가상하구나. 예로부터 여자로서 글 잘 짓는 이는 반희와 채녀, 그리고 탁문군과 사도온 이 넷이라 하였는데 지금 이 자리에 셋씩이나 있으니 참으로 희귀한 일이다."

여기에 난양이 한마디 더 덧붙였다.

"영양의 시비 춘운도 그 글재주가 탁월하옵니다."

이어 날이 어두워지자 천자는 외전으로 환어하고, 공주도 물러갔다. 이튿날 새벽 첫닭이 홰를 치자 영양이 황태후께 문안하며 아뢰었다.

"소녀 이곳으로 올 때 부모에게 제대로 인사조차 하지 못하였으니 오늘 집으로 돌아가 태후 마마의 은덕과 소녀의 영광을 일문(一門 : 한 가문이나 문중—註)에 자랑하고자 하오니 부디 허락하여 주소서."

이에 황태후가 영양을 타일렀다.

"애야, 아직은 네가 사사로이 출입을 할 수가 없다. 이제 네가 공주되었거늘 어찌 이곳을 함부로 떠나겠느냐? 필요하면 내가 최부인을 이곳으로 청하겠다."

황태후는 즉시 '최부인은 입조하라.'는 조서를 내렸다.

조서를 받은 정사도 부처는 그제서야 딸아이의 행방에 대해 마음을 놓고는 하루아침에 공주가 된 딸아이에 대해 기꺼워하였다. 최씨 부인은 즉시 황태후의 명을 받들어 궁궐 내전으로 들어갔다. 황태후는 최씨 부인을 접전하며 말하였다.

"내 부인의 딸을 데려옴은 난양의 혼사 때문이었소. 그런데 소저를 직접 보니 사랑하는 마음이 절로 생겨 양녀 삼고 난양의 형이 되었으니 부인은 과히 염려 마오. 생각해 보니 전생의 내 딸이 이 세상에 다시 나 부인의 딸이 된 것 아닌가 하오. 영양은 이제 공주가 되었으니 이 나라의 성을 따르는 것이 마땅하지만 부인에게 자식이 없어 성을 바꾸지 않았으니 내 정성을 생각해 주오."

이에 최씨 부인이 조아리며 말하였다.

"첩이 아들 없이 뒤늦게 딸 하나를 낳아 금이야 옥이야 길렀는데 이렇게 마마의 덕이 딸아이에게 미치니 시든 나무에 꽃이 핀 듯합니다. 이 은혜를 어찌 갚으오리까?"

황태후가 최씨 부인에게 다시 말하였다.

"이제 영양은 내 딸아이가 되었으니 앞으로 데려가지는 못하오."

이에 최씨 부인이 말하였다.

"알고 있습니다. 하오나 모녀의 정이 두터워 얼굴 한번 보기를 청하나이다."

황태후는 웃으며 말하였다.

"두 딸아이가 성혼을 하면 내가 영양을 대하듯 부인도 난양을 대해 주오."

그리고는 영양을 불러 최씨 부인과 상봉하게 하였다. 이 자리에는 난양도 함께 나타났다. 최씨 부인은 난양을 보더니 지난날의 무례함을 용서해 달라며 사죄하였다. 또한 영양을 본 부인의 감격은 이루 다 헤아릴 수가 없을 정도였다.

잠시 후 황태후가 최씨 부인에게 물었다.

"부인의 집에 가춘운이라는 아이가 있다는데 혹시 같이 왔소?"

부인이 그렇다고 하자 황태후는 즉시 춘운을 입조케 하였다. 춘운이 전각 아래에 엎드리니 황태후가 춘운을 보며 말하였다.

"너 또한 절대가인(絶代佳人)이로구나. 듣기에 네 글재주가 뛰어나다 하니 한 수 지어 보아라."

그러자 춘운이 머리를 조아리며 극구 사양하였다.

"제 어찌 감히 지존 앞에서 글을 짓겠사옵니까?"

황태후가 다시 권하자 춘운도 더는 거역하지 못하고 글을 지어 올리니, 황태후가 그것을 읊었다.

구
운
몽

기쁨을 알리는 작은 정성 그저 혼자만 알지니

우정에서 다행히 봉화의 거동을 따르리라.

진루의 봄빛이 천 그루 봄꽃나무에

세 겹이나 둘렸으니 어찌 한 가지를 빌림이 없으리요.

황태후가 그것을 다 읽고 영양과 난양에게 보이며 감탄하였다.

"너의 글재주가 이런 줄은 짐작조차 못 했구나."

춘운이 황태후를 알현하고 나서 두 공주를 만나니, 두 공주가 춘운에게 채봉을 가리키며 말하였다.

"이 여중서로 말할 것 같으면 화음(華陰)의 진씨(秦氏)녀라 한다. 춘운과 함께 백년을 해로할 사람이니 인사하여라."

이 말을 들은 춘운이 깜짝 놀라 물었다.

"그렇다면 양류사의 진씨이십니까?"

진씨가 눈물을 흘리며 대답하였다.

"어찌 양류사를 아십니까?"

춘운이 말하였다.

"양원수께서 양류사를 읊으며 낭자 생각에 잠기시는 걸 보고 알았습니다."

진씨가 말하였다.

"그렇다면 아직 옛일을 잊지 아니하고 계시는군요."

진씨는 더욱 감격하여 눈물을 흘렸다. 그런데 이때 한 궁인이 최씨 부인의 귀가 소식을 알려 왔다. 두 공주가 들어가 앉으니 황태후가 최씨 부인에게 말하였다.

"양소유가 곧 돌아올 것이니 그때 우리 두 아이의 혼례를 거행함이 어떠하오?"

이에 최씨 부인이 말하였다.

"신첩은 태후 마마의 분부대로 따르겠습니다."

그러자 황태후가 최씨 부인에게 웃으며 일렀다.

"양소유가 영양에게 먼저 납폐를 했다는 이유로 내 명령을 여러 번 어긴 바 있으니 내 이번 기회에 그를 한번 골려 줄 심사요. 그러니 그가 돌아오면 부인은 그에게 정소저가 갑자기 병을 얻어 죽었다 하시오. 그리고 전에 그가 내게 올린 상서를 보니 거기에는 자기가 직접 정소저를 본 바 있다 하였으니 초례 때 그가 정소저를 아는지 모르는지 시험해 봐야겠소."

최씨 부인은 분부를 받고 하직하였다. 두 공주도 문 밖까지 나가 전송하였다. 그리고는 춘운에게 말하였다.

"너는 꼭 내가 죽었다고 말하여라."

그러자 춘운이 말하였다.

"전에도 제가 선녀가 되고 귀신도 되어 양원수를 속인 적이 있는데 어떻게 또 양원수를 속이고 훗날 낭군을 모시겠습니까?"

이에 영양 공주가 말하였다.

"이것은 우리가 꾸민 것이 아니라 태후께서 친히 명하신 일이다."

춘운은 입가에 웃음을 머금고 집으로 돌아갔다.

한편, 양원수가 백룡담의 물을 군사들에게 먹이니 그 사기가 충천하여 북을 치며 진군하였다. 그리하여 심요연이 준 구슬을 토번족 대장 찬보에게 내미니 찬보가 양원수 앞에 무릎을 꿇고 항복하였다.

드디어 양원수가 돌아온다는 소문이 온 장안에 퍼지자 천자는 친히 양원수를 맞이하며 말하였다.

"공이 만리 밖까지 가서 역적들을 모두 쓸어 버렸으니 그 공을 어찌 치하하리요?"

바로 그날에, 천자는 양원수를 대승상(大丞相) 위국공(魏國公)으로 봉하고, 그 모습을 기린각(麒麟閣)에 그려 놓게 하였다.

승상이 된 소유가 천자에게 사은하고 물러 나와 정사도집에 이르렸다. 이에 정사도 부처를 제외한 모든 일가가 외당에 모여 소유를 맞이하였다. 양승상은 먼저 정십삼랑에게 정사도 부처의 안부를 물었다. 그러자 정생이 대답하였다.

"말도 마시오. 누이가 죽은 후로는 언제나 저렇게 눈물로 지새우시니 지금 승상을 맞이하시지도 못하오. 승상은 들어가서 뵙되 말을 가려 하시오."

승상은 이 말을 듣고 아연실색하였다. 그러더니 한참 후에 간신히 입을 열었다.

"지금 정소저가 죽었다 했소?"

승상이 하염없이 눈물을 흘리자 정생이 말하였다.

"승상과 혼례를 치르기도 전에 일이 이렇게 되었으니 이제 우리 가문도 쇠하려나 보오. 다 지나간 일이니 승상은 슬퍼 마시오."

승상은 눈물을 거두고 정생과 함께 정사도 부처 앞으로 나아갔다. 그러나 승상이 보기에 딸 잃은 부모의 얼굴 같지가 않았다.

승상이 말하였다.

"나라의 명으로 만리 밖을 갔다 와서 이렇게 성공하고 왔거늘 소저가 죽었다 하니 이게 웬 말입니까. 이제는 연분을 맺을까 했는데 소자, 너무도 불행합니다."

그러자 정사도가 말하였다.

"인명은 재천이라 했으니 우리가 어찌하겠는가? 다만 오늘은 즐거운 날이니 승상은 더 이상 슬퍼 말게나."

정사도 부처를 뵙고 나온 승상은 화원 별당으로 들어갔다. 춘운이 그곳에 있다가 승상을 반갑게 맞이하였다. 그러나 승상은 춘운을 보자 정소저 생각이 나 더욱 더 눈물을 흘렸다.

이에 춘운이 승상을 위로하며 말하였다.

"그렇게 슬피 울지 마소서. 소저 돌아가시기 직전, 저에게 하신 말씀이 있사옵니다. 소저는 원래 천상의 사람으로 이 세상에 귀양 온 것이라 했습니다. 그러면서 승상께서 소저께 드린 납채를 도로 내주시었습니다. 그리고 승상께서 너무 슬퍼하시면 그것은 폐하의 명을 거역하고 사사로운 감정에 매인 것이 되어 죽은 사람에게까지 누를 끼치게 되니 무덤에 들리지도 말고, 제사를 지내는 대청에 조문(弔問)하지도 말라 유언하셨습니다. 그렇게 하면 소저가 혼례 전 승상과 깊은 관계를 맺은 행실 나쁜 여자로 만들어 소저를 욕되게 하는 일이라 하시면서 말입니다. 그리고 폐하의 명을 받들어 공주와 연분을 맺음으로써 국명을 준수하라 하시었습니다."

춘운의 말을 다 듣고는 승상이 말하였다.

"또 다른 말은 하지 않았느냐?"

춘운이 대답하였다.

"또 하신 말씀이 있습니다. 하지만 그것만은 차마 말씀드리지 못하겠습니다."

그러자 승상이 말하였다.

"죄다 말해 보아라."

춘운이 말하였다.

"소저께서 이르시기를 소저와 저는 한몸이니 춘운 보기를 소저 같이 하시어 춘운을 더욱 사랑하라고 하셨습니다."

승상이 말하였다.

"소저가 그러한 말을 남기지 않았어도 내 평생 너를 버리지 아니할 것이다."

소유, 두 공주와 혼례를 치르다

하루는 천자가 승상을 불러들여 하교하였다.

"지난번 우리 난양으로 인해 청혼한 바 있으나 승상이 사양하였거늘, 이제 정소저가 죽었으니 무슨 이유를 대겠는가?"

승상이 머리를 조아리며 말하였다.

"지금까지 여러 차례 거역한 것만으로도 죽을죄를 지었사온데 정녀가 죽었으니 무슨 이유로 항거하겠습니까? 다만 소신의 문벌이 미천하고 재덕이 옅어 부마의 자리가 주제넘은 줄 아옵니다."

천자가 크게 기뻐하여 당장 태사(太史)를 불렀다. 그리고 태사더러 길일을 가리라 명하니 태사가 아뢰되, 구월 십오일이라 하였다.

천자가 다시 승상에게 하교하였다.

"전에 경에게 청혼한 바 있으되, 거절당하여 미처 알리지 못했거늘 짐에게는 두 누이가 있다. 하나는 영양 공주라 하고 또 하나는 난양 공주라 하는데, 영양 공주는 정부인(正夫人)으로 하고, 난양 공주는 둘째 부인으로 정하여 한 날에 혼사를 행할 것이로다."

이에 승상이 사례하며 말하였다.

"신첩이 부마로 간택된 것만으로도 황공한데 어찌 두 공주를 한 사람에게 주시옵니까? 이는 듣지도 보지도 못한 일로서 신첩이 감당할 수 있는 일이 아니옵니다."

천자가 승상을 타이르며 말하였다.

"경의 공로가 이 나라의 으뜸인데 내 어찌 그 공로를 가벼이 여기겠는가. 하여 두 누이로 하여금 그대를 섬기도록 하였네. 뿐만 아니라 두 공주의 우애가 얼마나 애틋한지 서로 헤어지기를 원치 않으니 경은 짐의 말을 따르라. 이는 또한 태후 마마의 뜻이기도 하다."

승상은 황공하여 몸둘 바를 모르다가 천자에게 사례하고 궐문을 나섰다.

바야흐로 때는 구월 보름이라, 궐문 밖에서 혼례를 이루니 비단으로 만든 도포와 옥으로 된 띠를 두른 승상의 위엄은 누구도 따라올 자가 없었다. 예식이 성대하게 끝나고 각자 자리를 잡자 숙인(淑人)이 된 진씨가 양승상에게 하례한 후 두 공주를 모시고 곁에 서 있었다. 승상이 진숙인에게 자리를 내주니 과연 하늘에서 세 선녀가 내려온 듯하였다.

이날 밤 승상이 영양 공주와 합방을 하고, 다음날은 난양 공주와 함께 이불을 덮었으며, 삼일에는 진숙인 방으로 향하였다. 그런데 진숙인이 승상을 보고는 눈물을 주르르 흘리기에 이에 놀란 승상이 그 이유를 물었다.

"오늘은 웃어야 마땅한 날인데 그대는 어찌하여 우는가?"

그러자 진숙인이 대답하였다.

"승상께서 첩을 기억하지 못하시니 첩이 울 수밖에요."

이에 승상이 진숙인을 자세히 들여다보고는 이윽고 손을 잡으며 말하였다.

"아, 그대는 화음현의 낭자로다! 일찍이 그대가 난리를 만나 죽은 줄 알았거늘 내 어찌 궁중에서 그대를 만날 줄을 생각이나 했겠는가. 내 그대를 꿈에도 잊지 못했느니라."

하며, 서로 양류사를 읊으니 반갑기도 하고 슬프기도 하였다.

그리고는 승상이 먼저 입을 열었다.

"내 일찍이 화음현 객점에서 그대와 처음 혼인 언약을 하였거늘 그것을 지키지 못하고 첩으로 삼으니 참으로 미안하고 부끄러워 얼굴을 들 수 없구나."

승상의 말을 듣고 진씨가 대답하였다.

"첩의 기구한 팔자는 스스로가 잘 아옵니다. 처음 유모를 보낼 때부터 첩이라도 되겠다고 마음먹었으니 원통함은 전혀 없나이다. 더군다나 공주 다음 가는 자리를 차지하였으니 첩으로서는 영광일 따름이옵니다."

하고, 함께 잠자리에 드니 그 정이 앞의 두 날 밤보다도 백배나 더하였다.

그 다음날이었다. 영양과 난양이 승상과 마주앉아 술을 권하다가 갑자기 영양이 시비를 불러 진숙인을 부르니, 그 목소리를 들은 승상은 감회에 젖었다. 그 옛날 여관으로 변장하여 정사도집에서 거문고를 탈 때 그 솜씨를 평하던 정소저의 목소리와 너무나도 똑같았던 것이다. 그리하여 승상은 홀로 생각하였다.

'예전에 정소저와 함께 거문고를 갖고 논한 적이 있는데 지금 보니 그 목소리와 얼굴이 그때의 정소저와 너무나 닮았구나. 아, 슬프도다. 내 지금 이렇게 두 공주와 함께 즐거움을 나누거늘 소저여, 정령 그대의 외로운 넋은 어디를 떠도는고?'

하여 승상은 영양 공주를 거듭 쳐다보며 눈물을 흘렸다. 이를 본 영양 공주가 술잔을 내려놓으며 승상에게 물었다.

"어인 일로 그리도 슬퍼하십니까?"

승상이 답하였다.

"내 마음을 들켰구려. 내 솔직히 말하겠소. 예전에 내가 정사도집에서 그 집 여식을 본 바 있는데 지금 부인의 얼굴과 목소리가 정씨녀와 너무 흡사하여 그때 일이 생각나는구려. 그러니 너무 이상하게 생각지 마오."

영양 공주는 이 말을 듣더니 얼굴이 붉어지며 자리에서 일어나 안으로 들어가 버렸다. 그리고는 오랫동안 나오지 아니하였다. 그러자 민망한 마음이 든 승상이 난양에게 물었다.

"영양이 내 말에 마음 상한 겁니까?"

이에 난양이 대답하였다.

"영양 공주는 태후 마마의 딸이요, 폐하의 누이입니다. 하여 어렸을 적부터 극진한 사랑을 받아 온 탓에 남에게 굽힐 줄을 모르옵니다. 아무리 정씨녀가 아름답고 재덕이 있었다 하나 엄연히 여염집 처녀요, 이미 죽은 자인데 그런 자와 비교를 하니 저러하신 것 아닙니까?"

구
운
몽

승상은 즉시 진숙인을 시켜 취중 망발에 대한 사죄의 말을 전하라 하였다. 진숙인이 분부대로 이르고 승상에게 돌아와 고하였다.

"공주께서 너무 노하시어 말씀이 과하시기에 첩이 차마 전하지 못하겠습니다."

그러자 승상이 말하였다.

"그렇다 하더라도 그것은 그대의 죄가 아니니 들은 대로만 전하여라."

하여 진숙인이 말하였다.

"공주께서 크게 노하시며 말씀하시길, '나는 황태후의 딸이요, 정녀는 여염집 천인이다. 상대가 남자인 줄도 모르고 함께 앉아 거문고나 논하며 수작을 부린 정녀와 나를 비교한다는 게 말이나 될 법한 일이냐? 게다가 혼인을 이루지 못하자 화병으로 청춘에 죽었으니 그 또한 박복한 여자 아니더냐. 승상이 나를 보고 그런 행실 좋지 않은 여자를 생각하니 나는 그런 사람을 남편으로 섬기고 싶지 않으니라. 그러니 착하고 순한 난양더러 승상과 함께 백년해로하라 하여라.' 하시었습니다."

이 말을 들은 승상은 크게 화를 내며 말하였다.

"여자로서 자기 세도만 믿고 이렇게 가장을 업신여기는 사람이 천하에 어디 있느냐. 이런 까닭에 옛날부터 사람들이 부마되기를 꺼려한 것이로다. 내 정녀와 만난 데에는 다 이유가 있거늘 그것을 행실 없다 하니, 나는 참을 수 있지만 죽은 사람을 욕되게 함이 한탄스럽구나."

그러자 난양이 말하였다.

"첩이 들어가 잘 타일러 보겠습니다."

난양이 영양에게로 들어갔으나 날이 저물어도 나올 생각을 하지 않았다. 그리하여 시비를 시켜 승상에게 다음과 같이 전하였다.

"첩이 잘 알아듣도록 타일러 보았지만 도무지 듣지를 않습니다. 저 역시 영양과는 전부터 생사고락(生死苦樂)을 함께 하기로 약속하였으니 첩도 더는 승상을 모시지 못합니다. 영양이 골방에서 혼자 늙어 가기로 하였다니 저도 영양을 따르렵니다. 그러니 승상께서는 진숙인과 백년해로하십시오."

이 말을 전해 들은 승상은 화가 머리끝까지 치밀었으나 얼굴과 목소리에 노기를 드러내지 아니하였다. 하여 빈방에서 침상에 비스듬히 기대앉아 진숙인을 바라보니, 진숙인이 금화로에 향을 피우고는 비단금침을 승상에게 펴 주었다. 그러면서 말하기를,

"두 분 공주께서 다 내전에 드시니 저도 두 분 공주를 따르겠사옵니다. 승상께서는 부디 편한 밤을 보내소서."

하고 나가자, 승상은 더욱 분통하여 잠을 이루지 못했다. 엎치락 뒤치락하다가 생각하기를, '저들이 작당을 하고 나를 이렇게 희롱하니 이런 괘씸한 일이 있나. 부마된 지 삼 일 만에 이토록 피곤을 겪으니 차라리 정사도집에서 낮이면 정생과 술 마시고, 밤이면 춘운과 노닥거리는 게 더 나았도다.' 하였다. 그리고는 일어서서 사창(紗窓)을 여니 뜰에 달빛이 가득했다. 잠을 이루지 못한 승상은 신을 신고 뜰로 나와 왔다갔다하였다. 그런데 문득 영양공주의 방을 바라보니 아직까지도 등불이 훤하고 웃음꽃이 만발한 듯했다. 이를 본 승상이 생각하였다.

'밤이 으슥하거늘 왜 자지 않고 저러고들 있는가. 영양이 골방에서 늙어 가겠다더니 지금 저곳에 있는가?'

승상이 살그머니 그 앞으로 가 창 밖에서 엿들으니 두 공주의 쌍륙(雙六 : 오락의 한 가지. 주사위 둘을 던져, 나오는 사위대로 말을 써서 먼저 궁에 들여보내는 편이 이기는 놀이—註) 치는 소리가 들려 왔다. 하여 다시 창틀로 슬쩍 보니 진숙인도 한 여자와 쌍륙을 치고 있었다. 그 여자는 다름 아닌 가춘운이었다.

춘운은 영양을 보살피고 관광차 궁중에 머물러 있었던 것이다. 하지만 여태껏 종적을 감춘 까닭에 승상이 보지를 못했거늘, 오늘에서야 춘운을 본 승상은 이를 이상히 여겼다. 그런데 갑자기 쌍륙을 치는 진숙인의 목소리가 들려 왔다.

"내기를 하지 않으니 재미가 없구나. 지금부터는 춘운과 내기를 해야겠다."

춘운이 대답하였다.

"첩은 원래 빈곤하여 내기를 한다 해도 술 한 잔밖에 내지 못합니다. 하나 숙인께서는 공주를 모셔 온 까닭에 명주 비단을 삼베보듯 하고, 팔진미를 봐도 입맛이 돋지를 아니하실 터, 무엇으로 내기를 한단 말입니까?"

진숙인이 말하였다.

"내가 지면 노리개와 비녀를 줄 것이고, 춘운이 지면 내가 시키는 일을 하여라."

춘운이 말하였다.

"시키시고자 하는 일이 무엇이옵니까?"

진숙인이 말하였다.

"내가 전에 잠깐 들은 바가 있는데 춘운이 선녀가 되고, 귀신도 되었다면서? 그 이야기를 자세히 듣고 싶구나."

춘운이 쌍륙판을 밀어내고 영양 공주에게 말하였다.

"소저, 너무하십니다. 평소에 저를 사랑하셨으면서 어찌 그런 말씀을 다른 사람에게 하실 수가 있습니까? 이제 진숙인이 알았으니 이 궁중 사람 중 누가 그 이야기를 모르겠습니까?"

진숙인이 말하였다.

"춘운은 어찌하여 아직까지 공주 마마께 소저라 하는가? 공주는 이제 대승상 위국공의 부인이시요, 비록 나이 어리나 작위가 높으시거늘 이제는 춘운의 소저가 아니다."

이에 춘운이 웃으며 사과하였다.

"십 년 넘게 부르다 보니 입에 붙어 버렸습니다. 꽃을 보며 서로 먼저 갖겠다고 다투던 일이 어제 같아서 저도 모르게 그만 그렇게 되었습니다."

하니 서로들 웃음소리가 끊이질 않았다. 이어 난양이 영양에게 계속해서 그 이야기에 관해 더 물어 보았다.

"춘운의 이야기를 다 들어 보지는 못했지만 정말 승상이 춘운에게 그렇게까지 속아넘어갔습니까?"

영양이 대답하였다.

"그렇다오. 우리는 승상이 겁을 집어먹고 어떻게 행동하는지 보려 했는데 워낙 색(色)을 좋아하는 사람인지라 귀신도 꺼리지 않더이다. 옛말에 호색한은 계집의 아귀라더니 과연 그 말은 승상 같은 사람을 두고 하는 말인가 보오."

그러자 모두들 크게 웃었다.

이 말을 엿듣고 있던 승상은 영양 공주가 바로 정소저인 줄을 알고는 너무나 반가웠다. 하여 문을 열고 뛰어들어가고 싶었지만 문득 '저들이 나를 속였으니 나 또한 저들을 속이리라.' 하는 생각이 들었다. 그리하여 조용히 진숙인의 방으로 들어가 잠이 들었다. 이튿날 날이 새자 진숙인이 나와 시녀에게 물었다.

"승상께서는 일어나셨느냐?"

시녀가 대답하였다.

"아직 기침 전이십니다."

진숙인은 창 밖에서 승상이 일어나기만을 기다렸으나 조반상이 들어갈 시간이 되었는데도 일어나지 않고 가끔 신음하는 소리만 들려 왔다. 걱정이 된 진숙인이 결국 승상이 자고 있는 방으로 들어가 물었다.

"어째 승상께서 기체 평안해 보이지 않으십니다."

이에 승상이 아무런 대답도 않고 슬쩍 눈을 뜨면서 헛소리만을 내뱉으니 진숙인이 다시 물었다.

"승상께서는 무슨 잠꼬대를 그리도 심히 하십니까?"

승상은 실신한 사람처럼 머뭇거리다가 더듬더듬 말하였다.

"너는 누구냐?"

이에 진숙인이 말하였다.

"첩을 알아보지 못하십니까? 첩은 진숙인이옵니다."

승상이 말하였다.

"진숙인이라고 했느냐? 진숙인이 누구더냐?"

진숙인이 놀라서 손으로 승상의 이마를 만져 보니 뜨거웠다.

하여 진숙인이 말하였다.

"멀쩡하셨던 분이 어찌하여 하룻밤 사이에 이토록 병이 나셨습니까?"

승상이 말하였다.

"꿈에 정소저가 나타나 밤새도록 나를 괴롭히더니 이렇게 기운을 차리지 못하겠구나."

진숙인이 자세히 물으나 승상은 아무런 대답도 하지 않고 몸을 돌려 누웠다. 진숙인은 시녀에게 이 사실을 두 공주에게 전하라 일렀다.

"승상께서 환후가 계시다 하니 속히 나와 보십시오."

영양이 말하였다.

"어제까지 아무렇지도 않게 술 마시던 승상이 갑자기 무슨 병이 났다고 그러하느냐? 이는 필시 우리를 불러내려 함이로다."

그러나 진숙인이 직접 들어와 다시 아뢰기를,

"승상의 환후가 예사롭지 않습니다. 사람마저 제대로 알아보지 못하시고 헛소리를 하시니 어서 폐하께 아뢰어 의원을 불러야 할 것 같습니다."

하였다. 그런데 황태후가 이 말을 전해 듣고는 두 공주를 불러 꾸짖으며 말하였다.

"너희들이 너무 승상을 심하게 속였구나. 남편의 병이 중하다는데도 나가 보지 않는 아녀자가 어디 있느냐? 어서 승상 곁으로 가고, 의원을 불러 치료를 받게 하여라."

두 공주는 승상이 머무르고 있는 방으로 갔다. 그러나 영양은 들어가지 아니하고 난양과 진숙인을 먼저 들여보냈다. 그러자 승상은 눈알을 굴리기도 하고 두 손을 허공으로 내젓기도 하면서 사람을 알아보지 못했다. 다만 기어 들어가는 목소리로 무언가를 중얼거렸다.

"내 명이 다하는구나. 내 영양과 영원히 이별코자 하는데 왜 영양이 보이지 않는가? 영양, 그대는 어디 가고 오지 않는가?"

그러자 난양이 말하였다.

"승상께서는 무슨 그런 말씀을 다 하십니까?"

승상이 말하였다.

"지난밤 꿈에 정소저가 나타나 나에게 이르기를, '상공은 어찌하여 약속을 저버리셨습니까?' 하며 술을 부어 주니 내가 말을 제대로 하지 못하겠고, 눈을 감으면 내 품안에 눕고, 눈을 뜨면 내 앞에 서니 나에 대한 정소저의 원망이 너무 깊거늘 내 어찌 살겠소?"

이렇게 말을 한 승상은 계속해서 헛소리를 지껄이고 까무라치기를 반복하니 난양이 겁을 먹고 영양에게로 와서 본 대로 들은 대로 전하였다.

"승상이 영양 때문에 병이 되었으니 영양이 아니면 저 병에서 헤어나지 못할 것입니다. 그러니 어서 들어가 보십시오."

영양은 한편으론 의심이 갔지만 난양이 손을 잡아끄는 바람에 방안으로 들어갔다. 들어가서 보니 승상은 계속해서 헛소리를 하였는데 모두 정소저에 관한 말들뿐이었다.

난양은 승상을 향해 크게 소리치며 말하였다.

"영양이 왔습니다. 승상, 눈을 들어 한번 보십시오."

승상이 이 말을 듣고 잠깐 일어나 앉으려 했으나 다시 쓰러질 듯하자 진숙인이 승상의 몸을 부축하여 일으켜 앉혔다. 그러자 승상이 두 공주를 향하여 말하였다.

"내가 두 공주와 혼인을 맺어 백년해로하려 하였거늘, 이제 자꾸만 나를 잡아가려는 사람이 있어 그리 오래 살지 못할 것 같소."

이 말을 듣고 영양이 말하였다.

"상공이 보통 재상이십니까? 상공은 천하를 호령하는 분이십니다. 그런데 어찌하여 그런 허무맹랑한 말씀을 하십니까? 아무리 정녀 혼이 떠돌고 있다 한들 천만 귀신이 지키는 이 구중궁궐 안으로 어찌 들어올 수 있겠습니까?"

이에 승상이 말하였다.

"정소저가 지금 내 앞에 앉았는데 어찌 들어오지 못한다 하는게요?"

그러자 난양이 말하였다.

"옛날에 술잔의 활 그림자를 보고 병이 나서 죽은 사람이 있다더니 바로 승상이 그러하십니다."

승상은 아무런 대꾸도 하지 않고 다만 두 손을 허공을 향해 내젖자 영양은 이윽고 병이 중한 줄을 알고는 승상 앞으로 나아가 앉으며 말하였다.

"승상, 승상께서는 어찌 죽은 정녀만을 그렇게 생각하십니까? 산 정녀는 보고 싶지 않으십니까? 승상, 일어나소서. 제가 바로 정녀올시다. 제가 바로 경패이옵니다, 승상!"

이에 승상이 말하였다.

"부인, 무슨 그런 말을 하오? 정녀 혼이 지금 나를 데려가려는데 산 정녀가 어디 있다 그러시오? 내 병을 위로하고자 그런 말을 하는 거라면 다 부질없소."

난양이 다시 앞으로 나아가 앉으며 말하였다.

"승상은 의심을 거두소서. 사실은 태후 마마께서 정녀를 양녀 삼아 영양 공주로 봉하였사옵니다. 하여 첩과 함께 승상을 섬기도록 하였으니 영양은 실로 정녀이옵니다. 예전에 승상과 함께 거문고를 논하던 그 정소저가 영양이 아니라면 어찌 그 얼굴과 목소리가 이렇게 똑같을 수 있겠습니까?"

승상은 아무런 대답도 하지 않고 다만 한 가지를 물었다.

"내가 정가(鄭家)에 있을 때 정소저의 시비였던 춘운이라고 있는데 혹시 그에 대한 소식을 아오?"

난양이 말하였다.

"춘운이 영양을 뵈러 궁중에 놀러 왔었습니다. 하나 승상의 기체가 평안하지 않다는 소식을 듣고는 돌아가지도 못하고 지금 밖에서 대령하고 있사옵니다."

하여, 즉시 춘운을 부르자 춘운이 승상 앞에 앉으며 말하였다.

"승상, 그리도 몸이 안 좋으십니까?"

승상이 말하였다.

"내 춘운과 이야기할 게 있으니 다들 나가 주시오."

두 공주와 진숙인은 밖으로 나와 서 있었다. 그러자 승상이 갑자기 일어나 세수를 하고 의관을 정제한 후 춘운더러 세 사람을 다시 불러들이라 시키니 춘운이 입가에 웃음을 띠고는 나와 이 말을 전하였다. 이 말을 들은 세 사람이 안으로 들어가자 머리에 화양건(華陽巾)을 쓰고, 궁금포(宮錦袍)를 입은 승상이 백옥선(白

玉扇)을 손에 들고, 안석(案席)에 비스듬히 기대어 앉았으니 그 기상이 호탕하여 방금 병들어 있던 사람 같지가 않았다. 승상이 이들을 보고는 입을 열었다.

"이리 가까이 앉으시오."

영양은 비로소 자신이 속은 줄 눈치채고는 머리를 숙이고 웃음을 지었다.

하지만 난양이 다시 병환에 대해 물었다.

"승상, 이제 좀 나으셨는지요?"

그러자 승상이 정색하고 말하였다.

"오늘날 풍속이 좋지 못하여 부인들이 작당을 하고 가장을 희롱하니, 하물며 내가 대신의 위치에 있거늘 이 문란해진 풍속을 바로잡아야 하지 않겠소? 하여 일부러 꾀를 내어 병이 든 것이니 이제는 염려치 마오."

이에 영양이 말하였다.

"무슨 말씀을 하시는 건지 모르겠습니다. 아직 병이 낫지 않으셨다면 명의를 불러 치유토록 하시지요."

승상이 웃음을 참고자 하였지만, 결국은 그것을 이기지 못하고 크게 웃으며 말하였다.

"지하에서나 정소저를 상봉할까 하였는데 오늘 이렇게 소저를 만나니 진실로 꿈만 같소이다."

하며, 영양의 손을 잡아끄니 푸른 나무 사이로 원앙이 만난 듯, 나비가 꽃을 본 듯 그 사랑함이 이루 말할 수가 없었다.

구운몽

이에 영양이 일어나 승상에게 재배하고 말하였다.

"이 모든 것이 어지신 태후 마마의 지혜이며, 폐하의 은덕이요, 난양 공주의 후덕함 때문이니 아마 백골이 진토되어도 그 은혜는 다 갚지 못할 것입니다."

그리하여 승상이 황성을 떠나 있을 때의 전후 사정에 대해 다 이야기하니 이는 만고에 듣지도 보지도 못한 일이었다.

난양도 함께 웃으며 말하였다.

"영양의 마음이 아름다워 하늘이 내리신 은혜이니 첩이 무슨 관계 있다 하십니까?"

이때 태후가 이 말을 전해 듣고는 크게 웃으며 승상과 두 공주를 불러들였다. 그리고는 말하였다.

"내가 승상을 희롱했소. 그래, 죽은 정씨와 끊어진 인연을 다시 맺은 소감이 어떠하신가?"

승상이 머리를 조아리며 말하였다.

"성은이 망극하여 그 은혜 어찌 갚을지 걱정이옵니다."

그러자 황태후가 말하였다.

"내가 승상을 희롱했거늘 어찌 은혜라 할 수 있겠소."

이날 천자가 모든 군신들의 조회를 받을 때 신하들이 천자에게 아뢰었다.

"요사이 밝은 별이 높이 뜨고, 황하 물이 맑아졌으며, 농토는 풍년이요, 토번이 항복하니 지금이 태평성대가 아닌가 합니다. 이것이 다 성덕인 줄 아옵니다."

이 말을 들은 천자는 그 덕을 신하들에게 돌리며 겸양하였다. 그러자 또 한 신하가 천자에게 아뢰었다.

"승상이 궁중에 너무 오래 머물러 계시니 정부의 공사(公事)가 지체되고 있습니다."

이에 천자가 말하였다.

"태후 마마가 매일 승상을 불러 계시니 승상이 감히 나오질 못하고 있소. 짐이 친히 승상을 불러 공사에 힘쓰라 이르겠소."

하여, 다음날부터 승상이 미루었던 공사를 처리하고는 그 모친 건에 대해 상소를 올렸다.

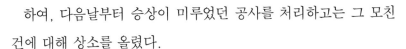

'승상 위국공 부마도위 양소유 아뢰나이다. 신은 본디 후미진 초 땅 시골 출신으로 노모(老母)를 공양치 못하고, 미천한 재주로 중한 벼슬을 내리시어 국록(國祿)을 입었사오나 그동안 노모를 모셔 오지 못하여 늘 마음이 염려되었던 바, 사는 곳이 호화롭고 먹는 음식이 산해진미여도 마음 한 구석이 괴로웠나이다. 이는 자식된 도리가 아니오니 바라건대, 폐하께서는 신의 형편을 보시고 노모를 봉양코자 하는 소원을 들어주소서. 한 두어 달 시간을 주신다면 고향으로 가서 부친께 성묘하고 노모를 모셔 오고자 합니다. 그리고 돌아와서는 충성으로써 천은(天恩)을 갚을 것이니 부디 윤허하여 주소서.'

상소를 받은 천자는 소유의 효성을 칭찬하고 황금 일천 근과 비단 팔백 필을 하사하고 백옥 가마를 내주었다. 승상이 물러 나와 두 공주와 진숙인, 유인(孺人)이 된 가춘운과 이별을 하고는 가마를 타고 떠났다.

서울을 떠나 낙양 땅 천진루에 다다르니 계섬월과 적경홍이 객관에서 기다리고 있기에 이들을 본 승상이 웃으며 말하였다.

"내 이번 길은 나랏일도 아니요, 순전히 사사로운 용무로 가는 길이거늘 그대들이 어찌 알고는 예서 기다리는가?"

섬월과 경홍이 대답하기를,

"대승상 위국공이자 부마도위(駙馬都尉)의 행차는 깊은 산중에서도 아는 법, 첩이 어찌 그것을 모르겠나이까. 뿐만 아니라 승상께서 온갖 부귀영화 다 누리시고 두 공주를 부인으로 삼으셨다는 것까지 다 알고 있으니, 이제는 첩들을 받아들이시렵니까?"

하였다. 이에 승상이 말하였다.

"그대들 말이 맞다. 한 분은 정소저로 태후께서 양녀 삼아 영양공주로 봉하였고, 한 분은 천자의 누이로 모두 후덕하여 투기(妬忌)를 부리지 않는다. 두 공주는 다 풍부한 덕이 있으니 이 또한 그대들의 복이로다."

이 말을 들은 섬월과 경홍이 크게 기뻐하였다.

승상은 이 두 사람과 밤을 보내고 다시 길을 떠나 고향에 이르렀다. 십륙 세에 과거차 모친 슬하를 떠나 사 년 만에 대승상 위국공이 되어 옥가마를 타고 모친에게 돌아오니, 그 모친 유씨 부인은 아들의 손을 잡고는 등을 어루만지며 말하였다.

"네가 정령 내 아들 소유더냐? 어렸을 적부터 육갑(六甲)을 외우고 글자를 모으더니 이렇게 될 줄은 꿈에도 몰랐다! 네 아비가 늘 너에게 우리 집안을 빛나게 할 자라 하였는데 그 말이 사실이었구나."

유씨 부인은 반가운 마음에 눈물을 흘리며 잡은 두 손을 놓을 줄을 몰랐다.

승상은 자신이 그동안 공명을 이룬 일과 장가를 들고 처첩을 거느린 일들에 대해 모친에게 자세히 들려주었다. 그리고 나서 조상의 묘를 돌보고 천자에게서 받은 하사품을 모친에게 헌사하고는 일가 친척과 친구들을 청하여 큰 잔치를 베푸니 다시 모친을 모셔 서울로 올라갈 때는 각 도의 수령과 고을의 태수들이 뒤를 따라 모셨다. 그리고 낙양을 지날 때는 경홍과 섬월을 불러 함께 가려 하였으나 이미 둘은 서울로 떠났다는 전갈이 왔다.

궁궐이 있는 황성에 이르러 모친을 승상부에 모시고 들어가 황태후와 천자에게 입조하니 또다시 황금과 비단을 내리시고 좋은 날을 받아 새 집으로 모셨다. 그리고 두 공주와 진숙인, 가유인이 예로써 대부인을 알현하고 모든 문무 대신들을 청하여 삼 일 동안 잔치를 베푸니 그 호화스러움이 극에 달했다.

그런데 잔치가 끝나기 전에 문지기가 안으로 들어와 고하였다.

"문 밖에 웬 두 여자가 와서 승상과 대부인 뵙기를 청하고 있습니다."

그러자 승상이 말하였다.

"분명 계섬월과 적경홍일 것이다."

승상은 대부인께 이를 알리고 그들을 불러들였다. 섬월과 경홍이 섬돌 아래에서 머리를 조아리며 인사를 올리자 모든 손님들이 한결같이 그 미모를 칭찬하였다.

"낙양의 계섬월과 하북의 적경홍이라! 과연 양승상이 아니면 어찌 저들을 이리로 오게 할 것인가!"

진숙인은 본래 섬월과 옛정이 있는 사이였기에 그 반가움을 이기지 못하였다. 영양 공주 또한 섬월에게 술 한 잔을 따라 주며 말하였다.

"일찍이 네가 나를 승상께 천거했다는 이야기를 들었다. 이것으로 나를 천거한 공을 사례하니 너는 나의 술을 받아라."

이것을 본 대부인이 말했다.

"섬월에게만 사례하고 두련사의 공은 생각지 않느냐?"

승상이 말하였다.

"그렇다. 오늘의 즐거움은 모두 두련사의 덕이로다. 모친께서 이곳에 오셨으니 실로 두련사를 청하여 모친과 만나 뵙게 하리라."

하고, 즉시 사람을 자청관(紫淸觀)으로 보냈으나 그곳 여관이 하는 말이 두련사는 이미 촉나라로 떠난 지 삼 년이 된다 하였다. 이에 유씨 부인은 심히 섭섭하였다.

소유, 월왕과 겨루다

　양승상은 부중(府中 : 높은 벼슬아치의 집안─註)에 각각 거처를
정했다. 경복당은 대부인이 살고, 경복당 앞 연희당은 좌부인 영
양 공주, 경복당 서쪽 봉소궁은 우부인 난양 공주, 연희당 앞 응
향각과 청화루는 승상이 거처하며 잔치를 베푸는 곳, 그 앞 연현
당은 손님을 접대하는 곳, 봉소궁 남쪽 심홍원은 진숙인의 방, 연
희당 동쪽 영춘각은 가유인의 방, 청화루 동쪽 상화루는 계섬월
이, 청화루의 서쪽 망월루는 적경홍이 차지하였다. 이로부터 궁
중 기악 팔십 명을 동부와 서부로 나누어 각각 사십 명씩을 섬월
과 경홍이 맡아 가무와 풍악을 가르치니 그 재주가 날로 더하였
다. 승상은 가끔 대부인을 모시고 두 공주와 함께 누각에서 동부
와 서부를 견주게 하였는데 이기는 쪽에는 술로 상을 주고는 머
리에 꽃을 꽂게 하고, 지는 쪽에는 냉수를 주고 붓으로 이마에 점

을 찍어 주었다. 하여 이들의 실력이 점점 더하자 이원(梨園 : 당나라 현종 때 영인들을 가르치던 곳—註)의 악공들도 이들을 따르지는 못했으리라.

하루는 공주와 여러 첩들이 대부인과 함께 앉아 있는데 승상이 편지를 갖고 와서는 난양에게 주며 말하였다.

"부인의 오라버니인 월왕 전하의 편지니 한번 보시오."

난양이 펴 보니 이런 글이 씌어 있었다.

'지난날 나라가 어지럽고 공사가 다망하여 같이 즐기지를 못하였으나, 이제 승상의 공으로 나라가 태평하게 되고 천자의 덕으로 백성이 안락하니 승상과 함께 낙유원에 모여 사냥하고자 하는 뜻을 전하오. 승상이 이에 마음이 있으면 곧 날짜를 정하여 회답해 주기 바라오.'

난양이 승상에게 말하였다.

"월왕이 보낸 편지글의 뜻을 아시겠습니까?"

승상이 말하였다.

"글쎄올시다. 뭐 따뜻한 봄날 봄빛을 즐기고자 함이 아니겠소?"

난양이 말하였다.

"월왕은 본디 풍류를 좋아합니다. 하여 무창(武昌)의 명기(名妓) 만옥연을 얻어 두고 그와 함께 지내는데 승상 슬하의 미인들과 한번 겨루어 보고자 하는 뜻이 들어 있는 것입니다."

승상이 웃으며 말하였다.

"그렇소이까? 나는 그냥 보아 넘겼는데 공주는 월왕의 뜻을 알아차렸구려."

그러자 영양 공주가 덧붙여 말하였다.

"그것이 사실이라면 비록 노는 일이라 할지라도 남에게 질 수야 없지요."

하고, 계섬월과 적경홍에게 말하였다.

구
운
몽

"군사를 십 년 훈련시키는 것은 한 번의 싸움을 위한 것이니, 이날의 승부 역시 그대들에게 달려 있다. 부디 힘쓰기를 바라노라."

이에 섬월이 대답하였다.

"월왕궁의 풍류는 이 나라 으뜸이고, 또 무창 만옥연은 천하에 대적할 자가 없습니다. 첩들은 그에 비해 자색과 음률이 다 모자라니 승상께 누를 끼칠까 두려움이 앞섭니다."

그러자 경홍이 섬월을 보고 큰소리로 말하였다.

"계씨는 무슨 그런 말을 하오. 우리 둘로 말할 것 같으면 관동의 칠십 주를 다니며 이름을 드높인 바 있거늘 어찌 만옥연 한 사람을 두려워하오? 그 자리를 옥연에게 내줄 수는 없소."

그러자 섬월이 말하였다.

"적씨는 어찌 그리 자신만만하오? 우리는 기껏해야 관동 태수나 선비의 잔치에서 재주를 부렸을 뿐, 강한 대적은 만나지 못했소. 그러나 월왕 전하는 다르오. 그 안목이 뛰어남은 물론이려니와 평론 또한 예사롭지 않으니, 낭자는 돌멩이로써 태산을 우습게 여기는 것과 같소. 또한 옥연의 지략으로 말할 것 같으면 장막 가운데 앉아서도 천리 밖의 승리를 거두거늘 어찌 그리 큰소리를 치시오."

하고는 다시 승상에게 고하였다.

"교만한 자는 제 재주에 넘어간다 하였습니다. 적씨의 말이 너무 교만에 차 있으니 어찌 패배할 것 같사옵니다. 적씨의 얼굴이 그리도 고왔다면 어찌 승상께서 적씨가 남자로 변장했을 때 속아 넘어가셨겠습니까?"

그러자 경홍이 대답하였다.

"사람의 마음은 정말 모른다 하더니 바로 이를 두고 하는 말이외다. 천첩이 승상을 따르기 전에는 그토록 제 외모를 칭찬하더니 이제 와서 괄시하고 질투하는구려."

이에 영양이 말하였다.

"적씨가 저리 아름답거늘 승상이 속은 건 그 눈이 밝지 못했기 때문이요, 여자가 남복을 하고 사람을 속인 것도 여자로서의 몸가짐이 아니요, 남자가 여복을 입고 사람을 속인 것 또한 장부의 기상이 아니로다."

승상이 이 말을 듣고 크게 웃으며 말하였다.

"부인의 말이 모두 옳소이다. 그런데 부인은 그 총명한 눈으로 어찌 여관으로 변장한 남자를 분별치 못하셨습니까?"

그러자 그곳에 앉아 있던 사람들이 모두 크게 웃었다. 그리고 나서 섬월이 다시 말하였다.

"어쨌든 강한 대적을 만난 건 사실입니다. 하여 적씨와 저, 두 사람만 믿고 있으시면 아니 되옵니다. 그러니 진숙인과 가유인도 동참하셨으면 합니다."

이에 진숙인이 대답하였다.

"과거장으로 가서 둘을 돕는 것이라면 가능해도 가무하는 마당에서는 내 아무 쓸모가 없네."

가유인 또한 대답하였다.

"나 또한 그런 큰 마당에서 재주 없는 가무로 망신을 당하고 싶지 않군 그래. 그렇게 되면 두 분 공주와 승상에게 누를 끼치는 것이니 절대로 가지 않겠네."

이에 영양이 춘운에게 말하였다.

"그것이 무슨 누가 된다고 그러하느냐?"

가유인이 대답하였다.

"소첩이 지나갈 때면 사람들이 승상의 첩 가유인이 온다 하며 구름같이 모여드나이다. 그러다 저를 보고 나서는 그들끼리 하는 말이, '별 것 아니잖아.' 하더이다. 게다가 월왕 전하는 천하의 세력으로 온갖 미인을 다 만나 봤으리요, 만약 저를 보시면 그 추한 모습에 구역질을 하실지도 모르옵니다."

이 말을 들은 난양이 유인을 나무랐다.

"가씨가 너무 겸양을 떠는구나. 선녀가 되고 귀신이 될 때는 언제고 이제 와서 꽁무니를 빼느냐."

난양은 이어 승상에게 물었다.

"기약한 날이 언제이옵니까?"

승상이 말하였다.

"내일이오."

그러자 섬월과 경홍이 한숨을 쉬며 말하였다.

"내일이랍니까? 아직 동부, 서부 교방에 알리지도 못했거늘, 그렇다면 너무 늦었습니다."

하며 기생의 우두머리를 불러 명을 내렸다.

"내일 승상께서 월왕 전하와 함께 낙유원에서 만나 양가의 풍류를 겨룬다 하니 모든 기생들에게 알려라. 새 단장을 하고 각자들 악기를 챙겨 승상의 뒤를 따르라 하라."

드디어 날이 밝자 승상이 의복을 입고 어깨에 활과 화살을 멨다. 승상이 새하얀 천리마를 타고 말의 고삐를 잡으니 섬월과 경홍이 창기들을 거느리며 좌우로 모셨다. 때는 바야흐로 복숭아꽃 만발한 춘삼월이었다. 월왕 역시 승상에 뒤지지 않는 성대한 풍류를 갖추고는 승상을 맞이하며 자리에 앉았다. 승상과 월왕은 서로의 말〔馬〕에 관해 자랑을 하고 또 활쏘기를 하여 서로를 칭찬하는데 홍포를 입은 두 환관이 급히 오는 것이 보였다. 그들이 말하기를,

"어명을 모셔 왔습니다."

하였다. 이에 월왕과 승상이 놀라 자리에서 일어나 맞이하니, 두

환관이 천자가 내린 황봉주(黃封酒)를 따라 주며 말하였다.

"월왕과 승상께서는 폐하의 글제를 받들어 글을 지어 올리라
하셨습니다."

이에 월왕과 승상이 머리를 조아려 재배하고 각각 시를 지어 환
관에게 내주었다.

승상의 글은 이러했다.

새벽에 힘센 자와 함께 들로 나가니
칼은 가을 연꽃이요, 화살은 별이어라.
장막 속의 계집들이 천하백이요
말 앞의 양 날개는 송골매일러다.
어사하신 술 서로 마시며 다투어 감동하고
이에 취해 금칼을 빼어 들고 스스로 버린 것을 베었노라.
이어 작년의 서쪽 변방 밖을 추억하니
대황산 눈바람 맞으며 왕정에서 사냥하였더라.

월왕의 글은 다음과 같았다.

접섭히 나는 용마 번개같이 지나가니
안장에 올라 말을 몰고 북 울리며 평평한 성에 섰더라.
돌고 도는 별의 속력이 빨라 푸른 사슴을 베고
밝은 달은 그 모습을 열어 하얀 거위를 떨쳤도다.

살기가 능히 호화로운 흥취를 가르쳐 일게 하고
성은이 머물면서 취한 얼굴 더욱 취하게 하네.
여양의 신묘한 활 솜씨 그대는 말하지 말지어다.

환관이 글을 받아 들고 돌아가자 여러 손님들이 편히 앉아 좋은 술과 안주를 즐기니 그 위엄과 차림새가 휘황하고 음식들이 흐드러지게 놓였다. 들려 오는 풍류와 노랫가락은 서왕모(西王母)의 요지연(瑤池宴)과 한무제(漢武帝)의 백량회(柏粱會)라도 따라올 수 없을 정도였다.

이쯤 해서 월왕이 승상에게 먼저 말하였다.

"내 승상에게 두터운 정이 있거늘, 과인이 데리고 있는 첩들로 하여금 가무(歌舞)로써 승상을 즐겁게 하려 하오."

이에 승상이 사례하며 말하였다.

"이 소유가 어찌 감히 월왕 전하의 궁인과 대면할 수 있겠습니까? 하여 이 몸의 시첩(侍妾)들이 순전히 난양과 월왕 전하의 남매의 정만을 믿고 구경코자 따라왔으니 그들을 불러 전하의 첩과 더불어 전하의 흥을 돕고자 합니다."

이어서 계섬월과 적경홍, 그리고 월왕궁의 네 미인이 나와 그들 앞에 절하니 승상이 말하였다.

"옛날 현종(玄宗) 황제 때 궁중에 한 미인을 두었으니 그 이름이 부용(芙蓉)이라, 이태백이 현종께 그 미인 보기를 청했으나 황제께서 허락질 않고 겨우 목소리만 들었다는데, 이 몸이 이렇게 전하의 네 선녀를 보니 이태백보다 소유가 더 낫나이다. 저 네 미인의 이름은 무엇이라 합니까?"

월왕이 말하였다.

"저 미인은 금릉(金陵)의 두운선(杜雲仙)이요, 진류(陣留)의 소채아(少蔡兒)요, 무창(武昌)의 만옥연(萬玉燕)이요, 장안(長安)의 호영영(胡英英)이외다."

그러자 승상이 말하였다.

"만옥연의 이름은 내 들은 바 있는데 이렇게 그 얼굴을 보니 과연 소문대로올시다."

월왕 역시 섬월과 경홍의 이름을 들은 적 있는지라 승상에게 물었다.

"이 두 낭자를 어디서 얻으셨습니까?"

이에 승상이 대답하였다.

"제가 과거 보러 낙양 땅에 이르던 날 섬월이 저를 따랐고, 제가 연나라를 칠 적에 경홍이 저를 따랐습니다."

승상이 섬월을 만나게 된 전후 사정을 아뢰자 이 말을 들은 월왕은 박장대소하며 말하였다.

"승상이 연나라를 칠 적엔 이미 한림의 위치요, 허리엔 황금인을 차고 도적을 쳤으니 적씨가 승상을 알아보기 쉬웠을 테지만, 계씨는 승상이 곤궁할 때 만났을 터인데 승상의 미래를 볼 줄 알았으니 기특하구나."

월왕이 다시 섬월에게 물었다.

"승상이 과거에서 장원할 줄을 어찌 알았느냐? 그때의 글귀를 기억하느냐?"

섬월이 아뢰었다.

"물론 기억하고 있습니다. 그것이 알고 싶으시다면 글로 써 드리리까? 아니면 노래로 불러 드리오리까?"

월왕은 섬월을 더욱 기특히 여기며 말하였다.

"노래로 들으면 더욱 기쁠 것 같구나."

하여 섬월이 앞으로 나아가 승상의 시를 노래로 부르니 사람들이 저마다 놀라며 쳐다보았다. 이에 월왕이 덧붙여 말하기를,

"승상의 글과 섬월의 청아한 소리가 세상의 제일이구나."

하였다. 월왕은 술로써 섬월에게 상을 내렸다. 이에 대한 답례로 월왕은 네 미인에게 노래로 헌수하게 하니 과연 적수라 할 만했다.

또한 승상과 월왕이 장막 밖의 무사들이 말을 달리며 활 쏘는 모습을 보고는 월왕이 먼저 입을 열었다.

"미인이 말 타고 활 쏘는 것이 볼 만하기에 궁녀들에게 그것을 가르친 바 있는데, 승상부에도 북방에서 온 미인이 있다 하니 그들을 불러 꿩을 잡고 토끼를 쫓게 하면 어떻겠소? 그 또한 흥취를 돋우는 일 아니겠소?"

승상이 이에 응하며 월왕부의 미인들과 겨루게 하려 할 때 경홍이 일어나 말하였다.

"제 비록 활 쏘기에 능치 않으나 남이 활 쏘는 것은 많이 보아

왔습니다. 그래서 오늘, 그것을 한번 시험해 보고자 합니다."

승상이 경홍의 말을 듣고는 즉시 자신의 어깨에 멘 활을 끌러 주었다.

활을 받아 든 경홍은 여러 미인들을 향해 말하였다.

"비록 맞히지 못할지라도 낭자들은 웃지 마십시오."

하고 말에 오른 경홍은 준마를 잡아 나는 듯했다. 때마침 하늘에 꿩이 날자 그것을 맞춰 떨어 뜨리니 이를 본 승상과 월왕은 물론 모든 미인들이 감탄하며 말하였다.

"우리들의 십 년 공부가 헛되도다."

하지만 계섬월과 적경홍은 속으로 이런 생각을 하였다. '우리 두 사람이 월왕의 미인들에게 첫째 자리를 빼앗기지는 않았으나 저들은 넷이요, 우리는 둘이니 심히 외롭구나. 노래와 춤이라면 춘운의 장기거늘 함께 오지 못한 것이 한이로다.'

그런데 그때 두 미인이 꽃수레를 타고 월왕궁 장막 밖에 다다르 자 문지기가 물었다.

"승상부의 미인들이십니까?"

그러자 두 미인이 대답하였다.

"양승상의 소실(小室)들이니 들어가 아뢰 주시오."

하고, 수레에서 내리니 한 미인은 군 진영에서 만난 심요연이요, 또 한 미인은 동정 용왕의 딸 백능파였다. 승상이 깜짝 놀라 이 두 미인을 불러들이자 두 미인은 승상에게 알현하였다. 승상은 일단 월왕을 가리키며 그들에게 말하였다.

"이분은 월왕 전하시다."

두 사람은 예를 갖추어 월왕에게 알현하였다. 그리고는 섬월과 경홍 옆에 나란히 앉았는데 승상이 월왕에게 말하였다.

"저 두 사람은 지난번 토번을 칠 때 얻은 첩들이옵니다. 내 미처 데려오지 못했거늘, 오늘 이 잔치 소식을 듣고 온 듯합니다."

월왕이 그 둘의 모습을 살피니 그 태도와 기운이 섬월과 경홍보다 더 빼어났다. 뿐만 아니라 이 두 미인을 본 월왕궁의 미인들도 낯빛이 변하였다. 월왕은 그들에게 물었다.

"두 낭자는 어디서 왔으며 이름은 무엇이더냐?"

그러자 먼저 심녀가 말하였다.

"첩은 심요연이라 하옵고, 서량(진나라 16국 중의 하나—註)에서 왔습니다."

이어 백녀가 말하였다.

"첩은 백능파라 하옵고 일찍이 소상강에 거처하다 양상공을 좇게 되었습니다."

월왕은 소개의 말을 듣고는 그들에게 물었다.

"두 낭자들은 무슨 재주를 부릴 줄 아느냐?"

요연이 대답하였다.

"저는 변방 밖 사람이라 풍류는 잘 모르옵니다. 다만 어렸을 적부터 검무를 배워 왔으니 그것으로나마 월왕 전하를 즐겁게 해 드렸으면 합니다."

월왕이 요연의 말을 듣고는 기뻐하며 승상에게 말하였다.

"현종조에 공손대랑(公孫大娘)이 검무로 유명하다 하였지만 후세에 전해지지 않아 두보의 글만으로 만족해야 했는데, 이제 그것을 낭자의 덕에 볼 수 있게 되었구나."

월왕과 승상이 각각 허리에 찬 칼을 끌러 주자 요연이 그것들을 받아 들고 몸을 날려 춤을 추니 칼날의 번득임과 번개같은 동작에 요연의 모습이 보이지 않는 듯했다.

이를 본 사람들이 뼛속까지 저리고 머리털이 곤두서자 요연은 월왕이 놀랄까 하여 동작을 멈추고는 물러갔다. 정신을 잃을 뻔한 월왕이 한참 후 입을 열었다.

"낭자는 세상 사람이 아니구나. 어찌 그리도 심묘할 수 있느냐? 낭자가 바로 신선이로다."

월왕은 다시 백능파에게 물었다.

"낭자는 무슨 재주를 지녔는가?"

능파가 대답하였다.

"첩은 소상강에 살면서 가끔씩 비파를 탔었습니다. 바람 없고 달 밝은 밤이면 홀로 비파 타기를 즐겼는데 하찮은 실력으로 전하의 귀를 더럽힐까 두렵습니다."

월왕이 이를 듣고 능파에게 말하였다.

"아황과 여영이 비파를 잘 탄다 했으나 이는 옛사람의 시구(詩句)를 통해서나 알 수 있을 뿐이니, 낭자는 어서 비파를 타 보아라."

능파가 월왕의 명에 따라 비파 한 곡조를 타니 사람들은 저도

모르게 눈물을 흘렸으며, 초목 또한 저절로 움직이며 잎을 떨어
뜨렸다.

　이를 기이하게 여긴 월왕이 말하였다.

　"이것은 인간의 곡조가 아니로다. 낭자는 정령 선녀로다."

　이에 월왕궁의 만옥연이 나서서 말하기를,

　"첩의 재주 미천하오나 평소 익힌 풍악으로 배련곡(白蓮曲)을
아뢰겠나이다."

하였다. 만옥연 역시 비파를 안고 줄을 고르는데 스물 다섯 가지
의 소리를 내는 손놀림이 과히 신통하기에 승상과 승상부의 기생
들이 칭찬을 아끼지 않았다.

　아직 잔치의 흥이 끝나지 않았으나 날이 저물어 잔치를 파하니
상으로 받은 금과 비단은 그 수를 헤아릴 수가 없었다. 승상과 월
왕이 각각 풍류를 갖추어 성문으로 들어오니, 장안의 백성들이
모두 나와 구경하였다. 한 백 세 노인은 눈물까지 흘리며 감탄하
였다.

　"어렸을 적, 현종 황제가 화청궁(華淸宮)으로 거동하실 때의 위
엄이 이와 같았거늘 오늘 또다시 그 기상을 보는구나."

　이 무렵, 두 공주는 진숙인과 가유인을 데리고 대부인을 모시며
승상이 돌아오기만을 기다리고 있었다. 이때 승상이 심요연과 백
능파를 대부인과 두 공주에게 알현하게 하니 두 사람이 섬돌 아
래로 내려가 머리를 조아렸다. 그러자 영양이 말하였다.

　"내 전일에 승상으로 하여금 두 낭자의 공로를 들어 알고 있느

니라. 하여 일찍부터 보고 싶은 마음 간절했는데 어찌하여 이제
서야 오는 게냐?"

요연과 능파가 대답하였다.

"저희들은 먼 지방의 천인들입니다. 비록 승상을 모신 적이 있
다고는 하나 두 부인께서 한 자리에 있기를 허락지 않을까 두려
워 감히 엄두가 나지 않았습니다. 하지만 서울에 와서 두 공주의
덕에 대한 소문이 자자한 것을 듣고는 안심을 하고 뵙고자 하였
는데, 마침 승상께서 월왕궁에 계신다는 말을 듣고는 그곳에 참
여하고 돌아오는 길입니다."

공주가 이 말을 듣고 웃으며 승상에게 말하였다.

"우리 궁중에 이렇게 춘색(春色)이 가득한 것은 모두 우리 공주
의 공이란 걸 승상은 아십니까?"

이에 승상이 크게 웃으며 말하였다.

"저 두 사람이 공주의 위세가 두려워 저러하거늘 공주는 그것
을 공이라 하십니까?"

그러자 좌중은 웃음 바다로 변했다. 진숙인과 가유인은 오늘의
결과가 궁금하여 섬월에게 물었다.

"오늘 승부는 어떠했는가?"

경홍이 대답하였다.

"첩이 월궁전에 나가기 전 큰소리를 친 바 있는데 이를 계씨가
비웃더니 오늘 저희들이 월왕을 놀라 자빠지게 하였나이다. 한번
계씨에게 물어 보십시오."

섬월이 대답하였다.

"적씨가 말을 타고 활을 쏜 재주도 절묘했지만, 저 새로 온 두 낭자의 재주 덕에 월왕궁 미인들의 기가 꺾였습니다."

이튿날, 승상이 천자에게 입조할 때였다. 황태후가 승상과 월왕을 보고는 물었다.

"어제 춘색을 겨루었다 하더니 승부는 어떠했는가?"

월왕이 말하였다.

"승상은 복이 터진 사람이옵니다. 하지만 그 복이 공주에게도 복이 되는지는 의심스럽습니다."

승상이 말하였다.

"월왕이 저렇게 말씀하심은 이태백이 최호(崔顥)의 시를 겁내는 것과 같습니다. 공주에게도 복이 되는지 아닌지는 공주에게 직접 물으십시오."

이때 황태후를 알현한 공주가 대답하였다.

"부부는 한 몸이니 영욕과 고락 또한 같사옵니다. 장부에게 복이면 여자에게도 복이요, 장부에게 복이 없으면 여자 또한 복이 없음입니다."

월왕이 공주가 하는 말을 듣고 말하였다.

"태후 마마, 공주의 말은 사실이 아닐 것이옵니다. 예로부터 부마 중에 승상 같은 호색한은 없었습니다. 그러니 승상을 벌하심이 옳은 줄 아옵니다."

이 말에 태후가 크게 웃으며 술로써 벌하였다. 승상이 태후가 내린 술에 몹시 취하여 집으로 돌아올 때, 두 공주도 함께 왔다. 이 모습을 본 대부인이 물었다.

"오늘처럼 취한 적이 일찍이 없었거늘, 어찌하여 이리도 과하게 취하였는가?"

승상이 대답하였다.

"월왕이 태후 마마께 고자질하여 소자의 죄를 지어내더이다. 하여 이렇게 한 말이나 되는 술로 벌을 받았지 뭡니까? 소자 만약 주량이 약했더라면 아마 죽었을 것이옵니다. 이게 다 월왕이 낙유원에서 진 일을 만회하려는 심사로 이리 된 것입니다. 이에 난양도 오라비인 월왕과 함께 내게 희첩이 많음을 시기하였으니, 어머니께서도 난양을 술로써 벌하여 주십시오."

대부인이 크게 웃으며 말하였다.

"공주가 비록 술을 먹지 못한다고는 하나 승상이 원한다면 내 벌을 주겠네."

하고는 승상을 속여 술 대신 꿀물 한 잔으로 벌하는 척하였다. 이에 승상이 의심을 하여 손가락으로 맛을 보니 꿀물이라, 승상이 말하였다.

"영양 공주도 태후 마마 옆에 앉아 난양과 함께 서로 눈짓해 가며 소자를 희롱하였으니 영양도 벌하여 주십시오."

이 말에 대부인이 소리내어 웃으며 꿀물 한 잔으로 벌하였다. 그러자 영양이 말하였다.

"두 공주가 모두 벌주를 마셨으니 어찌 희첩들이 이를 피해 갈

수가 있겠습니까?"

이에 승상이 덧붙여 말하였다.

"이것이 다 낙유원에서 이긴 탓이니 섬월, 경홍, 요연, 능파를 불러 벌하여 주십시오."

이에 대부인이 이들에게 한 잔 술로 벌을 내렸다. 그러자 섬월과 경홍이 대부인에게 아뢰었다.

"승상의 사랑이 가유인에게 치우치고, 또 낙유원에도 참여하지 않았으니 가유인에게도 마땅히 벌을 내려 주소서."

대부인은 너희들 말이 옳다며 역시 가유인에게 큰 잔으로 벌을 내렸다. 춘운은 웃음을 참으며 술을 마셨다. 이렇게 하여 모든 사람이 벌주 때문에 취해 있었으나 오직 진숙인만이 단정히 앉아 있었다. 그러자 승상이 말하였다.

"모두가 취했으나 진숙인 홀로 취하지 않았으니 그 또한 벌을 내려야 마땅하오."

하여 술 한 잔을 가득 부어 마시게 하니 진씨가 웃으며 이를 받아 마셨다.

이렇게 두 부인과 여섯 첩이 서로 친히 지냄은 두 공주의 현덕도 현덕이려니와 원인은 남악 형산의 발원 때문이었다.

소유, 벼슬에서 물러나다

승상은 심요연과 백능파가 산수를 사랑한다는 걸 일찍부터 알고 있었다. 하여 부중 화원의 연못에 있는 정자 영아루에 능파를 머물게 하고, 연못 남쪽 가산의 정자 빙설헌에 요연을 머물게 하였다.

하루는 영양과 난양이 육첩들과 함께 앉아 두런두런 이야기를 하였다.

"우리 이처 육첩(二妻六妾)은 서로 한 낭군을 모시면서도 투기하지 아니하고 그 정이 친형제 같으니 이것이 하늘의 뜻이 아닌가 한다. 우리 모두가 성도 다르고, 그 신분 또한 같지 않으나 그까짓것쯤은 문제가 되지 않는다. 그래서 하는 말인데 우리 모두 결의형제(結義兄弟)하여 한평생 지내는 것이 어떠하냐?"

이 말을 들은 육첩들은 모두 외람된다며 한사코 사양하였다. 그

중에서 춘운과 섬월이 제일 그러하였다.

그러자 정부인이 말하였다.

"유비, 관우, 장비 세 사람은 비록 군신 사이였으나 도원에서 의형제를 맺었고, 석가 세존의 처와 등가여자(登伽女子 : 아란존자를 고행케 한 음녀—註)는 높고 낮음이 현격히 차이가 났지만 함께 제자가 되었으니, 애초의 미천함이 앞날의 뜻에 무슨 관계가 있다고 그러느냐?"

그리하여 두 공주는 육첩을 거느리고 궁중으로 갔다. 그곳에서 깊이 모신 관음화상 앞에 나아가 분향 재배한 후, 서약문을 지으니 다음과 같았다.

'유세차 모년 모월 모일에 정경패, 이소화, 진채봉, 가춘운, 계섬월, 적경홍, 심요연, 백능파 이 여덟 명은 목욕 재계하고 관음보살 앞에 아뢰니, 저희들은 부처님의 제자되어 형제의 의를 맺고 생사고락을 같이하려 하옵니다. 이 가운데에서 서약을 저버리는 자는 죽음으로써 벌하시고, 바라옵건대 재앙을 면하여 복으로 이끌어 주소서. 이후 함께 백년해로한 후 극락 세계로 돌아가기를 바라나이다.'

이로부터 두 공주는 여섯 첩을 아우라 칭하였지만, 여섯 첩은 오히려 명분을 지키어 감히 호형호제하지는 않았다. 그러나 그 정이 더욱 돈독해졌다.

이들 여덟 사람은 각각 아이를 낳았는데 두 공주와, 가유인, 계섬월, 심요연, 적경홍은 아들을 낳았고, 진숙인과 백능파는 딸을 낳았다. 이들 모두는 자녀들을 낳고 기르는 데 있어서 그 어떠한 참경(慘景 : 끔찍하고 참혹한 광경—註)도 겪지 아니하였다.

때는 바야흐로 태평성대라. 백성들은 안락하고, 농토는 풍년을 이루었다. 승상이 나갈 때면 천자와 함께 사냥을 하고, 집에 들어오면 대부인과 함께 북당(北堂)에서 잔치를 베푸니 세월이 물 흐르는 듯하였다. 승상은 벼슬이 더욱 올라 장상(將相)이 되었고, 권세를 잡은 지가 수십 년이었다. 하지만 기쁨이 다하면 슬픔이 온다고, 대부인인 승상의 모친 유부인이 천수(天壽)를 누리고 아흔 아홉에 별세하니 승상의 비통함은 이루 말할 수가 없었다. 이어 정사도 부처 역시 온갖 부귀영화 다 누리고 장수하다 별세하니 승상의 슬픔은 정부인 못지 아니하였다.

승상에게는 육남 이녀가 있었으니 모두 부모를 닮아 아들은 용호(龍虎) 같고, 딸은 단아하였다.

맏아들 대경(大卿)은 정부인의 소생으로 이부상서(吏部尙書)에 오르고, 둘째 차경(次卿)은 적경홍의 소생으로 경조윤(京兆尹)을 하였으며, 셋째 순경(舜卿)은 가유인의 소생으로 어사중승(御史中丞)을 지냈으며, 넷째 계경(季卿)은 난양의 소생으로 병부시랑(兵府侍郞)의 벼슬을 하였고, 다섯째 오경(五卿)은 계섬월의 소생으로 한림학사(翰林學士)를 하였으며, 여섯째 치경(致卿)은 심요연의 소생으로 나이 열 다섯에 금오상장군(金吾上將軍)이 되었다.

또한 맏딸 전단(傳丹)은 진숙인의 소생으로 월왕의 며느리가 되었고, 차녀 영락(永樂)은 백능파의 소생으로 황태자의 첩이 되었다.

승상이 일개 서생으로 서울에 올라와 장원 급제를 하고, 난을 만나 평정한 후 태평을 이루니 그 공명을 세상에 떨치고 부귀영화를 다 누렸지만, 나이 스물에 승상이 되고, 위로는 임금의 신망을 얻으며 아래로는 존경을 받으니 이러한 복은 천고에 보기 드문 일이었다.

하루는 승상이 생각하기에, 성하면 쇠함이 있고 가득하면 넘치기 쉬우니 이제 그만 벼슬길에서 물러나리라 하였다. 하여 천자에게 다음과 같이 상소하였다.

'승상 신 양소유 폐하께 돈수 백배하며 아룁니다. 신이 재주 없음에도 높은 벼슬을 차지하고, 명망이 낮은데도 한자리에 오래 머무니 온갖 부귀영화를 누렸나이다. 또한 외람되게도 부마가 되어 그 은혜가 각별하시고 미천한 몸이 궁중을 출입하니 신의 분수에 지나친 일이었습니다. 이제는 모든 부귀영화 거두고, 폐하의 은덕도 사양코자 합니다. 이 나이에 아직 폐하께 입은 은혜를 다 갚지도 못하였는데 모발이 먼저 쇠해 가니 이제 신도 어찌할 도리가 없을 것 같사옵니다. 또한 계속해서 조정에 머물러 있는다면 이는 녹봉만 허비할 뿐입니다. 하여 바라옵건대 고향으로 돌아가 남은 세월을 보내도록 허락하시고 신에게 성덕에 감사할 기회를 주소서.'

천자가 이 상소를 보고는 친히 붓을 들어 답장을 하였다.

'경의 공이 조정에서 제일 높으니 경은 국가의 주석이요, 짐의 팔다리로다. 경은 아직 벼슬을 그만둘 나이가 아니거늘 경의 소원을 받아들일 수가 없노라. 경은 자꾸 늙었다 하거늘, 아직도 정력이 왕성하여 도적을 무찌를 때와 다를 바 없으니 아직 짐의 곁에 남아서 선정을 베풀도록 힘쓰라.'

그러나 승상은 이에 굴하지 않고 다시 상소하여 아주 간절한 마음을 전하니, 천자도 이윽고 다음과 같은 전교를 내리었다.

'경이 고향으로 돌아가면 짐이 대사를 의논할 상대가 없을뿐더러, 황태후 승하하신 후 영양과 난양을 멀리 보낼 수가 없으니 남문 밖 사십 리 길에 있는 취미궁(翠微宮)에 머물라. 그곳은 깊은 곳에 위치하여 조용하고 그윽하니 경이 소일하기에 적당한 곳이므로 내 경에게 헌사하노라.'

하고, 승상을 위국공(魏國公)에 태사(太師 : 삼공의 최고 벼슬─註) 벼슬을 더 봉하였다.

소유, 극락 세계로 가다

양태사는 천자의 은혜에 사은하고 거처를 취미궁으로 옮겼다. 이 궁은 종남산(終南山) 가운데 있어 누각과 정자가 장려하며 경치가 수려하여 마치 삼신산의 선경(仙景)을 보는 듯했다.

양태사는 그곳의 정전(正殿 : 왕이 나와서 조회를 하는 궁전—註)을 비워 두고 남은 누각과 정자는 두 부인과 첩들에게 나누어주어 거처하도록 하였다.

양태사가 그곳에 머물면서 두 부인과 여섯 첩을 데리고 물가에서 놀기도 하고, 달빛을 즐기기도 하며, 산속에서 매화를 찾기도 하고, 서로 시로써 화답하며 거문고를 타기도 하니 만년의 복이 끝이 없었다. 마침 팔월 보름은 양태사의 생일인지라 모든 자녀들이 모여 잔치를 하니 그 가문의 번성은 나라 안에서 비할 곳이 없었다.

구월이 되어 여기저기 국화가 만발하니 보기에 좋았다. 이곳 취미궁의 서쪽에는 높은 누각이 있었는데 그곳에 오르면 팔 백 리나 되는 진천(秦川)이 코앞에 보였다. 하루는 양태사가 두 부인과 육첩을 거느리고 그곳에 올라가 완연한 가을의 흥취를 즐기는데 어느덧 해가 뉘엿뉘엿 넘어가고 구름이 깔리니 마치 그림 속 풍경 같았다.

양태사는 경취에 취해 백옥 퉁소를 꺼내어 부니 그 소리가 너무도 처량하여 사람들을 서럽게 하거늘 이에 두 부인이 참지 못하고 물었다.

"천하에 그 이름을 떨치고 오랫동안 부귀영화를 누리거늘, 오늘 이렇게 좋은 풍경을 보고서 어찌 그리 처량하게 퉁소를 부나이까? 오늘 따라 왠지 퉁소 소리가 이상하옵니다."

그러자 양태사가 백옥 퉁소를 내던지고 다른 자리로 가 밝은 달을 가리키며 말하였다

"동쪽을 바라보니 평탄한 들과 외로운 고갯마루가 진시황(秦始皇)의 아방궁(阿房宮)이요, 서쪽을 바라보니 가을 숲에 저무는 구름이 한무제(漢武帝)의 무릉(茂陵)이요, 북쪽을 바라보니 쓸쓸한 달빛이 당명황(唐明皇)의 화청궁(華淸宮)이니 내 마음이 슬프오. 이 세 임금이 모두 만고의 영웅이거늘 지금은 어디 있는가? 이 소유가 후미진 초 땅 출신으로 태어나 어진 임금을 만나고, 벼슬이 장상(將相)에 이르렀으며, 여러 낭자를 만나 평생을 함께 하니 전생 연분이 아니라면 이 어찌 가능하겠소? 우리 모두 죽고 나면 이

높은 누각도 무너지고 굽은 연못도 메워지며, 함께 춤추며 놀던 정자들은 쓸쓸한 풀로 뒤덮일 것 아니겠소. 그러면 훗날에 나무하는 아이나, 마소 풀 먹이는 아이들이 이곳을 가리켜 말하기를 '양승상이 여러 낭자들과 놀던 곳이다.' 하며 내가 지금 세 임금을 허무하게 생각하듯이 그렇게 생각할 것 아니오. 그런 생각이 드니 서글프구려. 천하에는 세 가지 도가 있으니 유도(儒道)·선도(仙道)·불도(佛道)를 말하오. 유도는 윤리와 기강을 밝히어 죽은 후에 이름을 전할 따름이요, 선도는 허망하니 가까이 하고 싶지 않소. 내 요즘에 와서 항상 꿈을 꿀 때마다 부들 방석 위에 앉아 참선하는 꿈만 꾸니 혹여 내가 불가와 인연이 있는 듯하오. 하여 내 앞으로 남해를 건너 관음(觀音)을 뵙고, 의대(義臺)에 올라 문수보살(文殊菩薩)에 예불할 생각이오. 하여 불생불멸의 도를 얻고자 하는데 그대들과 이별할 생각을 하니 그 애달픔이 퉁소에 담겨졌었나 보오."

이 여덟 처첩 또한 본디 전생의 남악 선녀인지라 이제 세속의 인연이 다해 가는데 양태사의 말을 들으니 자연 감동하지 않을 수가 없었다. 그래서 처첩들이 한결같이 말하기를,

"상공이 이렇게 부족한 것 없이 살면서도 그러한 생각을 하셨다면 그것은 필시 하늘의 뜻일 것이옵니다. 저희들은 아침저녁 예불하며 상공을 기다릴 것이니, 부디 상공은 원하는 곳으로 가시어 어진 스승을 만나소서. 하여 득도하신 후엔 저희들을 찾아오시어 가르쳐 주시길 바라나이다."

하였다. 이에 양태사가 크게 기뻐하며 말하였다.

"이렇게 우리 아홉 사람의 마음이 일치했으니 무슨 염려가 있겠는가. 그렇다면 나는 내일 떠날 것이니 오늘 그대들과 함께 술을 마시고 싶구나."

여러 부인들이 술을 내올 때쯤 문득 돌길을 두드리는 지팡이 소리가 나기에 사람들이 이를 의아하게 여겼다. 그러자 한참 후에 한 노승이 나타났는데 눈썹은 한 자나 대고 눈은 물결처럼 맑은 것이 보통의 중처럼 보이지 아니하였다. 그 중은 누각 위로 오르더니 양태사와 마주앉으며 말하였다.

"산중의 사람이 대승상을 뵙니다."

그러자 양태사가 여느 중이 아님을 깨닫고는 일어나 합장하며 말하였다.

"대사는 어디에서 오셨습니까?"

노승이 웃으며 말하였다.

"승상은 평생 친구를 잊으셨습니까?"

양태사가 노승을 한참 보더니 문득 알아차리며 말하였다.

"내 예전에 토번을 치러 갔을 때 꿈에 동정호에 갔다가 남악산에 오른 적이 있었습니다. 그때 늙은 대사께서 제자들과 함께 경문하는 것을 본 일이 있는데 혹 대사께서 바로 그분이십니까?"

노승이 박장대소하며 말하였다.

"그렇소. 하지만 승상은 그것만 기억하고 십 년을 함께 한 일은 생각나지 않는 모양이구려."

그러자 양태사는 무슨 말인지 모르겠다는 표정으로 말하였다.

"십륙 세 이전엔 부모 슬하에서 자랐고, 그 이후로는 벼슬길에 올라 겨를이 없었거늘 제 어찌 대사와 십 년을 함께 하였다 하십니까?"

노승이 웃으며 말하였다.

"승상은 아직도 꿈속에서 깨어나지 못하였구려."

이에 양태사가 되물었다.

"그렇다면 그 꿈에서 저를 깨어나게 해 보시지요?"

노승이 말하였다.

"그것은 어렵지 않소."

하더니 들고 있던 지팡이로 난간을 쳤다. 그러자 문득 흰 구름이 일며 사방을 가리니 한 치 앞도 분간할 수가 없었다.

이에 양태사는 큰소리로 말하였다.

"대사는 어찌하여 바른 도리로 인도하지 아니하시고 환술(幻術)로 희롱하십니까?"

그러나 양태사가 말을 채 마치기도 전에 주위를 가득 메웠던 구름이 걷히었다. 그리고 대사와 여덟 명의 처첩은 온데간데없이 사라지고 말았다. 이에 양태사는 너무 놀라 주위를 살펴보니 취미궁의 누각은 어디론가 사라지고 조그마한 암자 가운데에 자기 혼자 앉아 있는 것이 아닌가. 이상한 기운을 느낀 양태사가 자신의 머리를 만지니 머리는 까까머리에 목에는 백팔염주가 걸려 있었다. 이는 위엄 있는 양태사의 모습이 아니라 바로 수행하는 승려의 모습이었다. 이어 갑자기 정신이 아득해진 소유는 자신이 남악 형산의 연화 도량에서 수행을 하고 있던 성진이었음을 깨달았다.

성진은 생각하였다.

'육관대사에게 꾸지람을 듣고 지옥으로 떨어졌다가 다시 인간으로 환생하여 양씨 가문의 아들이 되었다. 그리고 과거에 장원하여 한림학사가 되고, 전쟁을 만나 원수가 되었으며, 나아가 재상에 이르러 그 이름을 천하에 떨치며 여덟 여자와 일생을 즐거이 보냈는데 그것이 다 하룻밤의 꿈이었다니……. 이는 필시 스승이 내 속에 품었던 생각을 아시고는 인간의 부귀영화와 남녀의 정욕이 다 헛되고 부질없는 일임을 깨닫게 함이로다.'

성진은 즉시 샘터로 가서 얼굴을 씻고, 옷차림을 바르게 하여 방장(房丈)으로 들어갔다. 그곳에는 모든 제자들이 한자리에 모여 있었다. 성진이 들어오는 것을 본 육관대사는 큰소리로 성진에게 물었다.

"성진아, 인간 세상의 재미는 좋았느냐?"

그러자 성진은 머리를 조아리며 눈물을 흘렸다.

"사부님, 이제 알 것 같습니다. 제 도심(道心)이 글러 영원히 윤회하는 앙화(殃禍: 지은 죄의 앙갚음으로 받는 재앙―註)를 받아 마땅한 것을, 하룻밤 꿈으로 깨닫게 하시니 그 은혜를 어찌 갚으오리까?"

대사가 말하였다.

구
운
몽

225

"네 흥이 다하여 다시 돌아온 것이거늘 내가 무슨 간섭을 하겠느냐? 하지만 네가 꿈과 세상을 각각 나누는 것을 보니 너는 아직도 네 꿈에서 깨어나지 못했구나. 옛날 장자가 나비가 된 꿈을 꾸었다가 다시 나비가 장자로 변하는 꿈을 꾸니 어떤 것이 참이고 어떤 것이 거짓인지를 분별하지 못하였다 하더니, 네가 어제의 소유와 지금의 성진 중 어느 것이 참인지를 모르는구나."

성진이 대사에게 두 번 절하고는 설법(說法)을 청하였다.

"모든 것이 혼미하여 어느 것이 꿈이고, 어느 것이 참인지 모르겠습니다. 바라건대 설법으로 이 몸을 깨닫게 하여 주소서."

이때 팔 선녀가 들어와 육관대사에게 합장하며 말하였다.

"저희들이 위부인을 모시고 있다고는 하나 배운 바가 없었습니다. 하여 정욕을 버리지 못하고 망령된 생각을 하다가 무거운 죄가 뒤따랐으니 인간 세상의 허망함을 깨워 주는 자가 없었습니다. 하오나 스승께서 저희들을 깨워 구제하시었으니 부디 저희들을 제자로 받아 주소서."

대사가 이 말을 듣고는 말하였다.

"불법의 길은 깊고도 멀어 큰 발원 없이는 불가능하느니라. 너희들은 부디 헤아려 힘쓰라."

대사 앞을 물러 나온 팔 선녀는 얼굴의 화장을 모두 지워 버리고는 머리를 깎고 다시 들어와 대사에게 아뢰었다.

"저희들 모두는 앞으로 스승의 가르침을 따르겠습니다."

그러자 육관대사가 기뻐하며 말하였다.

"여덟 미인이 분칠을 지우고 머리를 깎았으니 내 감동했느니라. 이제 성진과 너희들은 인간 세상의 부귀영화와 정욕이 모두 부질없음을 깨달았으니 다시는 망령된 생각을 하지 말라."

그리고는 자리에 앉아 경문을 강론하였다.

육관대사가 대경법(大經法)을 베풀어 성진과 팔 선녀를 가르치니 이들이 모두 인간 세상의 모든 변화가 다 꿈 밖의 꿈이라는 것을 깨닫고는, 죽지도 않고 생기지도 않는 정과(正果)를 얻어 불법으로 나아가니, 마침내는 아미타불이 살고 있는 극락 세계에 이르게 되었다.

구
운
몽

독후감 길라잡이

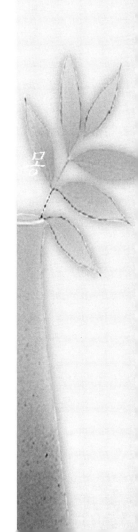

① 내용 훑어보기

　중국 당(唐)나라 때, 천축(天竺 : 인도의 한자식 옛 이름)에서 육관대사(六觀大師)라고 하는 큰스님이 중국 남쪽에 있는 남악 형산 연화봉에 와서 연화 도량이라는 법당을 세우고 제자들에게 불도를 강론하는 것에서부터 《구운몽》은 시작됩니다. 육관대사는 여러 제자를 거느리고 있었는데 그 중에서 가장 뛰어난 제자가 바로 성진(性眞)이었습니다.

　그러던 어느 날, 성진은 대사의 심부름으로 용궁에 가게 됩니다. 성진은 용왕이 베풀어 준 연회에서 불가에서 금기시하는 술 몇 잔을 받아 마시고는 돌아오게 됩니다.

　한편 이때, 남악 형산을 지키던 위부인의 팔 선녀들이 보배를 들고 육관대사에게 문안차 왔다가 궁전으로 돌아가는 중이었습니다. 연화봉의 빼어난 경치가 보고 싶어 그곳에 잠시 머물러 있던 팔 선녀와, 마침 법당으로 돌아가던 성진이 길 가운데서 만나게 되는데 성진은 이들 팔 선녀들과 함께 희롱하다가 법당으로 돌아오게 됩니다.

　그러나 성진은 법당으로 와서도 팔 선녀를 그리워하며 속세의 부귀영화를 꿈꾸게 됩니다. 이 역시 불가에서는 금기시하는 일이였기 때문에 이를 알아차린 육관대사는 끝내 성진을 지옥으로 보내고, 그곳에서 성진은 염라대왕의 명에 따라 '양소유'라는 이름으로 인간 세상에 환생하게 됩니다. 팔 선녀 역시 성진과 같은 죄로 지옥에 떨어졌다가 각각 다른 신분으로 인간 세상에 환생합니다.

중국 초 땅 회남도 수주현에 사는 양처사라는 사람의 아들로 환생한 성진은 인간으로 환생한 팔 선녀들과 차례차례 인연을 맺게 되고, 성진이 그리워하던 온갖 부귀영화와 공명을 누리며 이처육첩(二妻六妾)과 화려한 인생을 살다가 결국엔 인생무상을 느끼고는 불가에 귀의한다는 내용을 담고 있습니다. 그렇다면 세부적인 내용을 한번 살펴볼까요?

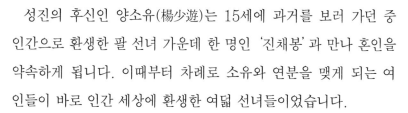

성진의 후신인 양소유(楊少遊)는 15세에 과거를 보러 가던 중 인간으로 환생한 팔 선녀 가운데 한 명인 '진채봉'과 만나 혼인을 약속하게 됩니다. 이때부터 차례로 소유와 연분을 맺게 되는 여인들이 바로 인간 세상에 환생한 여덟 선녀들이었습니다.

난리통에 소유와 헤어지게 된 채봉은 아버지가 죽은 뒤 관원에게 잡혀 서울(황성)로 끌려가고, 다시 과거차 서울로 올라오던 소유는 낙양 땅 천진교의 한 누각에서 기생 '계섬월'을 만나 연분을 맺습니다.

서울에 당도한 소유는 어머니의 친척인 두련사의 주선으로 거문고를 타는 여자로 가장하여 정사도의 딸 '정경패'를 만나게 되고, 과거에 장원으로 급제하자 곧 정사도의 사위가 됩니다. 그러나 여자로 가장한 소유에게 속은 것이 분했던 정사도의 딸 경패는 자신의 시비(侍婢)인 '가춘운'으로 하여금 선녀로 분장하여 소유를 유혹하게 합니다.

이때 하북에 있는 세 나라의 왕이 중국의 속국임을 거역하고 역모를 꾸미자 소유가 나서 뛰어난 지략으로 이들을 훈계하여 항복을 받아내고, 돌아오는 길에 남자로 변장한 '적경홍'을 만나게 됩니다. 한편 소유는, 정벌의 은공으로 예부상서라는 벼슬에 오르면서 그 이름을 천하에 떨치게 됩니다. 평소 소유의 풍채와 재주를 높이 산 천자(황제)는 그를 자신의 누이인 난양 공주 '이소화'의 남편감으로 점찍어 두고 이를 황태후에게 알립니다. 결국 소유는 부마로 간택되지만 자신은 이미 정경패에게 납채를 했다는 이유로 부마되기를 거절하자, 옥에 갇히고 맙니다.

이때 중국 변방의 토번족이 천자가 있는 황성 근처까지 쳐들어오자 조정 대신들은 이들을 물리치기 위해서는 소유의 지략이 필요하다며 상소를 올리게 되고, 소유는 옥에서 풀려나 수만 대군을 이끌고 토번족을 정벌하게 됩니다. 이 공을 높이 산 천자는 소유를 대원수로 봉하고 곧 서울로 회군할 것을 명합니다. 그러나 이번에 뿌리를 뽑지 않으면 또다시 이러한 전쟁이 되풀이될 것을 염려한 소유는 아예 토번까지 쳐들어가 적들을 소탕하게 됩니다. 이때 군 진영에서 여자 검객인 '심요연'을 만나 다시 연분을 맺고, 군 진영에서 잠이 든 소유는 꿈을 꾸게 되는데, 그 꿈속에서 동정 용왕의 막내딸 '백능파'와 또다시 연분을 맺습니다.

이렇게 소유가 전쟁에 참전하고 있을 때, 먼저 납채를 받은 정경패와 조정의 권력으로 소유를 부마 삼으려는 황태후 사이에 신경전이 오가던 중 난양 공주가 이소저로 변장하여 정경패의 됨됨이를 알게 됩니다.

하지만 황태후는 소유를 포기하지 못하고 끝내 사위를 삼고 싶어합니다. 그렇다고 먼저 납채를 받은 명문 대가의 규수에게 첩이 되라고도 할 수 없는 노릇이고, 또 지체 높은 공주를 소유의 첩으로 보낼 수도 없는 일이어서 황태후는 한 가지 묘책을 생각해 냅니다. 즉 경패를 자신의 양녀로 삼아 영양 공주로 봉한 것이죠. 그리하여 양녀와 친딸을 동시에 소유에게 시집보내고, 이어 나머지 여섯 여인들은 소유의 첩이 됩니다.

즉 제1부인 영양 공주와 제2부인 난양 공주, 진채봉과 가춘운, 계섬월과 적경홍, 심요연과 백능파 이 여덟 여인들은 한 낭군을 섬기면서도 서로 투기하지 않으며 사이좋게 지내게 됩니다.

소유는 어머니를 모시고 이처육첩을 거느리며 인간이 누릴 수 있는 온갖 부귀영화와 공명을 누리며 살아갑니다.

어느덧 세월은 물처럼 흘러 태사의 벼슬에 오른 소유는 말년에 벼슬을 사양하고 물러나 거처를 취미궁으로 옮깁니다. 여기서 소유는 여덟 부인과 함께 여생을 즐기다가 문득 인생의 허무함을 깨닫게 되고, 이때 한 노승이 이들이 머물러 있는 누각을 지나게 되는데 그가 바로 육관대사였습니다. ′

소유가 대사에게 불도(佛道)에 귀의할 뜻을 밝히자 그 대사는 쾌히 승낙하고 들고 온 지팡이로 난간을 두드립니다. 그러자 모든 것이 온데간데없이 사라지고 머리는 까까머리에 목에는 백팔 염주를 두른 자신이 조그마한 암자 한가운데에 앉아 있었다는 사실을 알게 됩니다.

독후감 길라잡이

이에 당황한 소유가 곰곰이 생각해 보니 그동안 자신이 누렸던 온갖 부귀영화가 하룻밤 꿈이었다는 것을 알게 되고, 자신은 분명 연화 도량에서 수행하던 불자 성진이었다는 사실을 생각해 냅니다. 이윽고 성진은 황급히 대사 앞으로 뛰어가 엎드리게 되고, 이어 팔 선녀도 함께 들어와 제자되기를 청합니다.

육관대사는 이들을 받아들이고 대경법(大經法)을 베풀어 성진과 팔 선녀를 가르치니 이들이 모두 인간 세상의 모든 변화가 다 꿈 밖의 꿈이라는 것을 깨닫고는, 죽지도 않고 생기지도 않는 정과(正果)를 얻어 불법으로 나아가니, 마침내 아미타불이 살고 있는 극락 세계에 이르게 되었다는 이야기입니다.

2 작품 분석하기

《구운몽》은 조선 숙종 때(1689년) 김만중이 지은 고전 소설로서, 《구운몽》의 '구'는 성진을 비롯한 팔 선녀를 상징하고, '몽'은 그들이 꾸었던 헛된 꿈을 뜻합니다.

《구운몽》은 그 작품의 동기가 어찌 되었든지 간에 이전에 있었던 다른 소설에 비하여 새로운 형식을 취한 작품으로서, 한국 고대 문학사에 있어 불후의 명작으로 손꼽히고 있습니다.

▌작품의 주제 ▌

《구운몽》의 주제는 흔히 두 가지로 분류하고 있습니다.

첫째, 성진이 속한 불계와 소유가 속한 현세라는 세계를 놓고 어느 것을 택할 것인가에 그 초점을 맞출 수가 있습니다.

둘째, 인간의 부귀영화와 공명이 한낱 헛된 꿈에 지나지 않는다는 불교적 깨달음이 이 작품의 주제라고 보는 견해도 있습니다.

▌작품의 시점 ▌

3인칭 전지적 작가 시점으로서, 작가 자신이 마치 전지전능한 신이 되어 처음과 끝을 아는 듯 내용을 묘사하고 있습니다.

▌작품의 형식 ▌

1. 국문 소설 : 이 작품은 국문본과 한문본이 동시에 전해지고 있습니다.

2. 한문 소설 : 이 작품은 국문본과 한문본이 함께 전해지고 있으나 둘 중 어느 것이 앞선 것인지는 단정하기가 어렵습니다.

3. 염정 소설 : 연모하는 마음, 즉 연정의 내용을 담고 있는 소설입니다.

4. 전기 소설 : 괴기(怪奇) · 염정(艶情) · 우의(寓意) 등을 내용으로 하는 고대 소설입니다.

5. 몽자류 소설: 꿈의 내용을 그린 소설입니다.

6. 양반 소설: 양반의 생활 이념들이 작품 곳곳에 나타나 있습

니다.

7. 적강 소설 : 신선이 인간 세상에 내려오거나 사람으로 태어나는 것을 내용으로 하는 소설입니다.

8. 영웅 소설 : 전형적인 영웅 소설이라고는 할 수 없지만 한 인간의 영웅담을 묘사한 부분이 상당히 있습니다.

▌작품의 특징 ▌

1. 작자를 알 수 있는 대표적 양반 소설입니다.

2. 꿈과 현실이라는 두 개의 구조를 가진 환몽 구조입니다.

3. 비현실적 작품 세계를 보여줍니다.

4. 불교적 사고 방식의 하나인 윤회 사상이 작품 전반에 들어 있습니다.

5. 유교와 도교와 불교 사상이 작품 전체에 골고루 나타납니다.

6. 현세의 인연은 전세의 인연에 의한 것이라는 사상이 나타나 있습니다.

▌작품의 의의 ▌

《구운몽》은 양반 소설의 대표작이며, 몽자류(夢字類) 소설의 효시라 할 수 있습니다.

▌작품의 성격 ▌

《구운몽》은 귀족적 성격을 띠고 있습니다. 유교 사회 양반들의 생활 이념이 그 밑바탕에 깔려 있고, 여자들 스스로 일부다처주의와 남존여비 사상을 인정하는 말들이 많이 담겨져 있습니다.

▌저작 동기 ▌

1. 개인적 동기 : 작품의 개인적 저작 동기에는 두 가지 설이 있습니다. 먼저 김만중의 아버지는 병자호란 때 강화에서 순절한 김익겸으로 김만중은 그의 유복자였습니다. 그리하여 그의 어머니는 청춘 과부로서 가난한 살림을 꾸려 나가고 두 아들을 정성껏 길렀으나 그만 장자 만기를 잃어버리고 만중마저 잦은 귀향을 가자 삶을 한탄했다고 합니다. 이러한 어머니의 마음을 위로하기 위해 김만중이 이 글을 썼다는 이야기가 전해져 오고 있습니다.

또 하나의 설은 작가 김만중이 중국에 사신으로 갔을 때 중국의 소설을 구해 달라는 어머니의 부탁을 깜박 잊고 있다가 귀로에 부랴부랴 글을 지어 바쳤다는 설입니다.

2. 문학적 동기 : 서포 김만중은 '민족 자주 문학론'을 내세운 문신이자 소설가로서, 한국인은 한국어로 작품을 써야 한다고 주장해 왔습니다.

▌시대적 배경 ▌

1. 작가의 시대적 배경 : 《구운몽》의 작가 김만중은 조선조 인조 때와 숙종 때의 사람으로서, 숙종 임금 때는 예론(禮論)에 치우쳐 논쟁이 분분하였고, 당쟁이 심하여 서인(西人)과 남인(南人)

의 파쟁이 끊이지 않았습니다. 특히 숙종 임금은 숙원(淑媛) 장씨(張氏)를 총애하여 장씨에게서 출생한 왕자(경종)의 명호(名號)를 정하고자 하였으나 서인들이 이를 반대하자 송시열·김수항 등을 유배하고 왕비인 인현왕후를 폐위시켰으며 희빈(禧嬪)으로 승격된 장씨를 왕비로 책봉하기도 하였습니다. 이런 시기에 장원으로 과거에 급제한 김만중은 파란 많은 관직 생활을 하게 되고 관직 삭탈과 재등용을 반복하며 살아야 했습니다.

2. 작품의 시대적 배경 : 중국의 통일 제국을 이루었던 한(漢)나라에 이어 제2의 최성기(最盛期)를 이루던 당나라를 그 시대적 배경으로 하고 있습니다. 참고로 말하면 당나라는 618년 이연이 건국하여 907년 멸망하기까지의 290년 동안 20명의 황제에 의해 통치되었습니다.

▌ 공간적 배경 ▌

소유의 전신인 성진 시절에는 중국 남쪽에 있는 남악 형산의 연화 도량이었고, 성진의 후신인 소유 시절에는 당나라의 초 땅과 서울 황성이 주된 공간적 배경을 이루고 있습니다. 대부분의 우리 나라 고대 소설이 그렇듯 구운몽 역시 중국을 무대로 하고 있지만 여기에 천상계와 인간계라는 두 세계가 더해져 더욱 흥미를 자아냅니다.

사상적 배경

소설 《구운몽》은 유교, 도교, 불교 사상이 융합되어 나타나 있습니다.

1. 유교적 측면 : 어머니의 은혜와 자식된 자의 도리로서 효를 다하고자 했던 효 사상이 담겨져 있습니다.

2. 도교적 측면 : 온갖 부귀영화를 누린 끝에 인생 무상을 깨달은 것은 도교적 발상에 기인하는 것입니다.

3. 불교적 측면 : 불교의 인과응보 사상과 전생윤회 사상이 깃들어 있습니다. 또 극락 세계에 이르렀다는 결말을 통해 불교적 냄새를 풍기고 있다는 것을 알 수 있습니다.

작품의 구성

1단계 : 중국 남쪽 남악 형산은 위부인이 지키고 있던 산이었습니다. 그런데 천축국으로부터 육관대사가 제자 오륙 백 명을 거느리고 이곳 연화봉에 도량을 세워 경론을 설파했습니다. 육관대사에게 문안하고 돌아가던 팔 선녀와, 용왕에게 문안하고 돌아오던 성진이 만나 서로 희롱하고 세속의 것을 마음에 품은 연유로 성진과 팔 선녀는 인간계로 환생하게 됩니다.

2단계 : 중국 초 땅 회남도 수주현의 양처사 아들로 환생한 성진, 즉 소유는 전생을 잊고 공명을 떨치기 위해 과거를 보러 가는데 그 길에 진채봉을 만나고, 기생 계섬월을 만났으며 두련사의 소개로 정경패와 그의 몸종 가춘운을 만나게 되는 과정을 말합니다.

3단계 : 소유가 사신으로서, 또 원수로서 대활약을 보이며 팔 선녀를 모두 만나게 되기까지의 과정을 말합니다.

4단계 : 소유가 공명을 떨치고 부귀영화를 누리며 팔 선녀를 부인 삼아 행복한 시절을 보내는 시기입니다.

5단계 : 인간 소유가 벼슬에서 물러나 인간사의 허망함을 깨닫게 되자 다시 원래의 성진으로 돌아가 불도에 전념하여 극락 세계에 이르기까지의 과정을 말합니다.

3 등장 인물 알기

성 진   양소유의 전신으로서 육관대사의 제자입니다. 그는 처음부터 크게 깨달을 수 있는 이상적 조건을 완벽하게 갖추고 있었지만, 속세에 대한 경험은 전혀 없었습니다. 그러나 육관대사의 힘으로 꿈속에서 속세의 일을 겪고 난 후, 속세의 삶에 대해 무상함을 느끼게 됩니다. 그 뒤 꿈에서 깨어나 불도에 전념하여 결국 극락 세계로 갑니다. 따라서 그는 실제적이고 구체적인 인물이 아니라 이상적이고 전형적인 존재라고 할 수 있습니다.

양소유   신선 세계 성진의 후신으로서 양처사와 유씨 부인 사이에서 태어납니다. 16세에 과거에 장원 급제하고 전쟁에서 높은 공을 세우는 등 출세 가도를 달리며 높은 벼슬을 합니다. 게다가 두 명의 부인과 여섯 명의 첩을 얻어 그 이름을 온 천하에 떨치고 온갖 부귀영화를 다 누리지만 결국에는 깨달음을 얻고 다시 본래의 모습이었던 성진으로 돌아갑니다.

정경패 양소유의 제1부인. 명문거족 정사도의 딸이었으나 후에 영양 공주로 봉해집니다. 미색과 재주가 뛰어나고 마음이 후덕하나 몇 번씩 소유를 골탕먹이기도 합니다.

이소화 양소유의 제2부인. 난양 공주로서 황제의 누이입니다. 정경패와 마찬가지로 재색과 여덕을 겸비한 여인입니다.

진채봉 양소유의 제1첩. 화주 진어사의 딸로 양소유와 양류사라는 시를 주고받은 후 혼인을 약속합니다. 그러나 뜻밖의 난리를 만나 헤어지게 되지만 결국 다시 만납니다.

가춘운 양소유의 제2첩. 정경패의 몸종으로, 선녀로도 변하고 귀신으로도 변하여 소유를 골려 줍니다.

계섬월 양소유의 제3첩. 낙양의 명기로서, 자신의 분수를 알고 양소유에게 정경패를 부인 삼으라고 천거합니다.

적경홍 양소유의 제4첩. 하북의 명기로 계섬월, 만옥연과 함께 청루삼절로 불렸지만 평생의 꿈이 대인군자를 모시는 것이라 소유를 좇습니다.

심요연 양소유의 제5첩. 토번 군장 찬보의 자객으로 양소유를 죽이라는 임무를 띠고 군중으로 들어왔으나 양소유와의 전생 연분 때문에 그를 죽이지 않습니다.

백능파 양소유의 제6첩. 동정 용왕의 막내딸로 남해 태자의 구혼을 물리치고 소유의 첩이 됩니다.

독
후
감
길
라
잡
이

ㄴ 작가 들여다보기

서포(西浦) 김만중(金萬重, 1637~1692)은 인조 15년에 병자호란의 굴욕을 견디지 못하여 강화도에서 스스로 목숨을 끊은 김익겸의 아들로 태어났습니다. 그래서 그의 어머니 윤씨가 유복자인 그를 키울 때 세심한 배려를 했을 것이라는 걸 우리는 쉽게 상상할 수 있습니다.

실제로 김만중은 그의 성장과 학문적 발전에 막대한 영향을 준 윤씨에게 효성을 다한 것으로 전해집니다. 아버지의 얼굴을 모른다는 사실을 평생의 아픔으로 여긴 김만중은 늙을 때까지 공적인 일 아니면 어머니 곁을 떠난 적이 없으며, 벼슬을 그만둔 후에도 이른 아침에 문안드리러 가서는 저녁에 어머니가 잠이 든 후에야 돌아왔다고 합니다. 《구운몽》 역시 어머니를 위해 창작하였다고 전해지는 것으로 보아 우리는 그의 효성심이 남달랐음을 엿볼 수가 있습니다.

김만중은 조선 중기 남인(南人)과 서인(西人), 노론(老論)과 소론(少論)의 치열한 당쟁(黨爭)의 와중에서 늘 정의감에 앞장서서 왕에게 상소를 올렸는데, 그것이 화근이 되어 몇 차례의 유배 생활을 하였습니다. 유배 생활 중 그는 그의 인간과 사상, 문학관과 학문관을 결집시켜 서포만필(西浦漫筆)을 완성하기도 했습니다.

또한 그는 그의 소설에서도 보아 알 수 있듯이 유·불·도의 모든 학문에 능통했고, 당시 국가 사회의 강한 사상이었던 주자학을 비판적 시각에서 수용했던 사람이기도 했습니다. 뿐만 아니라 당시 천시했던 통속 소설의 대중적 기능을 중요시하여 직접 창작까지 했다고 합니다. 그것이 바로 《구운몽(九雲夢)》과 《사씨남정기(謝氏南征記)》입니다. 《사씨남정기》는 숙종 임금의 비리적인 모습을 상징적으로 풍자한 것이라고 알려져 있습니다.

한편 그는, 당시 사회가 한문학권이 지배적이었는데도 불구하고, 인도·중국·한국 등 각 나라의 언어적 특징을 일찍이 파악하여, 한국 사람은 한국어로 작품을 써야 한다는 소위 민족 자주 문학론을 제창한 선구자였습니다.

여기서 서포 김만중의 일대기를 연대순으로 한번 살펴볼까요?

1637년 병자호란의 혼란 속에서 부모가 피난했던 강화도에서 태어남. 아버지 김익겸이 청나라 군을 막아내지 못하고 전사함.

1665년 관직 생활을 시작하여 지평, 수찬교리 등을 거침.

1672년 암행어사로 경기 삼남의 잘못된 정치를 조사함.

1673년 겸문학 헌납 등의 벼슬을 거쳐 동부승지에 오름.

1674년 인선황후가 죽자 자의대비의 동인이 득세하고, 서인이 패하자 관직을 박탈당하고 쫓겨가는 신세가 되었음.

1679년 예조참의, 공조판서, 대사헌의 자리까지 올랐으나 다시 조지겸 등 남인의 탄핵을 받아 좌천되었음.

1685년 홍문관 대제학(大提學)을 지냄.

1686년 지경연사(知經筵事)로 있을 때, 서인(西人) 김수항의 아들 창협이 비위 사실에 연루되어 처형당하게 된 것을 보다 못해 이를 부당하다고 상소했다가 선천으로 유배되고, 이곳에서 불후의 명작 《구운몽》을 창작함.

1689년　귀양에서 풀려남.

1690년　숙종이 총애하던 숙원 장씨가 왕자를 낳았는데, 이를 왕세자로 책봉하는 문제를 놓고 당쟁이 일어남. 이 사건이 유명한 숙종조의 사화, 기사환국으로 서인이었던 김만중이 남인에 밀려 실각됨.

1692년　세 번째 유배지인 남해에서 쓸쓸한 최후를 맞이함.

5 시대와 연관짓기

김만중이 살았던 시대는 한마디로 전란과 당쟁으로 얼룩진 시대였습니다. 당시 적극적인 개혁 정치를 주도해 온 광해군이 당파간의 알력 때문에 왕위에서 폐위하게 되자 서인(西人 : 사색 당파의 하나. 조선 선조 때 심의겸을 중심으로 한 당파. 또는 그 당파에 속한 사람)이 득세하게 되었는데, 새 왕인 인조를 세운 서인들은 논공행상(論功行賞 : 공(功)의 유무나 대소를 따져서 그에 합당한 상(賞)을 줌) 때문에 서로 분열하게 되었습니다.

이때 불평을 품은 이괄이 반란을 일으켜 인조는 잠시 왕도를 탈출해 있었는데, 이 반란은 결과적으로 후금의 침략을 초래하게 되었습니다. 반란에 실패한 이괄 일당은 후금으로 도망쳐 광해군의 폐위와 인조 즉위의 부당성을 호소했던 것입니다. 이에 후금은 기회를 놓치지 않고 인조 5년에 3만 군대를 이끌고 평양을 거쳐 남침해 왔습니다. 결국 형제국의 맹약과 조공 등을 조건으로 전쟁은 마무리되고 후금의 군대는 철수하게 되는데, 이를 정묘호란이라고 합니다.

 독후감 길라잡이

이후 후금의 태종은 국호를 청이라 고치고 인조 14년에 다시 대군을 거느리고 파죽지세로 서울을 향해 육박해 왔습니다. 인조와 서인 정권이 대륙으로의 진출을 앞두고 후방 국경을 안정시키려 했다는 것과, 청을 경시하고 업신여겼기 때문입니다. 왕자를 비롯한 왕족들과 양반들은 청군을 피해 강화도로 피난하고, 인조와 일부 관료는 길이 막히는 관계로 남한산성으로 피난하게 되었습니다. 이어 청군은 남한산성을 포위하는 한편 강화도를 공격했습니다. 이에 강화가 함락되고 왕족들은 포로가 되었으며, 남한산성마저도 포위된 지 45일 만에 인조가 친히 삼전도의 청군 진영에 나가 청 태종에게 항복하는 굴욕을 겪게 되는데 이를 병자호란이라고 합니다. 이와 같은 전란의 와중에서 김만중은 김익겸의 유복자로, 피난해 간 강화도에서 출생하게 됩니다.

이후 외세가 점차 조용해지자 이번에는 세도와 당파가 분분하게 됩니다. 1659년 효종의 상(喪)을 계기로 다시 득세한 서인은 후에 남인에 의해 밀려나는데 경신환국으로 인해 또다시 권력을 잡습니다. 1674년(현종 15년) 예송(禮訟)에서의 승리로 정권을 장악한 남인은 현종에 이어 왕위에 오른 숙종으로부터는 신임을 얻지 못했는데, 이것은 남인끼리 청남(淸南)·탁남(濁南)으로 갈라져 서로 싸우고, 한편으로는 권력을 장악한 남인 세력에 대한 염증 때문이었습니다. 이에 서인의 세상이 되는데, 여기에서 남인에 대한 의견 대립으로 서인끼리 또 노론과 소론으로 나뉘게 됩니다. 그러다가 숙종 15년(1689)에는 장희빈에게서 난 왕자의 책봉 문제 때문에 다시 남인이 등용되기에 이릅니다.

이러한 집권층의 분열, 대립과 더불어 환난마저 겪게 된 백성들은 도탄에 빠지고 인심은 매우 각박해졌으며, 사회는 극도로 문란해졌습니다. 김만중은 이와 같은 시대적 아픔을 함께 하면서, 정치적으로 많은 활동을 하지만, 당쟁과 풍파에 휩쓸려 쓰디쓴 환멸을 맛보게 됩니다.

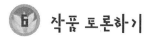 작품 토론하기

1 김만중의 《구운몽》은 삼국유사에 나오는 신라 때의 설화 《조신의 꿈》과 비슷한 구조를 가지고 있습니다. 《조신의 꿈》을 찾아 읽어 보고, 《구운몽》과의 공통점과 차이점을 이야기해 봅시다.

➡ 이 두 작품은 현실에 회의를 품고 세속적인 욕망을 꿈을 통

해 이룬다는 공통점을 갖고 있습니다. 조신의 꿈에 등장하는 '조
신'도 신라 시대의 승려를 바탕으로 꾸며진 이야기인데, 그 내용
은 간략히 말해 다음과 같습니다.

　세규사라는 절에 있던 조신이라는 스님이 명주 태수 김흔의 딸
을 보고 반하게 되었는데, 얼마 후 그녀가 다른 사람에게 시집을
가자 부처를 원망하면서 잠이 드는데 그 꿈속에서 사랑했던 여인
과 사랑을 이루었다가 깨어 보니 꿈이었다는 내용입니다.

　성진의 경우 꿈에서 입신 출세를 하고 부귀영화를 누린 끝에 세
속의 덧없음을 깨닫고 불법에 귀의한 것에 반해, 조신은 꿈속에
서 갖은 고생을 다하여 속세에 대한 미련을 버리고 불법에 귀의
한다는 데 차이가 있습니다.

> 　2 | 고전 소설을 보면, 대개 한 '영웅'이 등장하여 큰 사건을
> 해결해 나가는 내용이 많이 있습니다. 조선 시대의 소설 역시
> 이러한 요소들을 많이 갖고 있는데 《구운몽》에서 보이는 '영웅
> 소설'의 요소에 대해 논의해 봅시다.

　➡좁은 의미에서의 영웅 소설은 《홍길동전》에서 시작되어 《숙
향전》, 《구운몽》, 《유충렬전》, 《조웅전》 등에 이르기까지 조선조
소설의 한 부류를 지칭하지만, 넓은 의미에서는 판소리계 소설
및 신소설까지 포함하고 있다고 할 수 있습니다. 이러한 영웅의
구조는 크게 ①비범한 영웅의 탄생 ②영웅의 시련 ③시련과의

대결 ④시련을 극복하고 우뚝 서는 영웅이라는 구조로 짜여져 있습니다. 만일 구운몽에서 그러한 영웅의 예를 찾자면 바로 양소유일 것입니다. 하지만 구운몽에서의 양소유는 영웅 소설이 지닌 기본 구조와는 약간의 차이를 보이고 있습니다. 즉 구운몽에서의 양소유는 탄생과 입신 출세의 과정에서 영웅 소설이 지닌 시련과 그 극복 과정이 보이지 않기 때문에 전형적인 영웅 소설이라고는 할 수 없습니다.

> **3** 《구운몽》의 작가 김만중은 《서포만필》에서 정철의 가사를 높이 평가했습니다. 그중에서도 '속미인곡'이 가장 훌륭하다는 말을 했는데, 이러한 그의 생각에 근거해서 김만중의 문학관에 대해 이야기해 봅시다.

▶김만중은 조선 시대 국문 문학을 일으키는 데 선구적인 역할을 한 장본인입니다. 김만중은 한문 문학을 철저히 부정하면서, 우리 글 곧 한글로 표현된 문학만이 진정한 문학이라는 생각을 가지고 있었습니다. 그의 지론에 의하면 한문 문학은, '앵무새가 사람의 말을 흉내내는 것'일 뿐이라고 했습니다. 하지만 한글이 본격적으로 쓰어진 때는 그로부터 이백 년이 지난 20세기에 들어와서입니다. 김만중이 살았던 시대만 해도 한글은 언문, 암클이라고 해서 배척되고, 거의 대부분의 작품들이 한문으로 쓰어졌습니다.

이러한 시대적 경향으로 볼 때, 이미 국어의 가치를 소중히 여기고 있었다는 점에서 우리는 김만중의 사상이 남달랐음을 알 수 있습니다. 또한 문학의 진정한 가치는 꾸밈이 아니라 진실이라고 강조한 점에서 그가 내용적 측면에 문학적 가치를 두고 있다는 것도 엿볼 수 있습니다. 김만중은 그의 수필집《서포만필》에서 송강 정철의 가사에 대해 이야기하고 있습니다. 정철의 가사 중 '관동별곡'과 '사미인곡'은 한자음을 빌어 그 내용을 꾸민 것에 불과하지만 '속미인곡'은 천기가 절로 발로되어 있는, 그야말로 천박함이 전혀 없는 진정한 문장이라고 칭찬하였습니다.

독후감 예시하기

▌독후감 1▐ 성진의 길과 소유의 길

'성진'은 신선들이 사는 세계의 사람이다. '소유'는 '성진'이 속세에 뜻을 두자 벌을 받고 인간 세상으로 환생한 사람이다. 이러한 '성진'과 '소유'의 모습에서 우리는 삶을 살아가는 인간의 두 가지 모습을 발견할 수 있다. '성진'과 같이 높은 이상에 뜻을 두고, 속세를 경시하며 자신들이 생각하는 진리만을 위하여 사는 사람들과, '소유'와 같이 세상이 살아가는 방식에 충실하게 살아가며, 인생의 부귀영화를 누리고 행복하게 살아가는 유형의 사람들이 그것이다. 언뜻 보기에는 '성진'과 같은 사람이 위대하고,

긍정적인 사람으로 느껴진다. 또한 이 소설에서도 '소유'는 결국 '성진'으로 다시 돌아가고, 자신이 속세적인 것에 마음을 두었던 일을 반성하고 뉘우치는 이야기로 짜여져 있다.

그러나 이야기의 처음에 나오는 '성진'의 길 역시 여러 가지 단점들을 우리에게 보여주기는 마찬가지다. 뛰어난 스승의 가르침에만 충실했던 성진은 진짜로 세상에 내려왔을 때는 정작 자신의 마음을 다스리지 못하고 팔 선녀와 희롱하고 노는 등의 불완전한 깨달음을 보여주었기 때문이다. 단지 스승과 책을 통해 배웠던 인생에 대한 깨달음을 성진은 잠시의 외출과 술 몇 잔으로 인해 저버리게 된 것이다. 이처럼 실제적인 삶과 떨어져 버린 지식의 습득이 얼마나 허무한 것인지 나는 성진의 파계를 통해 알 수 있었다.

그렇다고 해서, 삶 자체에만 충실했던 '소유'가 자신의 삶에 회의를 느끼지 않은 것은 아니다. 어여쁜 부인들과 높은 직위까지 얻어 성공적인 삶을 살았던 '소유'는 결과적으로 그 자신에게는 충분한 만족이 되지 않은 회의스러운 삶이었다. 세상이 부러워할 일을 모두 이룬 소유는 정작 진리의 길에 대해 자문하지 않았기에 물질적으로는 풍요로웠지만 정신적으로는 가난했던 것이다. 그러한 양소유는 다시금 불도의 길을 선택하게 되고, 그 순간 다시 깨어나 성진의 모습으로 돌아온다는 것이 이 소설의 줄거리이다.

다시 돌아온 '성진'은 이야기의 처음 부분에서의 '성진'과는 조금 다른 모습을 우리에게 보여준다. 직접 인생을 경험하고 나서 성진이 깨달은 불도는 단지 지식으로 배운 불도와는 다른, 진심으로 성진이 깨닫고자 한 불도였기 때문이다. 그랬기에 그는 더욱 불도를 연마하여 해탈을 이룰 수 있었는지도 모른다.

우리의 삶의 방향 역시 이와 비슷하지 않을까 하는 생각이 든다. 처음의 '성진'의 삶도, 그리고 '소유'의 삶도 모두 불만족스러웠던 것은 진정 스스로가 자신의 진실된 삶에 가까이 가려 하지 않았다는 데 있다. 단지 책이나 스승으로부터, 그리고 세상에서 요구하는 것으로부터 얻어진 삶의 모습은 전부 그릇된 것이었다.

진심으로 자신의 삶에 대해 고민해 보고 그 해결책을 찾으려는 삶이 올바른 것이라는 의미를, 꿈에서 깨어난 '성진'이 우리에게 전해 주는 바가 아닐까 생각해 본다.

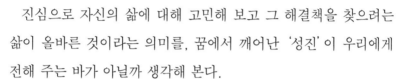

▌독후감 2▐ 돈과 권력이 팽배해진 사회의 문제

이 세상에는 수많은 사람들이 있다. 그리고 그들 대부분은 인생의 목표를 설정해 두고 살아간다. 그 인생의 목표는 사람마다 각기 다를 것이다. 그러나 오늘날의 사람들에게 있어서 인생의 목표는 돈과 권력, 이 두 가지로 압축되어 버린 것 같다. 이 두 가지를 충족하기 위해 사람들은 경쟁을 하기도 하고 협동하기도 한다. 그렇다면 사람이 살아가는 데 있어서 얼마나 많은 돈과 권력이 필요한지 나는 자문해 보지 않을 수 없다. 그리고 여기에 얼마나 많은 가치가 있는지에 대해서도 생각해 보지 않을 수 없다.

사람들은 저마다 욕망을 지니고 산다. 그 욕망의 모습은 정말로 다양하다. 배고픔과 수면과 성적인 욕망에서부터, 사회 속에서 자기를 실현하려는 욕망, 자신이 원하는 것을 이루기 위해 노력하는 욕망 등에 의해 사람은 움직이고 살아간다. 앞에서 말한 돈과 권력은 아마 낮은 가치의 욕망으로 치부될 수도 있을 것이다.

구운몽의 '성진' 역시 높은 의미의 욕망을 이루기 위해, 불도에 정진하며 살아가는 인물이었다. 그러나 팔 선녀와의 만남을 계기로 그는 세속적인 욕망을 품게 되고, 끝내는 벌을 받아 인간 세상에 다시 환생하게 된다. 그는 정말이지 이 인간 세상에서 돈과 권력, 그리고 많은 여자를 거느리며 떵떵거리고 살았다. 그러한 그는 과연 행복했을까? 그것은 아니었다. 그러한 행복 역시 유한한 것이었고 허무한 것에 불과하다는 걸 깨달은 소유는 꿈에서 깨어 다시 불자 성진으로 돌아가게 된다.

'성진'이 이루고자 했던 본원적인 욕망은, 역시 불도를 통한 인생 본연의 깨달음이었다. 그러나 불도만을 고집하고, 단지 그 안에서만 느낄 수 있었던 것은 한계가 있었던 것이다. 직접적인 욕망을 경험해 보지 못한 성진에게 있어서 그러한 속세의 욕망은 더욱 견디기 어려웠을 것이다. 비록 꿈속에서 겪은 일이기는 하지만, 성진은 직접 속세의 일을 겪은 후에야 참다운 불도를 깨달을 수 있었던 것이다.

그러나 요즈음의 세상은 이러한 높은 수준의 욕망을 무시하는 경향이 있다. 과거 조상들의 경우, 여러 가지 높은 정신 세계를 추구하고, 이를 자신들의 삶에 반영하여 살고자 노력한 것에 비하면, 지금은 많은 사람들이 자본주의라는 사회 체제하에서 돈과 권력이라는 욕망의 꼭두각시가 되어 살아가고 있다. 그런 사람들을 볼 때마다 안타까운 마음이 든다. 조금 멀리 내다본다면 더 큰 것을 얻을 수 있는데도 눈앞의 욕망만을 채우고자 하는 어리석은 모습들이 사회 도처에서 보이고 있기 때문이다.

물론 인생의 진리를 찾아가는 길에는 여러 가지 방법이 있을 수 있다. 그러나 요즈음의 세태는 정말로 많은 문제가 있다고 생각한다. 너무 물질적인 것과 세속적 성공만을 중시하여, 사람들의 마음이 피폐해져 가고 있는 것을 잊고 있는 것이다. 이러한 세속적인 삶에만 집착하여 진심으로 보다 높은 진리를 찾아 발길을 돌리는 사람이 몇이나 있을까 생각해 보면 무척 아쉬운 일이다.

매일매일 신문 사회면을 채우는 살인 기사나 사기 행각, 그리고 흔들리는 정치와 이권을 찾아 싸우는 여러 사람들의 모습에서 정말 인간의 이기성과 삶의 허무함을 느끼게 된다. 얼마나 많은 것을 손에 쥐고자 그렇게 무시무시한 일들을 아무렇지도 않게 저지르는 것일까?

지금의 자라나는 우리들만이라도, 보다 진지한 삶에 대해 관심을 가지고, 우리가 어떻게 사는 것이 올바른 길일까를 늘 염두에 두며 살아가야 할 것이다. 물론 성진의 길도 소유의 길도 전부가 올바른 것은 아니라는 생각이 든다. 그러한 두 가지 길을 자신이 목적하는 것으로 조화롭게 만들 때, 비로소 바르게 살아가는 방법에 대해 알 수 있을 것이라 생각하며 이만 글을 맺는다.

독후감
제대로 쓰기

구 운 몽

책을 읽기 전에

　우리는 책을 통해서 지식을 쌓고 학문을 연마하게 됩니다. 또한 교양을 얻고 수양을 쌓게 되지요. 그리하여 즐겁고 보람 있는 생활을 할 수 있는 것입니다. 이러한 습관이 지속된다면 이것이 곧 나의 생활 자체가 되고, 책을 읽는 시간이 얼마나 가치 있고 즐거운 시간인지 깨닫게 될 것입니다.

　독후감을 쓰기 위해서는 책을 읽어야 함은 말할 것도 없습니다. 그러나 아무 책이나 읽는다고 다 좋은 것은 아닙니다. 특히 중학생은 아직 양서를 구별할 만한 충분한 지식을 갖추지 못했기 때문에 선생님 혹은 부모님, 그리고 선배들이 권하는 책이나, 이미 국내적으로나 세계적으로 잘 알려진 명작이나 명저를 찾아 읽는 것이 바른 방법이라고 볼 수 있습니다. 예컨대 사회적으로 존경받을 만한 사람들의 일대기를 그린 위인전이나 자서전 같은 것은 읽을 가치가 있으며, 명시 모음집이나 명작 소설, 특정한 분야의 관찰기, 평론집 같은 것도 좋은 읽을거리가 될 수 있습니다.

　그럼 효율적인 독서를 위해서 어떤 점에 유의해야 할지 알아볼까요?

　첫째, 본문을 읽기 전에 책의 앞부분에 있는 머리말이나 해설하는 글을 먼저 정독합니다. 그러면 책을 쓰게 된 동기나 평가 등에 대하여 잘 알 수 있게 되죠.

　둘째, 목차를 잘 살펴봅니다. 목차에서 그 책의 내용이 어떻게 전개될 것인가에 대해 미리 파악할 수 있기 때문입니다.

셋째, 본문을 읽기 시작하면, 그 중에 잘 모르는 단어나 문구가 나오기 마련입니다. 그런 것은 곧 사전을 찾아 뜻을 알아두어야 합니다. 그런 것을 무시했다가는 자칫 전체를 이해하지 못하는 오류를 범할 수 있거든요.

넷째, 각 문단별로 소주제가 무엇인지를 파악하고, 그 줄거리를 요약하는 습관을 길러야 합니다. 특히 필자가 표현하려는 것과 그 뒷받침되는 내용이 무엇인지 알아내는 것이 필수겠지요.

다섯째, 글의 배경은 무엇인지, 앞뒤 맥락이 어떻게 이어지고 있는지를 잘 생각하면서 읽어야 합니다. 그리고 소설일 경우에는 주인공과 등장인물들의 성격이나 특성을 파악하는 것이 무엇보다 중요하겠지요.

독후감 제대로 쓰기

여섯째, 다 읽은 다음에는 줄거리를 만들어 보고, 전체적인 주제가 무엇인지 정리하는 작업도 필요합니다.

😊 책을 감상하는 방법

책을 읽을 때는 내용을 진지하게 파고들어 가며 읽어야 합니다. 즉 자기의 현재 생활과 비교해 가면서 생각의 폭과 사고를 넓혀 나가는 것이 중요하답니다. 그리고 작품의 문체 · 제목 · 주제 · 논제 등도 염두에 두고 읽으면 나중에 독후감을 쓰기가 좀더 수월

해집니다.

그리고 저자가 강조하고 있는 내용과 사건들이 현재 우리 사회에 어떤 의미를 가지고 있으며 어떻게 발전시켜 나가야 할 것인가를 생각하며 읽습니다. 더불어 저자가 작품에서 강조하려고 하는 것이 무엇인가를 파악하며 읽을 필요가 있습니다. 그렇다고 굉장한 부담을 느끼면서 책을 읽을 필요는 없습니다. 책 읽는 것 자체를 즐긴다면 그리 깊게 생각하지 않아도 작가가 말하려는 바를 깨닫게 될 테니까요.

그렇다면 각 문학 장르에 따라 어떤 점에 유념하여 책을 읽어야 하는지 알아볼까요?

▌**소설** ▌ 작품의 주제를 파악하고 작중 인물의 성격과 배경을 생각하며 주인공이 어떻게 변화되어 가고 있는가를 염두에 두고 읽습니다. 자신의 생각이나 현실과 결부시켜 보는 것도 재미를 배가시켜 줄 거예요.

▌**시** ▌ 선입견을 갖지 않고 그대로 느낌을 받아들이며 읽습니다.

▌**희곡** ▌ 무대 상연을 전제로 하여 쓰여진 것이기 때문에 시간적·공간적 제약을 받는다는 것을 염두에 두어야 합니다.

▌**역사 소설** ▌ 인물·사건 등을 작가가 상상력에 의존하여 구성한 글로서, 항상 계몽사상이나 민족의식 고취 등 어떤 목적이 들어 있는지를 파악하며 읽어야 합니다.

▌**역사** ▌ 역사는 역사 소설과는 구분지어야 합니다. 이것은 정

확한 기록으로 글쓴이의 주관적 해석이 들어 있을 수 없으며, 시간의 흐름에 따라 사건을 나열한 것임을 생각해야 합니다.

┃ **수필** ┃ 지은이의 인생관이 들어 있습니다. 심리적 부담감이 적으므로 편안한 마음으로 읽을 수 있습니다.

┃ **전기문** ┃ 인물의 정신, 자취, 시대적 배경과 사회적 환경을 먼저 파악해야 합니다.

┃ **과학 도서** ┃ 미지의 세계에 대한 탐구심, 합리적 사고력 배양, 지식과 정보의 입수, 창의력을 기르는 데 도움이 되므로 평소 이에 대한 흥미를 갖는 것이 중요합니다.

독후감이란 무엇인가?

독후감은 말 그대로 어떤 글이나 책을 읽고, 그에 대한 느낌이나 생각을 쓰는 것입니다. 좋은 책을 읽고 그것을 정리해 두지 않는다면 곧 그 내용을 잊어버려, 독서를 한 만큼의 가치를 얻지 못할 수도 있으니까요. 그러므로 한 권의 책을 읽으면 곧 그 책의 내용을 정리하고, 느낌이나 생각을 적어 두는 것이 좋습니다.

독후감은 느낌이나 생각을 거짓 없이 써야 하나, 그렇다고 아무렇게나 써도 되는 것은 아닙니다. 즉 독후감도 글이므로 수필의 형식으로 쓰든, 논술의 형식으로 쓰든, 정확하게 읽고 주제와 내용에 맞게 써야 함은 물론이죠. 아무리 좋은 글이나 책이라도, 잘

못 읽어 실제와 맞지 않는 생각이나 느낌을 쓰면 좋은 독후감이라고 할 수 없거든요. 그러므로 좋은 독후감을 쓰려면 독서를 잘해야 한다는 것이 전제됩니다. 독서를 잘하는 방법은 따로 있는게 아니라, 그저 많이 읽다 보면 요령이 생기고, 이해도 쉽게 되며, 능률도 오르게 되는 것입니다.

독후감은 왜 쓰는가?

독후감을 쓰는 목적은 독후감을 작성함으로써 독서하는 능력이 향상되고 글 쓰는 훈련을 할 수 있기 때문입니다. 그러므로 독후감을 쓰기 위해 책을 읽으면 보다 깊은 생각을 하면서 책을 읽게 됩니다. 또한 책을 통해 생활을 반성하며, 책에서 얻은 지식과 감명을 음미하여 자기 생활에 적용시킬 수 있습니다. 문장력과 논리적 사고가 향상되는 것은 물론이고요! 그럼 독후감을 왜 쓰는지 다음과 같이 정리해 볼까요?

① 읽은 책의 내용을 되살려 다시 음미해 볼 수 있습니다.

② 감동을 간직하고 책 읽는 보람을 얻을 수 있습니다.

③ 책을 통해 지식을 심화시킬 수 있습니다.

④ 책을 통해 자신의 문제를 연관지어 볼 수 있습니다.

⑤ 글을 써 봄으로 해서 생각을 깊이 있게 할 수 있습니다.

⑥ 독서 목표를 확실히 할 수 있습니다.

7 작품에 대한 비판력과 변별력을 기를 수 있습니다.

8 자신의 생각을 조리 있게 쓸 수 있는 작문력을 향상시켜 줍니다.

9 사고력과 논리력, 추리력을 기를 수 있습니다.

10 바르게 책을 읽는 습관을 형성할 수 있습니다.

독후감을 쓰기 전에 생각하기

독후감은 수필의 형식이든 논술의 형식으로든 쓸 수 있다고 했는데, 사실 이 둘의 차이는 모호합니다. 다만, 수필이 자유롭게 붓 가는 대로 쓰는 것이라면 논술은 논리 정연하게 쓴다는 점이 다르다고 할 수 있습니다.

붓 가는 대로 자유롭게 수필의 형식으로 쓰는 독후감이라도 글의 앞뒤가 맞지 않는다든지, 주제가 통일되지 않으면 좋은 평가를 받을 수 없습니다. 논리 정연하게 쓰는 독후감이라면, 서론·본론·결론으로 나누어 서술해야 함은 물론이구요.

서론에 해당되는 부분에서는 그 책에 대한 소개나 쓴 사람의 생애, 또는 특기할 만한 일화 같은 것을 적는 것이 일반적입니다.

본론에 해당하는 부분에서는 그 책을 읽고 특별히 다루려는 내용을 체계적이고 구체적으로 써야 합니다.

결론에서는 본론에서 다룬 내용을 요약하거나, 자신이 읽은 후의 감상, 그 책의 좋은 점, 나쁜 점 등을 들어서 마무리를 해야 합니다.

독후감은 짧게 쓰는 것이 상례이므로, 작품 전체를 거론하기보다는 특정한 주제를 잡아서 쓰는 것이 좋습니다. 보편적으로 다룰 수 있는 몇 가지 주제를 제시해 보면 다음과 같습니다.

첫째, 작가의 의식이나 주인공의 언행, 성격과 연관지어 주제를 구현시키는 방법입니다. 문학 작품이라면 주제가 애정이나 애국, 의리나 배반일 수 있으므로 이러한 점에 초점을 두고 써야겠지요. 또한 과학에 관계된 것이라면, 그 발명의 의의나 연구자의 노력과 관련시켜 서술해야 하겠지요.

둘째, 저자의 이념이나 생애, 업적에 관심을 두고 쓰는 방법입니다.

그 작품을 통하여 알 수 있는 저자의 철학이나 사상 또는 저자가 그 작품을 남기기까지의 역경이나 작품을 쓰게 된 동기, 작품의 가치나 다른 작품에 미친 영향 등 작품과 연관시켜 쓰는 것이지요.

셋째, 작품의 내용을 중심으로 기술합니다.

예컨대, 작품 속 주인공의 성격을 분석하거나 다른 사람과 비교해 볼 수도 있고, 그 작품의 사건이나 시대적 배경을 논의하거나, 작품의 구성 같은 것에 초점을 두고 이야기할 수도 있습니다.

이와 같이 작품을 읽기 전에 먼저 어떤 점에 중점을 두고 독후감을 쓸 것인가를 염두에 둔다면, 그렇지 않은 경우보다 훨씬 이해가 쉽고, 나중에 독후감을 쓰는 데도 도움이 될 것입니다.

독후감의 여러 가지 유형

1. 처음에 결론부터 쓴 다음 왜 그러한 결론이 도출되었는지 자기의 감상을 자세하게 쓰거나 또는 감상을 먼저 쓰고 결론을 씁니다.

2. 책을 읽게 된 동기부터 설명하고 글 중간에 자기의 감상을 씁니다.

3. 저자나 친구에 대한 편지 형식으로 감상을 쓰거나 주인공에게 대화 형식으로 씁니다.

4. 시(詩)의 형태로 감상문을 씁니다.

5. 대화문(對話文) 형식으로 씁니다.

6. 줄거리부터 요약한 다음 자기의 느낌이나 생각을 씁니다.

 독후감을 구체적으로 쓰는 방법

어렵게 쓰겠다는 생각은 하지 말고 쉽게 써야겠다는 마음가짐을 가져야 좋은 글이 나올 수 있습니다. 그리고 무엇보다 감상문을 쓰기 전에 무엇을 어떻게 쓸까 조목별로 골자를 먼저 쓰고, 이 골자에 살을 붙이는 방법으로 쓰려고 노력해야 합니다. 이때 의도적으로 아름답게 잘 쓰려고 하지 않는 것이 좋습니다. 자, 그럼 더 자세하게 알아볼까요?

1. 먼저 제목을 붙입니다.

2. 처음 부분(머리글)을 씁니다.

➤ 책을 읽게 된 이유나 책을 대했을 때의 느낌을 씁니다.

➤ 자신의 생활 경험과 관련지어 써 봅니다.

➤ 제일 감동받은 부분을 씁니다.

➤ 지은이나 주인공을 소개하는 글을 씁니다.

3. 가운데 부분을 씁니다.

➤ 자기의 생활과 견주어 씁니다.

➤ 주인공과 나의 경우를 비교해서 씁니다.

➤ 시시비비를 분명히 가려야 합니다.

➤ 가장 극적이었던 부분을 소개합니다.

4. 끝부분을 씁니다.

➤ 자신의 느낌을 정리합니다.

➤ 자신의 각오를 씁니다.

독후감을 쓴 다음에는 다음과 같은 추고의 과정이 필요합니다.

첫째, 쓴 글을 다시 한 번 읽으면서 맞춤법이나 표준어 규정에 어긋나는 것은 없는지 살펴봐야 합니다.

둘째, 문장이 잘 구성되어 있는지, 또 문단이 잘 짜여져 있는지 알아보아야 합니다. 한 문단에는 소주제문과 보조문들이 있어야 하는데, 그런 점이 잘 지켜져 있는지 유의해야 합니다.

셋째, 글 전체의 구성이 잘 이루어졌는지 살펴봅니다. 예를 들어 서론에 해당하는 부분이 지나치게 길다든지, 결론에 해당하는 부분이 너무 짧다든지, 전체적인 구성이 균형을 잃고 있다면 다시 고쳐 써야 하겠지요.

우리가 시간을 들여 열심히 책을 읽고 난 후 독후감을 잘 쓰기 위해서는 책을 읽고 있는 동안의 느낌을 잊지 않고 글로써 표현할 줄 알아야 하며, 책을 읽고 가장 감명받은 부분을 기억하고 있어야 합니다. 또한 다른 사람들은 어떻게 독후감을 썼는지 남의 것을 읽어 보고, 자신의 것과 비교해 보며 자주 글을 써 보는 것이 중요합니다. 그렇게 하다 보면 자신만의 개성 있는 필치로 독특한 감상문을 쓸 수 있게 되지요. 학교에서 아무리 독후감 숙제를 내주어도 부담없이 즐거운 기분으로 끝낼 수 있을 겁니다!

 그 밖에 알아두면 유익한 것들

▌독후감 쓰기 10대 원칙 ▌

1. 자신의 수준에 맞는 책을 선택합시다.

2. 독후감 쓰는 형식이 있기는 하지만 너무 거기에 구애받을 필요는 없습니다.

3. 자신이 작가라면 어떻게 글을 이끌어갈지를 생각하며 읽어 봅시다.

4. 평소 음악 평론이나 영화 평론을 많이 읽어 봅시다.

5. 읽으면서 마음에 와닿는 것이 있다면 따로 적어 둡시다.

6. 현대 사회의 문제점과 비교하면서 읽어 봅시다.

7. 모르는 것이 있으면 적어 두는 습관을 기릅시다.

8. 신문 사설이나 칼럼을 스크랩해서 필요할 때 사용합시다.

9. 요약하는 데에만 집착하지 말고 제대로 책을 읽읍시다.

10. 읽은 후에는 꼭 독후감을 직접 써 봅시다.

▌책을 읽는 10가지 방법 ▌

1. 아주 어릴 때부터 책과 친하게 지내는 습관을 기릅시다.

2. 너무 속독하려 하지 말고 담겨진 내용을 충실히 읽는 습관을 기릅시다.

3. 항상 작품이 나와 어떠한 상관 관계가 있는지 체크를 해 가며 읽읍시다.

4. 무조건 책장을 넘길 것이 아니라 시시비비를 가려 가면서 읽읍시다.

5. 매일매일 조금씩이라도 책을 읽는 습관을 들입시다.

6. 책 속에 담긴 뜻을 음미하고 되새기면서 읽읍시다.

7. 너무 자신의 취향에 맞는 책만 읽지 말고 다양한 장르의 책을 골고루 읽도록 합시다.

8. 책 속에 담겨진 교훈을 깊이 생각하고 생활에 적용시킵시다.

9. 책에 따라 읽는 방법을 달리하는 습관을 들입시다. 모든 책이 만화책은 아니기 때문이죠.

10. 바른 자세로 앉아 눈과의 거리를 30cm 두고 밝은 곳에서 읽읍시다.

 원고지 제대로 사용하기

▌ 제목 및 첫 장 쓰기 ▌

1. 제목은 석 줄을 잡아 둘째 줄 가운데에 씁니다.

2. 1행 2칸부터 글의 종별을 표시합니다. 가령 수필이면 '수필' 이라고 씁니다. 간혹 글의 종별을 표시 없이 비워 두는 경우가 많은데 이는 적는 것을 잊었거나, 원고지 사용법에 무관심하기 때문입니다.

3. 제목을 쓸 때에는 마침표를 찍지 않고, 물음표와 느낌표는 붙이지 않는 것이 좋습니다.

4. 제목에 줄임표는 사용하지 않는 것이 상례입니다.

5. 이름은 넷째 줄 끝에 두 칸 정도를 남기고 씁니다. 특별한 경우에는 서너 칸을 남겨도 됩니다.

6. 성과 이름은 붙여 씁니다. 다만, 성과 이름을 분명히 구별할 필요가 있을 경우에는 띄어 쓸 수 있습니다. 예) 임채후(○), 남궁석(○), 남궁 석(○)

7. 본문은 여섯째 줄부터 쓰는 것이 좋습니다. 단, 특수한 작문인 경우에는 적절히 올려 넷째 줄부터 본문을 시작해도 상관없습

니다.

8. 학교 이름이나 주소가 길 경우에는 세 줄을 잡아 쓸 수 있습니다.

9. 주소는 보통 표제지에 기재하고 원고지 첫 장에는 제목과 성명만 간단하게 적는 것이 상례입니다.

10. 성명의 각 글자는 시각적 효과를 위해 널찍하게 한두 칸씩 비워 써도 무방합니다.

11. 학교 앞에 지명을 기입할 때는 학교명을 모두 붙여 써서 지방을 표시하는 지명과 학교명의 구분을 명확히 해 주는 것이 좋습니다.

▌첫 칸 비우기 ▌

1. 각 문단이 시작될 때는 첫 칸을 비우고 씁니다.

2. 대화체의 경우는 첫 칸을 비우고 씁니다.

3. 인용문이 길 때는 행을 따로 잡아 쓰되, 인용 부분 전체를 한 칸 들여서 씁니다.

4. 첫째, 둘째, 셋째 등으로 이야기를 전개해야 할 때는 시작할 때마다 첫 칸을 비울 수 있습니다. 단, 그 길이가 길거나 제시된 내용을 선명하게 하고자 할 때 비워 둡니다.

5. 시는 처음 두 칸 정도 줄마다 비우고 씁니다.

▌줄 바꾸기 ▌

1. 문단이 바뀔 때는 줄을 바꾸어 씁니다.

2. 대화는 줄을 새로 잡아 씁니다.

3. 인용문을 시작할 때는 줄을 바꾸어 씁니다. 단, 그 길이가 길 때 한해서입니다.

4. 대화나 인용문 뒤에 이어지는 지문은 글이 다시 시작되는 것이므로 한 칸을 들여 씁니다. 단, 이어 받는 말로 시작되는 지문은 첫 칸부터 씁니다.

▌문장 부호 및 아라비아 숫자, 영문자 ▌

1. 문장 부호는 한 칸에 하나씩 넣는 것이 원칙입니다.

2. 아라바아 숫자는 한 칸에 두 자씩 넣습니다.

3. 한자(漢字)로 쓸 때는 띄어 쓰지 않습니다. 그러나 한자와 한글이 함께 쓰이면 띄어 쓰기를 합니다.

4. 마침표(.)와 쉼표(,) 다음에는 통례상 한 칸을 비우지 않으며, 느낌표(!), 물음표(?) 다음에는 통례상 한 칸을 비웁니다.

5. 행의 첫 칸에는 문장 부호를 쓰지 않습니다. 첫 칸에 문장 부호를 써야 할 경우는 그 바로 윗줄의 마지막 칸에 글자와 함께 씁니다.

6. 영문자의 경우, 대문자는 한 칸에 한 글자, 소문자는 한 칸에 두 글자씩 넣습니다.

⑩ 문장 부호 바로 알고 쓰기

1. 마침표 : 문장을 끝마치고 찍는 문장 부호로 온점(.), 물음표 (?), 느낌표(!)를 이르는 말입니다.

2. 쉼표 : 문장 중간에 찍는 반점(,) 가운뎃점(·) 쌍점(:) 빗금 (/)을 이르는 말입니다.

3. 따옴표 : 대화, 인용, 특별어구를 나타낼 때 쓰는 문장 부호로 큰따옴표("")와 작은따옴표('')를 씁니다.

4. 그 밖의 문장 부호 : 물결표(~)는 '내지(얼마에서 얼마까지)'라는 뜻에 씁니다. 줄임표(……)는 할말을 줄였을 때와 말이 없음을 나타낼 때 씁니다.

⑪ 마치며

초등학교나 중학교에서는 독후감이라는 말을 사용하지만 고등학교에 가게 되면 독후감이라는 말보다는 아마 논술이라는 말을 더 많이 쓰고 더 많이 듣게 될 것입니다. 논술이란 말 그대로 어떠한 논제를 가지고 논리적으로 서술하는 것을 말하는데, 이는 하루아침에 이루어지는 능력이 아니랍니다. 다양한 분야의 많은 것을 폭넓고 깊이 있게 알고, 자기의 주관을 뚜렷이 할 때만이 논술을 잘 쓰게 되는 것이지요. 그러기 위해서는 중학교 시절부터 많은 책을 읽어 보고 스스로 글을 써 보는 훈련을 하는 것이 중요합니다.

실제로 고등학교에 가면 교과목 공부에도 시간이 모자라 제대로 책을 읽을 시간이 없거든요. 무엇을 알아야 글을 쓸 것이고, 자신의 주장을 피력할 것 아니겠어요? 그러니 조금이라도 시간이 더 있는 중학생 시절에 좋은 책을 많이 읽어 보고, 생각해 보며, 글을 써 보는 노력을 하는 것이 여러분의 미래를 더욱 밝게 해줄 것입니다. 시간도 절약이 되고요. 아마 그렇게 한 사람은 그렇지 않은 사람보다 10리쯤 앞서 나가지 않을까 생각되는데 여러분 생각은 어떠세요?

독후감 제대로 쓰기

┃성 낙 수┃
한국교원대학교 교수, 연세대학교 졸업, 동 대학원에서 석사 · 박사 학위 받음.

┃유 의 종┃
신일중학교 교사, 고려대학교 졸업, 한국교원대학교 대학원 수료.

┃조 현 숙┃
제천여자중학교 교사, 한국교원대학교 졸업, 동 대학원 수료.

중학생이 보는
구 운 몽

초판 1쇄 발행 2001년 7월 30일
초판 14쇄 발행 2019년 6월 25일

지 은 이 김 만 중
엮 은 이 성낙수 · 유의종 · 조현숙
펴 낸 이 신 원 영
펴 낸 곳 (주)신원문화사

주   소 서울시 구로구 가마산로 27길 14(신원빌딩 10층)
전   화 3664-2131~4
팩   스 3664-2130

출판등록 1976년 9월 16일 제5-68호

＊잘못된 책은 바꾸어 드립니다.

ISBN 89-359-0994-7 43810